上冊

趣味漢字圖解

謝光輝 著

中華書局

　　漢字是世界上歷史最悠久、使用最廣泛的文字之一。它有五六千年的發展歷史，使用漢字的人約佔全球人口四分之一。漢字的起源和發展與中華文明緊密相關。它是中華文化的基本載體，也是中華民族文化思想發展、傳播和交流的基本工具，在中華民族悠久的歷史進程中起着極其重要的作用。可以這樣說，沒有漢字，就沒有中華民族光輝燦爛的文化。

　　學習漢語，首先要解決的問題就是識字。如何有效地學習漢字，是擺在語文研究者面前的一個重要問題。

　　漢字是表意文字，字形與字義密切相關。因此，要了解漢字，首先就要掌握漢字形體結構的特點和規律。根據字形追溯文字的本義，進而辨析其引申義和假借義，這是研究漢字的人必須遵循的基本原則。

　　關於漢字的形體構造，中國傳統文字學有「六書」之說。所謂「六書」，是指漢字構成和使用的六種方法，即象形、指事、會意、形聲、轉注和假借。從字形學的角度來看，象形、指事、會意、形聲可以說是漢字的構造方

法，而轉注、假借是用字之法。所以，過去認為「六書」是漢字的造字之法，其實是不確切的。不過，「六書」說基本上反映了漢字產生、發展的一般規律，它對正確了解和掌握漢字的構造原理及其使用規律，進而從根本上認識和把握每一個漢字的本義，具有指導性的意義。

1. 象形 所謂象形，就是象實物之形，也就是把客觀事物的形體描繪出來。漢字起源於圖畫文字。最初的漢字多是描畫實物的形狀，這就是象形。不過，象形字和圖畫是有本質區別的。象形字的寫法較圖畫大為簡化，往往只是實物形體的簡單輪廓（如「日」「月」「山」「川」「人」「大」等），或某一極具特徵的部分（如「牛」「羊」等）。更主要的是，它必須和語言中表示概念的詞和語音結合起來，從而成為記錄語言的符號。隨着字形的不斷簡化和抽象化，後代的象形字的字形與造字之初大不相同。從甲骨文發展到現在的楷體，原來的象形字已經完全不象形了。實際上，它們已經失去了象形的意味，成了單純的記事符號。

象形字要象實物之形，而語言中很多抽象的概念是無形可象的，是不能「畫成其物」的。這一必不可免的局限性制約了象形字的發展。所以在漢字中，象形字的數量並不多。但象形是漢字最基本的一種造字方法，是其他各種漢字形成的基礎：大部分指事字是在象形字的基礎上增加指示符號形成的，會意字則由兩個或兩個以上的象形字組合而成，而形聲字實際也是兩個象形字（或會意字、指事字）的組合，只不過其中一個來表示意義類屬，另一個用來表示讀音罷了。

2. 指事 指事是一種用抽象的指示符號來表達語言中

某種概念的造字方法。指事字的構成有兩種類型:一種是在象形字上添加指示符號構成的指事字,如「刃」「本」「末」等;另一種是由純抽象符號組成的指事字,如「上」「下」「一」「二」「三」等。

指事字在全部漢字中是數量最少的一種。這是因為,絕大多數字都不需要用指事的方法來構造:要表示客觀的物體,可以用象形的方法;要說明抽象的概念,則可以采用會意或形聲的方法。

3. **會意** 所謂會意,是把兩個或兩個以上的字組合在一起以表示一個新的意思。從結構上看,會意字是兩個或兩個以上的字的並列或重疊。從意義上看,它又是兩個或兩個以上字的意義的會合。如一個「木」字代表一棵樹,兩個「木」字組合在一起則代表成片的樹(「林」),而三個「木」字表示更大面積分布的樹林(「森」)。又如「休」字,由「人」和「木」組成,表示人靠着大樹歇息。

會意字是由兩個或兩個以上的字組合而成的。它和象形字之間的根本區別在於:象形字是獨體的,而會意字是合體的。會意的方法與象形、指事比較起來,有很大的優越性。它既可以描繪具體的實物,也可以表達抽象的概念;不僅能描繪靜態的物貌,也能夠反映物體的動態。一個象形字,可以和很多其他象形字組成不同的會意字;而同一個象形字,由於排列方式的不同,也可以組成不同的會意字。這樣,就大大提高了象形字的利用效率。所以,會意字的數量要比象形字和指事字多得多。在形聲造字法廣泛使用之前,會意是一種最主要的造字之法。在有表音成分的形聲字被普遍使用之後,它才退居次要的地位。甚至有些原本是會意字的,也變成了形聲字(如「囧」—

「塊」），或與形聲字並行（如「淼」—「渺」）。

4. 形聲 形聲字是由義符(形旁)和聲符（聲旁）兩部分組成。其中義符表示形聲字本義所屬的意義範疇(或類屬)，聲符則表示形聲字的讀音。如以「木」為義符的形聲字「松」「柏」「桃」等都屬於樹木類，而以「手」為義符的「摧」「拉」「提」「按」等都同手的行為動作有關。但在形聲字中，義符只能代表其意義範疇或類屬，不能表示具體的字義。它的具體字義是靠不同的讀音，也就是不同的聲符來區別的。有些形聲字的聲符既有表音的作用，又有表意的作用（如「娶」），這就是所謂的「會意兼形聲」。但是就多數形聲字來說，聲符只是表示讀音，和字義沒有必然的聯繫。如「江」「河」二字，其中的「工」「可」只代表讀音，和「江」「河」的字義是毫無關係的。

形聲造字法進一步打破了象形、指事、會意的諸多局限，具有無可比擬的優越性。我們知道，世界上許多事物或抽象概念是很難用象形或會意的方法來表示的。比如「鳥」是鳥類的總稱，但是鳥的種類成千上萬，無法用象形或會意的辦法來一一加以區別。於是，就出現了形聲字：用「鳥」作為義符來表示鳥的總類，而用不同的聲符來區別不同種類的鳥，如「鴿」「鶴」「雞」「鵲」等。這樣，就產生了大量的形聲字。越到後代，形聲字的發展越快，數量也越多。據統計，在東漢《說文解字》一書中，形聲字約佔收錄漢字總數的80%；宋代《六書略》，形聲字佔了88%；清代《康熙字典》達到90%；而在現在通用的簡化字中，形聲字更是佔了絕對的多數。

5. 轉注 轉注是「六書」中爭議最多的一個概念，歷來眾說紛紜，至今沒有定論。根據許慎《說文解字》的

定義，所謂轉注字，是指那些同一部首、意義相同、可以互相注釋的字。如「老」和「考」兩個字，都隸屬於老部，意義也相同。《説文解字》：「老，考也。」又：「考，老也。」説明它們是可以互相注釋的。

嚴格來講，轉注只不過是一種訓詁方法，其目的在於解釋字義，即用互訓的辦法比較、説明字義，並不能因此造出新字來。因此，轉注不能算作造字之法，而只是一種用字之法。

6.假借 假借也是一種用字之法。許慎給它的定義是「本無其字，依聲托事」，即借一個已有的字來表示語言中與其讀音相同或相近的詞。這種由於音同或音近而被借用來表示另外一個詞的字，就是假借字。它是借用已有的字來表示另外一個詞，並不能因此產生一個新的字，所以也不能算是造字之法。

在早期文字中，假借字的數量是不少的。因為那時的文字數量不多，要用較少的字表達語言中眾多的詞，就必須采用同音假借的辦法，以提高字的使用效率。如甲骨文的「自」是個象形字，其本義是鼻子，借用來表示自己、自我的意思。又如甲骨文「來」字像麥穗形，本義為麥子，假借為「來往」之「來」。

本書所收的字絕大部分都是常用字。在選字上，以象形、指事、會意字為主，亦雜有個別形聲字，主要是由早期的象形字或會意字轉變而來的形聲字。

我們把這些漢字分別歸屬於人體（形體、器官），器物（器具、建築），自然（動物、植物、天文、地理），其他四大類。全書按義類排列，每一類中又將意義相關的字排列在一起。通過這樣的分類和排列，能使讀者更清晰

地了解早期漢字的造字規律和特點，即所謂的「近取諸身（人體），遠取諸物（器具、建築）」，「仰則觀象於天（天文），俯則觀法於地（地理），觀鳥獸之文（動物）與地之宜（植物）」。

本義的解說，以古文字及文獻為根據，着重由字形結構說明本義，引申義以及假借義則隨文指明。部分條目後附有詞語，目的是幫助理解本義和常用義。書中每字配插圖一幅，與文字說明相配合，通過生動活潑的漫畫形式，形象地展示由字形結構所反映出來的文字本義。

字頭為漢字楷體。相關的異體字則加〔 〕。根據常用義加注拼音。此外選摹有代表性的古文字字形，以便讀者明了字形的源流及其演變的規律。其中「甲」代表甲骨文，「金」代表金文，「篆」代表小篆，「石」代表石鼓文，「璽」代表古璽文字，「陶」代表陶文，「楚簡」代表楚簡所收文字，「古」代表《說文解字》所收古文，「籀」代表《說文解字》所收籀文。

謝光輝

目　錄

rén

人

甲　　　金　　　篆

　　古人關於人體形象的字造了很多，有正面站立的
（大），有側面站立的（人），有躺着的（尸），有跪着的
（卩），有女人形（女），有老人形（長），有小孩形（兒）
等。古文字的人字，是一個側面站立的人形，它的本義即
為人，是所有人的總稱。凡是從人的字，大都與人類及其
行為狀態有關，如從、眾、伐、休、伏、保、介等。

yuán 元			
	甲	金	篆

元字的本義就是人頭。早期金文中的元字，像一個側面站立的人，而特別突出了人的頭部。這個頭部的形狀在甲骨文和後來的金文中簡化成一橫，而在橫上又另加一點，以指示頭在人體中的位置。元字由人的頭部義又可引申為事情的開頭，有開始、第一的意思，所以從前帝王改換年號的第一年就叫作元年，一年中的第一個月叫元月，一年的第一天叫元旦。元字又有本來、原先之義，所以把事情的開端叫元始。

元首　相當於俗語中的「頭兒」「頭頭」，現在則專指一個國家的君主或最高領導人。

wù

兀

篆

　　小篆的兀字，是在人形的頂端加一橫畫，像人頭頂平禿無毛的樣子，其本義為光禿，又指高聳而頂部平坦的樣子。《說文解字》：「兀，高而上平也。從一在人上。」

　　兀傲　高傲。指人意氣鋒銳淩厲，不隨俗流。

　　兀坐　獨自端坐。

　　兀自　徑自，公然。又有還、尚之義。

　　兀那　指示代詞，那，那個（兀是詞頭），可指人、地或事。

bǐ

比

甲　　　　金　　　　篆

　　古文字的比字，像一前一後緊靠在一起的兩個人。它的本義為並列、靠近、緊挨；引申為比較、較量；又指勾結，用作貶義，如朋比為奸（互相勾結幹壞事）。

　　比周　結黨營私，又指聯合、集結。

　　比翼齊飛　翅膀挨着翅膀一齊飛翔，比喻夫妻關係親密。

　　比肩繼踵　形容人多擁擠。繼踵，腳尖碰腳跟。

cóng

從

甲　　金　　篆

　　古文字的從字，是一前一後兩個人形，像一個人在前面走，另一個人隨後跟從的樣子，其本義為跟隨、隨從。從字由跟從之義，引申為聽從、順從之義，又有參與其事的意思，如從軍、從政、從事等。

　　從容　安逸舒緩，不慌不忙。

　　從善如流　指能隨時聽從善言，擇善而從。

北 běi

甲　　金　　篆

　　古文字的北字，像兩個人相背而立的樣子，其本義為相背、違背。軍隊打了敗仗，士兵相背四散而逃，所以北字又有敗、敗逃之義。此外，北又多借用為方位名詞，指北方，與「南」相對。

　　北面　舊時君主接見臣子，尊長接見卑幼者，皆面向南方（南面）而坐，臣子或卑幼者則面向北方（北面）而立，故以北面指向人稱臣。拜人為師也稱北面。

bing

併

甲　　金　　篆

[並]

人體．形體

　　甲骨文、金文的併字，像兩人被連在一起。它的本義為合併，即聯合在一起。並字還可用作副詞，相當於「皆」「都」，又指一起、一齊。

併力　齊心合力。

併吞　兼併侵吞，即把別國的領土或別人的產業強行併入自己的範圍內。

併日而食　一天就吃一頓飯，形容家貧，食不能飽。

zhòng

眾

| 甲 | 金 | 篆 |

　　甲骨文眾字，像烈日當空，很多人彎腰在地上勞動的樣子，真有點「鋤禾日當午」的意味。金文和小篆的眾字，上面的日變成了目，就像奴隸主睜着眼睛在監視一群奴隸勞動。因此，眾本當指成群的奴隸，引申為眾人、大家、許多人，同時又泛指人或事物之多。

　　眾生　泛指所有有生命的事物。

　　眾口難調　指人多意見多，不易做到使人人滿意。

　　眾志成城　眾人同心齊力，可以共築起一座城池。比喻心齊力量大。

金　　　篆

　　尺是一種長度單位名稱，一尺相當於三分之一米。十寸為一尺，十尺為一丈。在古代，各種長度單位多以人體的部位為準則，如寸、尺、咫等。金文的尺字，是在一個人形的小腿部位加一個指示符號以表示一尺的高度所在。小篆尺字的構形方法相同，只是形體稍有變化罷了。尺的本義是一種長度單位，引申指一種量長度或畫線用的器具——尺子。

　　尺寸　尺和寸都是較小的長度單位，引申為少、短小、細微。又指法度、標準，以及物件的長度、大小。

　　尺度　計量長度的定制。又指標準。

　　尺牘　書信。

　　尺短寸長　尺有所短，寸有所長，比喻每個人都有長處和短處。

zuò

坐

古　　　篆

人體形體

　　坐，是指人臀部着物以支持體重的一種姿勢。《説文解字》中所錄古文（戰國文字）坐字，從二人從土，像二人面對面坐在地上之形。坐的本義為跪坐，引申為搭、乘之義。

　　坐而論道　坐着空談大道理。

　　坐井觀天　坐在深井中看天，比喻眼光狹隘，看到的有限。

			diào
甲	金	篆	吊

[弔]

甲骨文、金文的吊字，像人身上纏有矰（zēng，一種帶有長繩的短箭）繳之形。其本義不明。此字在金文中常用為叔伯之「叔」，典籍中則用為哀悼、慰問、撫恤之義，現在多表示懸掛的意思。

弔古 憑弔古跡，感懷舊事。

弔唁 哀悼死者稱弔，安慰死者家屬稱唁。

吊橋 舊時架設在城壕上可以起落的橋，也指橋面吊在鋼索上的橋。

弔民伐罪 撫慰人民，討伐有罪者。

zhòng

重

金　　篆

　　重是個會意字，早期金文的重，從人從東，像一個人背上扛着一個大包袱，非常吃力的樣子，表示所背的東西很沉重。稍後的金文重字，人與東兩形合併為一體，已看不出背物之意。小篆重字從壬從東，也是由金文演變而來。總之，重的本義為重量大，與「輕」相對；引申為厚重、嚴重、莊重等義，讀 zhòng。此外，重又讀 chóng，有重疊、重複的意思。

甲　　　金　　　篆

陷

[臽]

　　陷的本字為「臽」。古文字的臽字，從人在臼中，臼像土坑、陷阱之形，表示人掉落土坑中。所以，臽的本義為陷落、掉入，又指陷阱、土坑。

duì
隊 ㄓㄢ ㄓㄥ ㄈㄧ

甲　　金　　篆

隊為「墜」的本字。甲骨文隊
字從阜從倒人（或倒子），像
人從高高的山崖掉落下來的樣
子。金文隊字的人形換成了
「豕」，所以到小篆時隊字變成
了從阜（阝）豕聲的形聲字。
隊的本義為墜落，即由高處往
下掉。此字後來多借用為隊
列、隊伍之義，故另造「墜」
字來表示它的本義。

隊列　排得整整齊齊的
行列。

隊伍　指軍隊。又指有
組織的群眾團體。

| 甲 | 金 | 篆 | hé
何 |

　　何字本是一個會意字。甲骨文、金文的何字,像一個人肩上扛着一把戈在行走的樣子;小篆訛變為從人可聲,成為形聲字。何的本義為負荷(hè),即扛、背的意思。此字後來多借用為疑問代詞(什麼、誰、哪裏)和副詞(多麼),它的本義則由「荷」字來表示。

yǒng

永

| 甲 | 金 | 篆 |

　　永是「泳」的本字。古文字的永字,像一個人在水中游泳,本義為游泳。永字後來多用來指水流長遠,又引申為長久、長遠之義,故另造「泳」字來表示它的本義。

　　永久　長久,永遠。

　　永恆　永遠不變。

　　永垂不朽　指姓名、事跡、精神等永遠流傳,不被磨滅。

甲　　金　　篆

　　羌是我國古代西北地區的少數民族之一。其地風俗，以遊牧為業，其人則身穿羊皮衣，頭戴羊皮帽，帽上通常還有羊毛的裝飾。甲骨文羌字，正像一個頭戴羊毛裝飾的人形。有的人形脖子上還有繩索，這是因為羌人是當時中原民族的敵人，在戰爭中常被中原民族掠為俘虜、奴隸，甚至被當作祭品，所以常以繩索捆綁之。

fāng

方

乎 屮 才 弌 孝 才 方

甲　　金　　篆

　　甲骨文、金文的方字，像人頸部縛有繩索或戴枷械，其本義當為被械繫之人。甲骨卜辭中用方字指中原以外的部族，如鬼方、土方、羌方、虎方等，大概是出於一種敵愾心理，即用這種縛以繩索或戴枷械的地位低下之人的形象來代表外族之人。當時的外族部落均散居在中原民族的四方，因此方字又引申為四方、方面、方向、方位、地方等。又有方圓之方以及方法、方略等義。

　　方寸　即一寸見方，言其小。又指人的內心。

　　方法　量度方形的辦法。又指法術、辦法。

　　方俗　地方風俗。

　　方以類聚　同類事物相聚一處。

　　方興未艾　正在發展，沒有終止。

jìng

競

甲　　金　　篆

　　甲骨文和早期金文的競字，像兩個人並肩向前奔走，
其本義為「互相爭逐而行」，如競逐、競走等；引申為爭
強、較量之義，如競爭、競技、競賽等。

pú

僕

| 甲 | 金 | 篆 |

　　甲骨文的僕字，像一個人手捧箕具的樣子，其中人形的頭上有「辛」。辛是古代的一種刑具，表示該人是受過刑的戰俘或罪人。人形的臀下有尾毛，這是對奴隸的一種侮辱性的裝飾。箕上的幾點代表塵土，表示鏟土揚塵的意思。因此，僕本指手捧箕具從事家務勞動的奴隸，即奴僕、僕人。

　　僕從　舊時指跟隨在主人身旁的僕人。

篆

　　伍是古代軍隊的最小編制單位，五人為一伍，故伍字由五、人會意。《說文解字》：「伍，相參伍也。從人從五。」現泛指軍隊，引申為隊伍的行列，又指同夥的人。古代戶籍也以五家為一伍。此外，伍又用作姓氏和「五」的大寫體。

　　伍人　古代軍隊或戶籍中編在同一伍的人。

　　伍長　古代軍隊以五人為一伍，戶籍以五戶為一伍。一伍之長叫伍長，也稱「伍老」或「伍伯」。

什

shí

仔

篆

　　古代軍隊，以五人為一伍，兩伍為一什。什字由十、人會意，是指以十人為一編制單位。另外，古代戶籍也以十家為一基層單位，互相擔保，也稱作「什」。《說文解字》：「什，相什保也。從人、十。」什又通「十」，泛指總數為十的一個單位。如《詩經》的雅、頌以十篇詩編為一個單位，叫作「什」，或「篇什」。後來用以泛指詩篇或文章。

　　什一　十分之一。

　　什百　十倍百倍。

　　什伍　古代戶籍或軍隊的基層編制單位。戶籍以五家為一伍，互相擔保；十家相連，叫「什伍」。

　　什長　一什之長。

　　什器　日常生活用具，也作「什具」或「什物」。

　　什麼　疑問代詞。什讀 shén。

篆

　　佰是古代軍隊中比什更高一級的編制單位。佰字由
百、人會意，是指以百人為一編制單位。《說文解字》：
「佰，相什佰也。從人、百。」佰又通「百」，指一百，又
用作「百」的大寫體。

qiáo

僑 僑

篆

　　僑的本義是踩高蹺的藝人。人踩高蹺則顯得身高體長，故僑字由人、喬會意，因為喬有高義。《說文解字》：「僑，高也。從人，喬聲。」則喬又兼作聲符。踩高蹺是民間技藝。民間藝人常賣藝他鄉，因而流寓四方，故僑字又引申為寄居異地之義。

　　僑人　東晉、南北朝時稱流亡江南的北方人為僑人。又指踩高蹺的人。

　　僑居　寄居他鄉。也作「僑寓」。

xiàng

像

篆

　　像字由人、象會意，其本義為人的肖像，又泛指比照人或物的形狀制成的形象，如畫像、塑像等。《説文解字》：「像，象也。從人從象，象亦聲。」則象又兼作聲符。

zǎi

仔 仔

篆

　　仔字由人、子會意，是指人之子，其本義為兒子，在方言中用作青年男性的泛稱。又指幼小的動物，義同「崽」，如豬仔。仔在「仔細」一詞中讀 zǐ。

　　仔細　精細，認真。

箍　　　篆

　　仄字從人從厂，厂為山崖，人在山崖之下，不得不側身歪頭；而籀文的仄字，從厂從矢，正好是一人在厂下側頭之形，故仄字的本義為歪側、傾斜。後引申為內心不安，又引申為狹窄之義。

　　仄目　斜着眼睛看，不敢正視，形容畏懼的樣子。同「側目」。

　　仄陋　出身卑微。同「側陋」。

仙

xiān

篆

[仚]

[僊]

古代傳說中的神仙，大多是些不食人間煙火的人物。他們隱居深山修煉，因而得道成仙。所以修道之人往往也自稱「山人」。《說文解字》：「仙〔仚〕，人在山上。從人從山。」仙字從人在山上，其本義即為神仙。神仙之仙字，古籍中多作「僊」，或作「仚」，「仙」字當即從「仚」字變化而來。顧藹吉《隸辨》云：「仚，後人移人於旁，以為神仙之仙。」

篆

　　小篆的危字，像一人立厂（山崖）上，另一人跪厂下，其本義為高、高處。因人在山崖之上，因此又有兇險、危難、畏懼、不安等義。

　　危厄　危險困難。

　　危如累卵　累卵，以卵（雞蛋）相疊，比喻極端危險。

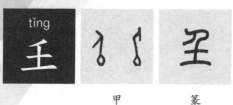

tǐng

壬

甲　　　篆

　　甲骨文的壬字，像人站在土堆上，表示站立、挺身而立的意思，即「挺」的本字。小篆的壬字人、土兩部分合而為一，仍能保持字形原義。小篆演變為隸書以後，此字與表示天干第九位的壬字形相近，容易混同，所以後世多用「挺」字代行其義。

ting

廷

金　　　　篆

廷指朝廷，是古代帝王佈施法令、接受朝見之所。金文的廷字，像一人面對墀陛站立地上，表示此處乃群臣朝見君王的所在，是一個典型的會意字。小篆則變會意字為形聲字。《說文解字》：「廷，朝中也。從廴，壬聲。」

廷爭　在朝廷上向皇帝諫諍。

廷試　科舉時代的殿試，由皇帝親臨面試，稱為廷試。

廷對　在朝廷上當眾對答。科舉時代皇帝殿試亦稱廷對。

jié
節

璽　　　篆

　　節早期寫作「卩」，指符節。符節是古代的一種信驗憑證，也是權力身份的象徵。持節傳令，則對方必匍匐聽命，古璽中的卩字，像一個匍匐在地上的人，即表示拜受聽命；小篆卩字的人形作跪跽狀，猶存其意而略有變化；後世則多寫作「節」。古代節的形制和材料，因其用途而各有不同。如鎮守邦國的諸侯用玉節，把守都城和邊界的大夫用犀牛角做的節，出使山陵之國的使者用虎形銅節，出使平原之邦的使者用人形銅節，出使湖澤之國的使者用龍形銅節，管門守關的用竹節，管財貨貿易的用刻有印章的銅節，管理道路交通的則用裝飾有五色羽毛的節。

yǎng

卬

篆

　　小篆的卬字，從匕從卪，像一人在跪跽、一人在匍匐仰望，其本義為仰首，即抬頭向上，當即「仰」的本字。引申為盼望、仰慕、信任等義。《說文解字》：「卬，望，欲有所庶及也。」卬字又通「昂」。

　　卬貴　　即昂貴，指物價高。

　　卬首信眉　　即昂首伸眉，表示揚眉吐氣。

áng

昂　昂

篆

　　昂字從日從卬，卬即仰，表示人抬頭望日之意，其本義為仰首，引申為上升、高漲之義。同時，卬在此字中也兼作聲符，代表該字讀音。

　　昂昂　挺拔特立的樣子。常用來形容人志行高超的樣子。

　　昂然　仰頭挺胸無所畏懼的樣子。

　　昂揚　（情緒）高漲。

　　昂藏　形容山勢高峻，或人氣宇軒昂。

甲　　金　　篆

yù

御

　　古代祭祀，除多用牲畜作祭品外，也有用活人的。這一現象，從御字的演變中可以得到證實。早期甲骨文、金文的御字，像人手持杵棒，迎頭椎擊一個跪着的人，棒下血光四濺，慘不忍睹；有的被椎擊之後還要用土在坑中活埋。御本指祭祀時的一種用牲方法，後轉為祭名，即「御」的本字。後世御字多假借為駕駛之「馭」，引申為治理、統治等義。

　　御世　統治世間。也稱「御宇」。

　　御用　舊指為皇帝所用。

　　御覽　為皇帝所閱覽。

　　御者　駕馭馬車的人。又指侍從。

bāo

包

篆

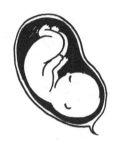

　　小篆的包字，從巳在人腹中，巳像尚未成形的胎兒，故包字本指胎衣，當即「胞」的本字。後引申為包裹、包含、包容等義。

　　包圍　四面圍繞。

　　包辦　一手負責辦理。

　　包攬　兜攬包辦。

　　包藏禍心　暗藏害人之心。

　　包羅萬象　內容豐富，無所不包。

甲　　　金　　　篆

shī

尸

甲骨文、金文的尸字，均像一個仰躺的人，本義為屍體，即人死後的軀體，所以楷書尸字或又在尸下加死字以表義。古代祭祀時，代死者受祭、象徵死者神靈的人被稱為「尸」，一般以臣下或死者的晚輩充任。後世祭祀改用牌位、畫像，不再實行用尸的制度。

尸祝　尸，代表鬼神受祭祀的人；祝，傳告鬼神言辭的人。又指立尸而祝禱之，表示崇敬。

尸位素餐　空佔着職位，不做事而白吃飯。

tún

臀

甲　　　篆

　　臀，指人體後面兩股的上端和腰相連的部分。甲骨文的臀字，是在人形的臀部加一指示符號以指示臀的位置。造字方法與「身」「肱」等字相同。後來臀字變為形聲字，從骨殿聲，或從肉（月）殿聲。

甲　　篆

wěi
尾

　　遠古時代，人們為了獵取野獸，頭上戴着獸角，臀部接上一條尾巴，裝扮成野獸的樣子以便靠近它們。後來這獸角和尾巴逐漸變成了裝飾，人們在慶典活動時以此裝飾跳舞。甲骨文的尾字，正像一個人在臀部下繫一條尾巴狀的飾物，其本義為動物的尾巴，引申為末尾和在後面的意思。

　　尾隨　指在後面緊緊跟隨。

　　尾大不掉　比喻下屬勢力強大，無法指揮調度。現在也比喻機構臃腫，不好調度。

niào

尿

甲

篆

　　甲骨文尿字，像一個側立的人，身前的三點代表激射的尿線。小篆尿字從尾從水，構字方式與甲骨文不同，但意義相同。所以尿字的本義為撒尿，又指尿液。

shǐ

屎

甲

　　甲骨文屎字，像一個側蹲着的人，臀部下的幾個小點代表排泄物。因此，屎的本義為糞便。

　　屎詩　指拙劣的詩作。《通俗編·藝術》：「今嘲惡詩曰屎詩。」

sǐ

死

甴	甶	甩
甲	金	篆

　　甲骨文死字，右邊是一垂首跪地的人形，左邊的歺
（古文字寫作「歺」）表示死人枯骨，像活人跪拜於死人
朽骨旁默默弔祭的樣子，特指死亡、生命結束之義。由於
死去的東西不會動，所以僵硬的、不靈活的東西也稱為
「死」，如死板（不靈活）、死氣沉沉（形容氣氛不活潑或
精神消沉不振作）；再引申為堅定不移之義，如死心塌地
（形容打定主意，決不改變）。

zàng

葬

篆

　　小篆的葬字，中間為死，上下為草，表示人死後屍體
埋於荒郊野地。所以葬的本義是掩埋屍體，如埋葬、安
葬；又泛指處理死者遺體，如火葬、海葬等。

　　葬送　指掩埋死者、出殯等事宜，引申為斷送、毀滅
之義。

ní

尼

篆

尼為「昵」的本字。小篆的尼字，像二人相近狎昵之形，其本義為相近、親近。

尼姑　梵語稱信佛出家修行的女子為比丘尼，簡稱「尼」，俗稱「尼姑」。

金　　　　　篆

　　金文和小篆的尻字，從尸從几，像人靠着几案而坐，其本義為坐、坐下，引申為起居、居處、止息、停留等義。《說文解字》：「尻，處也。從尸，得几而止。《孝經》曰：『仲尼尻。』尻，謂閑居如此。」在楷書中，這個解釋為居處的「尻」和解釋為蹲踞的「居」字，因讀音相同混為一字。而後人則以「居」表示居處義，另造「踞」字來表示蹲踞之義。

疒
nè

甲　　　篆

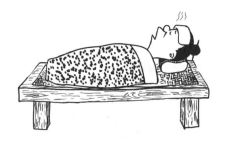

　　甲骨文的疒字，像人仰臥床上且渾身冒汗，表示人有
病痛臥床不起，其本義為疾病。《說文解字》：「疒，倚也。
人有疾病，象倚箸之形。」在漢字中，從疒的字非常多，
都與病痛有關，如病、痛、疼、瘦、疲、癡等。

dà

大

甲　　　　金　　　　篆

　　古文字的大字，是一個兩手平伸、兩腳分開正面站立
的人形。大的本義為大人，即成年人或有地位的人；後來
引申指在面積、體積、數量、力量、強度等方面超過一般
水平或超過所比較的對象，與「小」相對。

　　大度　氣量寬宏能容人。

　　大局　整個的局面，整個的形勢。

　　大庭廣眾　人多而公開的場合。

　　大智若愚　指有大智慧大才能的人，不炫耀自己，從
外表看好像愚笨。

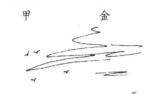

tiān

天

甲　　　金　　　篆

　　天和元一樣，都是指人的頭部。早期甲骨文和金文的天字，像一個正面站立的人，特別突出了人的頭部。這個頭形後來簡化成一橫，有的在橫上加一點指示頭部所在。天的本義為人頭或頭頂，引申為頭頂以上的天空，還可以用來泛指自然界。凡自然生成的事物均可稱為天，如天文、天氣、天險、天然等。現在則把一晝夜之內的時間稱為一天，如一整天、今天、明天等。

　　天子　古人認為天是有意志的神，是萬物的主宰，是至高無上的權威，因而把天稱作「天神」「上帝」，而把統治人間的君王稱為「天子」，即上天之子。

| 甲 | 金 | 篆 | wú
吳 |

　　吳，是古代的國名和地名。西周初年，泰伯居吳，後世興盛稱王，是為吳國，至公元前473年為越國所滅。其地在今江蘇一帶。該地以陶器、鐵器等手工製造業而聞名。古文字的吳字，像人肩扛器皿（陶器之類）的樣子，是對手工製造者的形象描繪。吳字本指製陶人，用作國名或地名，大概與該地人民善於製作陶器有關。

金　篆

　　金文的夭字，像一個人奔跑時甩動雙臂的樣子，本指人奔跑的樣子。小篆形體發生訛變，夭字變成人頭傾側屈折之形，其意義也隨之改變，表示屈曲、摧折之義，又引申為人早死，即少壯而死。

　　夭折　短命早死。

　　夭斜　歪斜，婀娜多姿的意思。

　　夭桃秾（nóng）李　本指豔麗爭春的桃李，又比喻少女年輕美麗。

甲　　　金　　　篆

　　古文字交字像一個人兩腿交叉的樣子，其本義是交
叉、交錯，引申為連接、結交、互相等義，如交界、交
涉、交情、交心、交易、交流等。

wén

文

甲　　　金　　　篆

　　文是個象形字。甲骨文和金文的文字，像一個正面站立的人形，人形的胸部刺畫着花紋圖案。這其實就是古代「文身」習俗的形象描繪。所以文字本來是指身上刺有花紋的人，又有花紋、紋理的意思。後來才引申出文字、文章、文化、文明等眾多的意義。

甲　　金　　篆　　　fū
　　　　　　　　　　夫

　　按照古代禮制，男子到了二十歲，就要束髮加冠，表明他已經是成年人。夫字從大從一，大為人，一表示用來束髮的簪子。甲骨文、金文的夫字，像一個束髮插簪的人形，它的本義即為成年男子。男子成年始成婚配，夫引申為丈夫，即女子的配偶，與「婦」「妻」相對；成年始服勞役，因此夫又指服勞役或從事某種體力勞動的人，如漁夫、農夫等。

　　夫人　舊時對別人妻子的敬稱，現多用於外交場合。

　　夫子　古代對男子的尊稱，又是學生對老師的尊稱。

bàn

伴

甲　篆

[夶]

古文字的伴字，像二人並行，其本義為伴侶、夥伴。《說文解字》：「伴〔夶〕，並行也，從二夫。輦字從此。讀若伴侶之伴。」後世通作「伴」，從人，半聲。

甲　　　　金　　　　篆

　　亦是「腋」的本字。古文字的亦字，像一個正面站立的人形，兩臂之下的兩個點是指示符號，表示這裏就是腋下。後來亦字多借用為虛詞，相當於「也」。因此，只好另造一個從肉（月）夜聲的「腋」字來表示亦的本義。

　　亦步亦趨　比喻自己沒有主張，或為了討好，每件事都順從別人，跟着人家走。

| jiā 夾 | 甲 | 金 | 篆 |

　　古文字的夾字，像左右兩個小人攙扶着中間一個大人的樣子，本義為夾持，即從左右扶持，引申為輔佐之義。此外，夾還可以指兩者之間的空隙，如夾縫、夾道等；又可以指裏外兩層，如夾（jiá）衣、夾被等。

　　夾注　書中正文中間的小字注釋。

　　夾帶　以不應攜帶的物品雜入他物之中，意圖蒙混。如舊時考生應試，私帶書籍等文字資料入場，就叫夾帶。

　　夾輔　在左右輔佐。

甲　　　金　　　篆

　　甲骨文、金文的立字，像一個正面站立的人形，人的
腳下一條橫線代表地面，表示一個人站立在地面之上。所
以立的本義就是站，引申為樹立、設置、建立等義，如立
功、立法、立威等。此外，古代君王即位也稱「立」。

　　立竿見影　竿立而影現。比喻收效很快。

位 wèi

　　「位」與「立」本來是一個字，都寫作「立」，「位」是後起的字。金文位字或從人，胃聲，則變為形聲字。位字從人、立，本指人所站立的位置，引申為人的身份、地位，又泛指方位、位置。

　　位望　地位和聲望。

　　位子　人所佔據的地方；座位。

金　　　篆

　　金文的替字，像兩個人一前一後，表示替換、接替。所以替字的本義為更換、接替、替代，引申為廢棄、衰敗之義。

　　替身　替代別人的人，多指代人受過的人。

　　替天行道　代行上天的旨意。多指除暴安良、拯救蒼生的行動。

měi
美

甲　　　金　　　篆

　　在古代，人們為了狩獵，往往在頭上戴上用獸角或羽毛做成的裝飾，以便接近禽獸。後來這種獸角或羽毛逐漸成為裝飾品，戴在頭上成為美的標誌。甲骨文和早期金文的美字，像人頭上裝飾着獸角或羽毛。因此，美字本指人裝束漂亮，引申指人的容貌、聲色、才德或品格美好，同時還可以指食物味道甘美。

甲	金	篆	yāng 央

　　甲骨文、金文的央字,像人用扁擔挑物,擔物時人在扁擔中間,所以央字有中間之義,如中央。央字又有窮盡的意思,如長樂未央。此外,央還有懇求之義,如央求、央告。

hēi 黑

金　璽　篆

　　金文的黑字，像一個被煙火熏烤的人大汗淋漓、滿面汗垢的樣子。它的本義為被火熏黑，後泛指黑色，與「白」相對。黑色暗淡，故黑字引申為黑暗，即昏暗無光之義；又引申為隱秘的，不公開的。

　　黑幫　泛指地下犯罪組織或其成員。

　　黑市　暗中進行不合法買賣的市場。

　　黑甜鄉　指夢鄉。形容酣睡。

　　黑白分明　黑白，黑色與白色，比喻是非、善惡。黑白分明比喻是非嚴明，處事公正。

夷，是古代華夏族對邊遠少數民族的通稱。在古代，華夏族蔑視和虐待其他民族，常把他們抓來當作奴隸或作為祭祀時的犧牲。甲骨文和金文的夷字，多用「尸」字來代替，顯然含有鄙視侮辱的意味。而金文夷字又有作一人被繩索五花大綁之形，則是表示把少數民族人抓來做奴隸或犧牲。

wǔ			
舞	甲	金	篆

　　甲骨文舞字，像一個手持樹枝（或飄帶）蹁躚起舞的
人，本義為舞蹈。此字後來由於多被借用為有無之無，所
以金文的舞字特意加上舁旁表示舞蹈的動作，小篆以後則
普遍加雙腳形。這樣，舞與無就不容易混淆了。而舞字除
舞蹈之義外，還含有舞動之義，如揮舞、舞弄等。

金　　　　篆

　　古代的舞蹈，大概是起源於對神靈的祈禱儀式。人們載歌載舞，目的在於取悅神靈，祈求神靈降福。金文的冀字，像一個戴着飾有獸角的面具跳舞的人形。化裝舞蹈旨在祈求神靈，因此冀字的本義為祈求、希圖、期望。冀在後世又多用為地名，表示冀州；現在則用作河北省的簡稱。

冀幸　希望僥幸。

冀馬　產於冀州北部的良馬。後泛指良馬。

chéng

乘

甲　　　　金　　　　篆

　　傳說上古時代，有一位聖人叫有巢氏。他教人們在樹上構木為巢，作為居所，用以躲避野獸和洪水的侵襲。這種在樹上居住的方式，被稱為「巢居」。它是一種非常原始的生活方式。甲骨文、金文的乘字，就是一個人爬在樹頂上的形象，是巢居生活的形象寫照。因此，乘的本義為爬樹，引申為爬、登、乘坐之義（如乘車、乘船等）。

nǔ
女

甲　　金　　篆

　　女，指女性，與「男」相對。在古代，女性地位低
下。體現在字形上，甲骨文的女字像一個雙膝跪地的人，
兩手交叉垂下，一副低眉順眼、卑躬屈服的樣子。後代的
女字，形態漸漸地由跪變立，但仍是屈腿彎腰，一副柔順
的姿態。

mǔ			
母	甲	金	篆

人體形體

　　古文字的母字，像一個斂手屈膝的女子，胸部的兩點代表突出的乳房。母字當指成年生育過的女子，又特指母親。由母親一義，母字又被用作女性尊長的通稱，如伯母、祖母等。因為母能生子，所以母也引申指事物的本源。此外，母也泛指雌性的動物，如母雞、母牛等。

　　甲骨文、金文的每字，像一個斂手腹前、跪坐地上的女子，她的頭上插戴着花翎錦羽一類的裝飾。女人頭戴羽翎，男人頭戴獸角，在古人眼中就是一種美的象徵，所以「每」字本指婦女之美。每和美兩個字的構造方法相近，表達的意義也相近，只不過一個是指女性之美，一個代表男性之美。後來每字被借用作虛詞，表示往往、時常、每次、逐一等義，它的本義也就很少有人知道了。

yāo 要	金	古	篆

　　要為「腰」的本字。金文和古文的要字，下面是女，女上的部分代表人的腰部，作兩手叉腰狀。小篆的要字，像一個人雙手叉腰站立的樣子，較之金文和古文更為形象。要的本義為腰，後多借用為求、取等義，如要求、要挾等。腰在人體的中樞位置，所以要又有樞要的意思，讀 yào，引申為重要之義，又指重要的內容，如綱要、要點等。

			qiè
			妾

甲　　　　金　　　　篆

　　古代通常把戰俘和罪犯充當奴隸，以供役使。古文字
的妾字，從女從辛，其中辛是一種刑具，表示這是一個受
過刑罰的女奴隸。因此，妾的本義是女奴隸，又引申為小
妻，即男性在正妻之外所娶的女子。此外，妾又是舊時女
子自稱的謙辭。

nú		
奴	叏	妏
	金	篆

　　古代的奴隸，多為在戰爭中抓來的俘虜和從別的部落中擄掠過來的人。古文字的奴字，像一隻大手抓住一個女子的樣子，其本義當為女奴、婢女，又泛指奴隸。

　　奴婢　喪失自由無償勞動的人。通常男稱奴，女稱婢。

　　奴役　把人當作奴隸使用。

　　奴顏婢膝　形容低聲下氣、諂媚奉承的樣子。

甲　　　篆

　　妻指的是男子的配偶,相當於口語中的老婆、太太。古文字的妻字像一個人用手抓住女人的頭髮。這實際上就是古代搶婚習俗的形象描繪。搶婚習俗曾經在原始社會風行,即某一部落的男子可以到另一部落中搶掠女子為妻。這種習俗在後代雖然被廢除,但強搶民女為妻的野蠻現象還是時有發生。在古代,妻既然是搶來的老婆,其社會地位之低下是不言而喻的。

| hǎo
好 | 甲 | 金 | 篆 |

　　古人崇尚多子多福，又提倡孝道，認為「不孝有三，無後為大」。因此，衡量一個女子的好壞首先是以其能否生育為標準的。好字從女從子，表示婦女生育而有子。婦女能生兒育女，就是好。好字用作形容詞，有美和善的意思，與「壞」相對。又可讀作 hào，用作動詞，表示喜歡、喜愛之義，如好奇、嗜好等。

　　好處　指對人或事物有利的因素。又指使人有所得而感到滿意的事物。

　　好逸惡勞　喜歡安逸，厭惡勞動。

qǔ

娶

篆

　　娶字是會意兼形聲字。娶字從取從女,表示把女子取過來成親;同時,取又表示娶字的讀音,所以它又是一個從女取聲的形聲字。娶的本義為男子娶妻,與「嫁」相對。

rèn

妊

甲　　　金　　　篆

　　古代社會，男耕女織，紡織是婦女最主要的一項任務。甲骨文、金文的妊字，從女從壬，壬是古代的一種紡織工具，所以妊像一女子跪坐紡織的樣子，其本義為紡織。紡織是婦女的專職，故周人多以妊為婦女的美稱。金文的妊字或從人，故妊字後世分化為任、妊二形。任字承襲妊字的本義，引申為任務、責任以及承擔等義；而妊字專指妊娠。《說文解字》：「妊，孕也。從女從壬，壬亦聲。」則壬又兼作聲符。

mèi

媚

甲　　　篆

　　眉目在人的面部是最能傳神的部分。媚字從女從眉，
突出女子的眉部，以表示其眉清目秀之態，本指女子容
貌嬌美秀麗。容貌嬌美則可以取悅於人，故《說文解字》
云：「媚，說（悅）也。」引申為討好、巴結、逢迎等義。

　　媚世　求悅於當世。

　　媚眼　嬌媚的眼睛。

　　媚惑　以美色迷惑人。

　　媚辭　奉承討好人的言語。

niǎo

嫋

篆

嫋字由女、弱會意，本指女子身體纖瘦柔弱的樣子。纖瘦柔弱則體態輕盈，有弱不禁風之態，故嫋字又引申指身態輕盈柔美，又有搖動、搖擺之義。

嫋嫋　形容微細或輕盈柔美的樣子。又指聲音悠揚。

嫋娜　形容婉柔的樣子。同「嫋娜」。

jiān

姦

篆

　　在我國古代，婦女地位非常卑微，常受到不公平的待遇。人們對婦女存有很深的偏見，認為女人是禍水，常把女子與小人相提並論。這種現象，在文字中也有充分的反映。很多從女的字，都含有汙蔑和歧視的意思，如妒、妨、妄、媮、婪、嬾（懶）等。此字從三女，表示女人多的地方常有奸邪之事，故有邪惡、欺詐、為非作歹等義。

　　俗話說:「三個女人一台戲。」有女人的地方,似乎就特別熱鬧,笑聲也多。嬉字由女、喜會意,表示女子耍鬧而喜樂之意,其本義為遊戲、玩耍。喜又兼作聲符。

　　嬉笑　歡笑耍鬧。

　　嬉遊　遊玩。

　　嬉戲　玩樂。

　　嬉笑怒罵　指寫文章才思敏捷,不拘題材形式,都能任意發揮。

bì

婢

甲　　　篆

　　婢即婢女，指舊社會中供有錢人家使喚的女孩子，又泛指女奴、女僕。婢字由女、卑會意（卑又兼作聲符），女之卑者為婢，表明婢是女子中社會地位比較卑微的人。

婢子　女奴，婢女。又指婢女所生的子女。也用作古代婦女的卑稱或自稱的謙辭。

婢妾　小妻、侍女。

bǐ				
妣				

甲　　　金　　　篆

　　妣本指祖母或祖母輩以上的女性祖先，後來指母親，又特指亡母。甲骨文和早期金文的妣字，通作「匕」，像一人屈膝彎腰斂手之形。在古代父系社會，婦女處於從屬地位，在男性面前必須彎腰屈膝作恭順狀，故用此種形象的字來指女性。又泛指雌性，如牝字從匕，即是明證。後來又在匕字的基礎上加女旁，以表明其女性的身份。小篆的妣則變為從女比聲的形聲字。《説文解字》：「妣，歿母也。從女，比聲。」

　　妣考　亡母與亡父。

　　嫺是會意兼形聲字，從女從閑，閑亦聲。人有閑暇，則從容安靜，而女子從容安靜，則顯得特別高貴文雅，故嫺的本義為文雅，又用為熟練之義。

　　嫺都（dū）　文雅美好。

　　嫺雅　文靜大方（多形容女子）。

　　嫺熟　熟練。

　　姥字由女、老會意，其本義是老婦，即年老的婦女，
與「姆」通用。又媳婦稱婆婆為姥。北方方言稱外祖母或
尊稱年長的婦人為「姥姥」，也作「老老」，這時讀 lǎo。

shēn

身

甲　　　金　　　篆

　　甲骨文的身字，像一個腹部隆凸的人形，其本義當為妊娠，即婦女身懷有孕。身又指人或動物的軀體、身體，引申指自身、自我，又引申為親自之義。凡從身的字，大都與人的身體有關，如躬、躲、躺、軀等。

　　身份　人在社會上的地位、資歷等。

　　身世　人生的經歷、遭遇。

　　身教　以自己的實際行動對人進行教育。

　　身體力行　親身體驗，努力實行。

yùn

孕

甲　篆

　　甲骨文的孕字，像一個側立的大腹便便的人，人的腹中有「子」，表示懷有身孕。小篆字形訛變，不但腹中之「子」跑了出來，而且人形也已變樣，最後演變成楷書從乃從子的孕字。孕的本義為懷胎、生育，後也比喻在既存事物中培養出新事物。

　　孕育　懷胎生育，引申為庇護撫育。

甲　　金　　篆

yù
育

[毓]

人
體
形
體

　　甲骨文、金文的育字，像一個婦女生產的樣子：女人的下部有一個頭朝下的「子」，像嬰兒剛從母體中分娩出來的樣子；「子」下的三點，表示產子時流出來的胎液。育早期的字形為「毓」，育字從倒子從肉（月），是其變體。育的本義為生育，即生孩子，引申為撫養、培養之義。

　　育齡　在年齡上適合生育的階段。

子 zǐ

甲　　　金　　　篆

甲骨文、金文的子字，像一個嬰孩形象，主要有兩種表現方式：一是像嬰兒頭大身小之形，一是像小孩雙腳站立且突出表現其頭髮稀疏、凶門未合的特徵。因此，子字的本義是嬰兒，引申指子嗣，即兒女。子又借用為干支名，是十二地支的第一位。漢字中凡從子的字，大都與嬰孩或子嗣有關，如孩、孫、孝、孕、字等。

子弟　子與弟，相對「父兄」而言。又是對後輩的通稱，指子侄。

子夜　夜半子時，即晚十一點至淩晨一點。

子城　附屬於大城的小城，如內城及附郭的月城等。

甲　　　　篆

　　甲骨文的乳字，像一人胸前乳頭突出，雙臂抱子讓他
吮吸奶水的樣子，其本義為餵奶、哺乳，即以乳汁餵嬰
兒，又指吃奶。乳字由吃奶之義引申，泛指飲、喝，如
乳血餐膚；由餵奶之義又引申為奶汁、乳房；再由哺乳
嬰兒之義引申為產子、生育，又指剛生育過的或剛生下
的、幼稚的。

　　乳母　被僱為別人哺育嬰兒的婦女。

　　乳虎　指育子的母虎。又指幼虎。

　　乳臭未乾　口中還有奶氣，貶斥其幼稚。

zì

字

金

篆

　　字的構形，上部一個寶蓋頭（宀）代表房子，下面一個子字表示嬰兒。嬰兒在屋內，表示生育之義，引申為養育、滋生、孳乳等義。古人把最早產生的獨體象形字稱為「文」，而把由兩個或兩個以上的獨體字組合而成的合體字叫作「字」。因為合體的字是由獨體的文滋生出來的，所以稱「字」。後世「文」「字」不分，多以「字」來作為文字的通稱。

bǎo

保

甲　　　　金　　　　篆

　　嬰兒初生，不能站立行走，自己取食，護理照料實
非易事。常見的辦法是把嬰兒抱在胸前或揹在身後。甲骨
文和早期金文的保字，像一個人把嬰兒放在背上並伸出一
隻手在後面加以保護的樣子，後來手形與人形分裂，變成
右下的一點，為了平衡，又在子字的左下增加一點，原有
的象形意味就蕩然無存了。總之，保字的本義是揹負，引
申為護理、撫養、養育之義，進一步引申為保護、保佑、
守衛等義。

jié

孑

篆

　　小篆的孑字，從子而無右臂，像人獨臂之形，其本義為無右臂，引申為單、獨、殘留以及短、小等義。

　　孑然　形容孤獨的樣子。

　　孑遺　殘存，剩餘。

　　孑孒　短小。又專指蚊子的幼蟲。

jué

子

篆

　　孑字和子字一樣，均為殘缺的子形，只不過子缺右臂
而孑缺左臂而已，故孑字本指無左臂，同樣也引申為短、
小之義。

chán

孱

孱

篆

　　孱字從尸下有三子，子指幼童，尸為人形，表示人有眾多幼童。兒童幼稚瘦小，故孱字有弱小、懦弱之義，又引申為拘謹、謹小慎微等義。

　　孱弱　身體瘦弱。又指人軟弱無能。

　　孱（càn）頭　方言，罵人的話，指軟弱無能之人。

甲　　　　　金　　　　　篆

　　古文字的兒字，像一個嬰兒的樣子：身小頭大，囟門尚未閉合。《説文解字》：「兒，孺子也。…… 象小兒頭囟未合。」所以兒的本義是兒童。在古時，男稱兒，女稱嬰，但籠統而言皆稱兒。

　　兒女　子女。又指青年男女。

　　兒戲　兒童遊戲。又比喻做事不認真，處事輕率有如小兒嬉戲。

　　兒女情　指男女戀愛或家人之間的感情。

孫 𤳊𤳊 𤲟 孫

甲　　金　　篆

　　孫字從子從系，子是小兒形，系是繩索形，繩索有系聯之義，表示子孫連續不斷。孫的本義是孫子，即兒子的兒子，也泛指孫子以後的各代，如曾孫、玄孫。

　　古代「樸作教刑」（以棍棒作為教學的工具），用肉體的懲罰來督導學習，所謂「不打不成材」。這種「棍棒政策」的教育就很生動地表現在教字的字形上。古文字的教字，右邊像人手持教鞭（或棍棒），左邊一個「子」表示兒童，「子」上的兩個叉代表算數的籌策（小木棍或草稈），所以教字的本義為督導兒童學習，引申為指導、培育、訓誨等義。

| xué 學 | 甲 | 金 | 篆 |

　　學是一個會意字。甲骨文的學字，像人雙手擺弄籌策（小木棍或草稈）來算數的樣子；金文增加一個「子」，表示是兒童在學習算數。因此，學字的本義即為學習、仿效；引申為學問、學說、知識等，如品學兼優；又可以用來指人學習的場所，即學校。

甲	金	篆	zhǎng 長

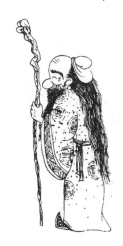

　　甲骨文、金文的長字，是一個手拄拐杖的老人形象，而特別突出其長髮飄飄的特徵。長字的本義是老人，引申指尊長，即輩分大、職位高的人，又指首領。用作動詞，長字又有生長、滋長、增長、成長等義。此外，長還讀 cháng，為長短之長，引申為長遠、長久等義。

lǎo

老

甲　　金　　篆

　　甲骨文、金文的老字，像一個彎腰駝背、老態龍鐘的老人手拄拐杖的樣子。老的本義就是老人，即年歲大的人；引申為年歲大，與「少」「幼」相對；又指陳舊，與「新」「嫩」相對。

　　老當益壯　年紀雖老，但志氣更高，幹勁更大。

　　老謀深算　籌劃周密，打算深遠，形容辦事精明老練。

xiào

甲　　金　　篆

　　孝是古代封建社會所崇奉的道德標準之一，善於侍奉
父母為孝。古文字的孝字，上部是一個彎腰駝背、白髮飄
飄的老人形象，下邊的「子」代表小孩，表示小孩攙扶老
人。敬重老人，幫助老人，這正是孝道的具體表現之一。
孝又指居喪，即在尊長死後一定時期內遵守一定的禮俗。

　　孝子　指孝順父母的人。又指父母死後居喪的人。

　　孝順　盡心奉養父母，順從父母意志。

　　孝敬　把物品獻給尊長，表示敬意。

yīn

殷

金　　　篆

金文的殷字，像人手持一根針形器具，在一個腹部膨大的人身上刺扎，表示醫治疾病。殷的本義為醫治，引申為治理、憂痛等義。此外，殷還有盛大、眾多、富足等義。

殷實　富足。

殷聘　盛大的聘禮。指古代諸侯遣使互相訪問，以敦睦邦交之禮。

殷切　深厚而急切。

殷勤　熱情而周到。

xià

夏

金　　　篆

　　古文字的夏字，像一個挺胸叉腰、四肢健壯、高大威武的人，本指高大威武之人，引申為物之壯大者。古代中原人自稱「夏」，又稱「華夏」。我國第一個朝代稱為夏朝，而現在夏多作為姓氏。此外，夏又用作季節名，是春夏秋冬四季的第二季。

　　夏令　夏季的節令。

　　夏曆　即農曆，也稱陰曆。其制始於夏朝，以正月為歲首，故名。

　　甲骨文的頁字，像一個頭部特別突出的人，其本義即為人頭。許慎《說文解字》：「頁，頭也。」頁字現多借用為葉，特指書冊中的一張，也指紙的一面，如冊頁、活頁等。在漢字中，凡由頁字組成的字大都與頁的本義人頭有關，如頸、項、額、頂、鬚等。

qǐng

頃

篆

　　頃為「傾」的本字，由匕、頁會意，匕為倒斜人形，頁為人頭，故頃字本義為頭不正，引申為歪斜、偏側之義。此字後多借用為時間名詞，指少時、片刻，引申為時間副詞，指近來，剛才；又用為土地面積單位，百畝為一頃。

　　頃之　一會兒，不多久。之，助詞，無義。

　　頃畝　百畝或概指百畝之地。也泛指田地。

fán
煩

篆

　　煩字從頁從火，頁指人頭，表示頭熱疼痛，猶如火燒，引申為焦躁、苦悶、勞累、雜亂等義。《說文解字》：「煩，熱頭痛也。從頁從火。一曰焚省聲。」所謂省聲，是說只寫聲符的一部分而不寫全。

　　煩惱　佛教指身心為貪欲所困擾而產生的精神狀態。又指愁苦。

　　煩勞　繁雜勞累。也可用作動詞，麻煩、打擾。

　　煩悶　鬱結不舒暢。

　　煩劇　指事務叢雜。

籀　　　　篆

[兒]

　　小篆的貌字，像一個頭面突出的人，本義是人的面容、相貌、儀表，泛指事物的外表、外觀、樣子、狀態等。或寫作從頁，豹省聲，則由象形變而為形聲。

　　貌合神離　外表親密而內懷二心。

shǒu
首

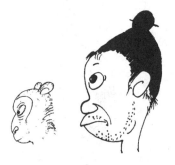

甲　　　金　　　篆

甲骨文首字是一顆頭顱的形象，但不大像人類的頭，而更像獸類（如猿猴）的頭。金文的首字則只用一隻眼睛和頭髮來作為頭部的標誌。因此，首的本義是人或其他動物的頭。由頭的意義引申，首字有首領之義，即一群之長，又引申為事物的開始、第一、最高等義，如首屆、首席、首當其衝、首屈一指等。

xiàn

縣

金　　　篆

　　縣是「懸」的本字。遠古之時，有將戰敗者梟首示眾
的做法。金文的縣字，一邊的「木」代表樹或木杆，用一
根繩子把一顆頭顱懸掛在樹或木杆上。小篆縣字形體略有
變化，其左為倒「首」，右為「系」，也是懸掛人頭之狀。
所以，縣的本義為懸掛人頭，引申為吊、懸、系掛之義。
縣字後來借用為地方行政區劃名稱，故另造「懸」字來表
示它的本義。

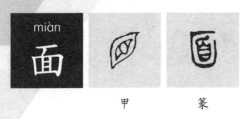

miàn

面

甲　　　　　篆

　　甲骨文的面字，外部是一張臉的輪廓，中間有一隻大眼睛，它的本義即是人的臉。不過在古代，臉和面的含義有所不同。臉，最初指頰，即眼睛與顴骨之間的部位；而面指整個頭部的前面部分。所以面可泛指前面，又指物體的外表、表面。

　　面目　面貌。也泛指事物的外貌。

　　面壁　面向牆壁。佛教也稱坐禪為面壁，謂面向牆壁，端坐靜修。

　　面面相覷　相視無言。形容緊張驚懼、束手無策之狀。

金　　　　　篆

頤，是指人臉的頰、腮部位。金文的頤字，像臉上的
頰、腮；有的在腮部畫有鬍鬚；小篆、楷書又加頁旁，表
示頤在人的頭部。頤字除指人面的頰、腮之外，還可用作
保養之義，如頤養。

頤指氣使　不說話而用面部表情來示意，形容有權勢
的人的傲慢神氣。

xū

鬚　　　　　金　　　　　篆

　　古代男子以鬚眉濃密為美。金文的鬚字，正像人面有
鬚的樣子，其本義為鬍鬚。後來加義符彡（biāo，表示毛
髮）寫作「鬚」，又簡化為「須」。鬚字在後來多假借為
「需」，有需要、必需、應當等義。

　　鬚眉　鬍鬚和眉毛。舊時指男子。

rǎn

冉

甲　　　金　　　篆

　　冉是「髯」的本字。古代鬚、髯有別，髯指頰毛，鬚則指下巴上的鬍子。古文字的冉字，正像兩頰髯毛下垂的樣子。冉字由髯毛下垂引申為柔弱、垂下之義。而冉冉連用，則有慢慢、漸漸之義。

　　冉冉　漸進的樣子。又形容柔弱下垂之狀。

ér				
而				
	甲	金		篆

　　古文字的而字，像人頰下鬍鬚飄拂的樣子，其本義當是下巴上的鬚毛，今人多稱鬍子或鬍鬚。而字後來多借用為第二人稱代詞，相當於你、你們；又借為連詞，有和、及、才、就、並且等多種含義。其本義反而少為人知了。

　　而已　語末助詞，僅止於此，相當於「罷了」。

　　而立　《論語·為政》：「子曰：吾十有五而志於學，三十而立。」後稱三十歲為而立之年。

nài

耐

篆

　　耐是古代一種剃去鬍鬚的輕微刑罰。耐字從而從寸，
而是鬍鬚，寸是手，表示用手除去鬍鬚。此字後多借用為
忍受、禁得住之義，本義遂不再行用。

　　耐久　持久，經久。

　　耐煩　忍受麻煩。

méi
眉

甲　　　金　　　篆

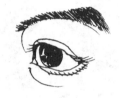

　　甲骨文、金文的眉字，均像人眼上有眉毛的樣子，其本義即為眉毛。小篆以後眉字形體略變，原字的象形意味就逐漸減弱了。

　　眉目　眉毛和眼睛，泛指容貌，後又指一件事情的頭緒、條理。

　　眉睫　眉毛和眼睫毛，比喻近在眼前。

　　眉批　眉在人臉五官的上端，所以凡在上面的往往稱為「眉」，比如書頁的上端稱「書眉」，而在書眉部分加上批語，就叫「眉批」。

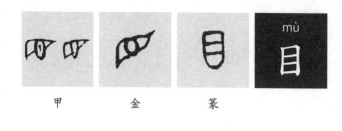

甲　　金　　篆

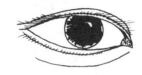

　　目字是個象形字。甲骨文、金文的目字,像一隻眼睛。它的本義即為眼睛,引申為動詞,是以目視物,即看的意思。目又可以指漁網的網孔(俗稱「網眼」),引申指條目、細目等。漢字中凡從目之字,都與眼睛及其作用有關,如看、眉、相、瞪、瞥等。

　　目送　以目光相送。

　　目前　眼前,現在。

　　目錄　按次序編排以供查找的圖書或篇章的名目。

　　目空一切　形容驕傲自大,什麼都看不起。

zhí

直

甲　　　　篆

　　甲骨文的直字，為目上一條直線，表示目光直視。
《說文解字》：「直，正見也。」因此，直的本義為直視、正
視，引申為成直線的（與「曲」相對）、垂直（與「橫」
相對）、正直、公正、直爽、直接等義。

　　直觀　用感官直接接受的，直接觀察的。

　　直截了當　（言語、行動等）率直爽快。

　　直言不諱　直率而言，無所隱諱。

甲　　金　　篆

　　古代的奴隸主為了強迫奴隸勞動，防止他們造反，往往采取極其殘酷的鎮壓手段：或給他們戴上沉重的腳鐐手銬，或用繩索套住他們的脖子，或砍去他們的一隻腳，或用錐子刺瞎他們的眼睛。甲骨文、金文的民字，正像以錐刺眼之形，其本義為奴隸；引申指被統治者，其中包括奴隸和平民；後也泛指普通的群眾、老百姓。

盲 máng

璽　篆

　　盲字是會意兼形聲字，從亡從目，亡即無，表示眼中無眸，亡又指示這個字的讀音。《說文解字》：「盲，目無牟（眸）子。」目中無眸子就看不見東西，所以盲的本義為瞎。

　　盲目　眼瞎，比喻沒有見識，認識不清。

　　盲從　不問是非地附和別人，盲目隨從。

　　盲動　未經考慮，沒有明確目的就行動。

　　盲人摸象　形容對事物沒有全面了解，固執一點，亂加揣測。

shuì

睡

篆

　　睡字是會意兼形聲字,從目從垂,表示垂頭閉目休息,垂又代表這個字的讀音。《説文解字》:「睡,坐寐也。」所以睡本指坐着打瞌睡,又泛指睡覺、睡眠。

　　睡鄉　即夢鄉,入睡後的境界。

　　睡魔　人疲乏時,急切欲睡,好像有魔力催促,稱為睡魔。

xiàng
相

甲　　　金　　　篆

　　相字從木從目，是個會意字，表示用眼細細觀賞樹木外形。相的本義是觀察事物的外表以判斷其優劣，引申指人或事物的外觀形貌。此外，相字還有輔助之義，又用作官名，特指宰相。相又可讀xiāng，有相互、交互之義，也表示一方對另一方有所動作。

　　相術　指觀察人的形貌，預言其命運的一種方術。

　　相貌　即容貌，指人的面部模樣。

　　相得益彰　指互相配合，更能顯出彼此的長處。

kàn

看

篆

　　看是個比較晚出現的會意字，在甲骨文和金文中還未發現。小篆的看字，從手在目上，像手搭涼棚往遠處眺望。因此，看的本義為遠望，引申為觀察、注視之義，再引申為探望、訪問之義。

　　看台　供觀望的高台。

　　看法　對客觀事物所抱的見解。

　　看風使舵　比喻跟着情勢轉變方向，即隨機應變。多用作貶義。

wàng

望

甲　　　金　　　篆

　　望本是個會意字。甲骨文的望，是一個人站在一個高出地面的土墩上翹首遠看的樣子；金文望字增加月形，表示「舉頭望明月」的意思。因此，望的本義為仰觀、遠看。登高遠望往往有等待之意，故又可引申出期望、期盼等義。小篆以後，望字形體發生變化，原來代表眼睛的「臣」被「亡」（表示讀音）所代替，望字即由會意字變成了形聲字。

miǎo

眇

篆

　　眇字由目、少會意，表示少一隻眼，故其本義是偏
盲，即一目失明，也泛指兩眼瞎。《説文解字》:「眇，一
目小也。」即眯着一隻眼睛仔細看，故又有細小、諦視、
仔細看等義，又引申為低微、遠、高遠等義。

　　眇茫　即渺茫，遼闊而迷茫看不清的樣子。

　　眇視　偏盲，以一眼視，或暗中偷看。又指輕視、
蔑視。

mián

眠

瞑

篆

[瞑]

　　睡的本義是坐着睡覺，而瞑是真正的臥床睡覺。《說文解字》：「瞑，翕目也。從目、冥，冥亦聲。」翕目即閉目。瞑字由目、冥會意，冥有黑、暗之義，閉目入睡，目無所見，當然是一片黑暗了。瞑字既是會意字，又屬形聲字。今天這個意義寫作眠，以民為聲符，是完完全全的形聲字。而瞑只表示閉眼或昏暗，讀 míng。

　　瞑目　閉目。又比喻死而無憾。

　　瞑眩　頭暈目眩。

　　瞑瞑　昏暗迷亂。

甲　　　　金　　　　篆

　　甲骨文、金文的曼字，像以兩手撐開眼睛，其本義為
張目，引申為展開、延長之義。《說文解字》：「曼，引也。
從又，冒聲。」則誤把會意當形聲。古人以眼大為美，故
曼字又有美好、嫵媚之義。

jiàn

見

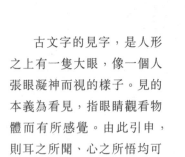

甲　　　金　　　篆

　　古文字的見字，是人形之上有一隻大眼，像一個人張眼凝神而視的樣子。見的本義為看見，指眼睛觀看物體而有所感覺。由此引申，則耳之所聞、心之所悟均可稱之為「見」，如聽見、見識、見解等。此外，見還常借用為助動詞，表示被動。

　　見地　見解、見識。

　　見效　發生效力。

　　見笑大方　指知識淺陋，為見識廣博的人譏笑。今多用為謙辭。又作「貽笑大方」。

　　見義勇為　見正義之事而勇於作為。

　　見微知著　通過事物的細微跡象，認識其實質和發展的趨勢。

金

金文的覓字，從爪從見，像人以手搭眼窺視之狀，其本義為斜視、偷看，引申為尋找、求索等義。

覓句 指詩人苦吟。

lǎn

覽

篆

　　覽字從監從見，監有從上俯視的意味，因此覽的本
義為俯視、鳥瞰，引申為觀看、閱覽等義。《說文解字》：
「覽，觀也。從見、監，監亦聲。」則監又兼作聲符。

　　覽勝　觀賞美麗的景色。也作「攬勝」。

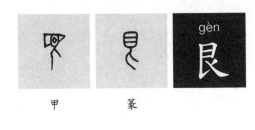

gèn

艮

甲　　　篆

　　甲骨文的艮字，像人扭頭向身後反視，其本義為回顧、顧盼。頻頻回顧則猶豫不前，故又有停滯不前之義。後世多用艮為卦名，為八卦之一，其象為山。又因艮在方位上屬東北，故以東北為艮。

限

xiàn

金　　　篆

金文的限字，左邊的阜像高丘形，右邊是一張目反顧的人形，表示一個人回頭向後看，但被高丘阻擋視線，無法極目遠眺。限的本義為阻擋、阻隔，引申為限制，又指界限。此外，限字還可當門檻講，因為門檻有限制、界限的作用。

限定　在數量、範圍等方面加以規定。

限度　範圍的極限；最高或最低的數量或程度。

限期　指定日期，不許超過。

甲　　　金　　　篆

　　臣本指男性奴隸或俘虜。《尚書》孔傳中說，凡是奴隸，「男曰臣，女曰妾」。泛指僕役。甲骨文、金文的臣字，像一豎起的眼睛。因為奴隸在主人面前不能抬頭平視，只能俯首或仰視，所以成豎目。奴隸為卑恭、屈服之人，所以臣又有臣服、屈服之義。在奴隸、封建君主制時代，各級官員都是帝王君主的奴僕，在君主面前均自稱為「臣」。

WÒ

臥 臥

篆

　　臥字從人從臣，臣為豎目形，人低頭俯視則目豎。金文臨、監二字所從的臥字均為俯身向下看的樣子。所以臥字的本義為俯伏、趴下，引申為仰躺、睡下的意思。

　　臥具　　枕席被褥等臥室用具的統稱。

　　臥病　　因病躺下。

　　臥薪嘗膽　　形容人立志報仇雪恥，因此刻苦自勵，不敢安逸。

| 甲 | 金 | 篆 | zāng 臧 |

　　古代以戰俘為奴隸,為了防止他們反抗和逃跑,往往殘酷地將其雙眼刺瞎。甲骨文和早期金文的臧字,從戈從臣,像以戈刺瞎人眼,本指在戰爭中被虜獲為奴隸的人,後用作對奴婢的賤稱。在典籍中,臧字常用作善、好、稱許之義。

　　臧否(pǐ) 善惡,得失。又指品評,褒貶。也作「臧貶」。

　　臧獲 對奴婢的賤稱。

135

jiàn

監 甲 金 篆

　　在古代發明鏡子之前，人們若想看到自己的樣子，就
只有一個辦法，即用水來照。甲骨文、金文的監字，像一
個人跪在水盆（皿）邊，張眼向下看的樣子，表示人利用
盆中之水照看自己的模樣，所以監字的本義為臨水自照，
即自己看自己。這個意義後來寫作「鑒」。由自己看自己
引申為觀察別的人或事物，故監又有監視、監督之義，讀
jiān。

金　　篆

　　金文的臨字，像人俯視眾物。小篆的臨從臥從品，臥
像俯視的人形，其下為眾物，其會意方式與金文相同。因
此，臨的本義為俯視，引申為面對、降臨、到、及等義，
又引申為統管、治理之義。

　　臨時　到事情發生之時。又指一時、暫時。

　　臨渴掘井　感到渴了才挖井，比喻平時沒有準備，事
到臨頭才想辦法。

　　臨淵羨魚　比喻只有空想和願望而不去實幹，就無濟
於事。

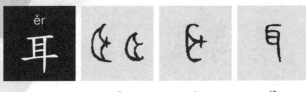

ěr

耳

甲　　　金　　　篆

　　甲骨文、金文的耳字，正像一隻耳朵，本義即為耳
朵。耳是人和動物的聽覺器官，故凡從耳的字，都與耳朵
或聽覺有關，如聞、聶、取等。

　　耳目　指見聞。又指替人刺探消息的人。

　　耳食　比喻不善思考，輕信傳聞。

　　耳濡目染　形容經常在一起，聽得多了看得多了之
後，無形之中會受到影響。

　　甲骨文的聞字，像一個人豎起耳朵正在聚精會神地聽着什麼聲音的樣子。金文聞字或變為形聲字，從耳昏聲。小篆聞字從耳門聲，門也可以是個義符，似乎可以理解為一耳貼在門外偷聽別人説話。聞的本義為聽、聽見，又指所聽到的事情、消息，如新聞、奇聞，引申為見聞、知識。後來聞字從聽覺範疇擴展到嗅覺範疇，如聞香下馬。

　　聞風喪膽　聽到一點風聲就嚇破了膽。形容對某種力量極端恐懼。

　　聞一知十　形容人十分聰明，善於類推。

shèng

聖

甲　　金　　篆

　　甲骨文、金文的聖字，像一個人站着聽人說話的樣子。其中的口表示有人在說話，而人形頭上的耳朵特別突出，表示聽力極佳。所以，聖字的本義是聽覺靈敏，又有聰明睿智、百事通達之義。古代稱人格品德崇高、學識才能有極高成就的人為「聖」，如聖賢、詩聖、書聖等。在封建君主制時代，聖多用為對帝王的尊稱，如聖上、聖旨、聖恩等。

聖明　封建時代稱頌君主的套詞，言英明而無所不知。

聖哲　超凡的道德才智。又指聖哲的人。

　　甲骨文的聽字，從耳從口，表示用耳朵聽別人講話。
聽的本義是用耳朵來感受聲音，引申為聽從、接受，又引
申為決斷、治理之義。

　　聽命　接受命令。

　　聽政　處理政務，引申為執政。

　　聽其自然　任憑人或事物自然發展變化，不去干涉。

　　聽天由命　指聽從天意和命運的安排而不做主觀努力。

聶　聶

篆

　　聶字是個會意字，從三耳，表示眾人口耳相傳。《說
文解字》：「聶，附耳私小語也。」故聶的本義為附耳私語，
這個意義後來寫作「囁」。聶現在多用作姓氏。

甲　　　　　篆

sheng
聲

　　甲骨文的聲字，像一個人手持小槌敲打懸掛的石磬，從耳表示可以聽到石磬發出來的聲音。聲的本義是聲音、聲響，又指音樂、言語、音信，引申為聲勢、名譽之義。

　　聲色　説話的聲調和臉色。又指音樂歌舞和女色。

　　聲援　聲勢相通，互相援助。

　　聲東擊西　指戰鬥中設計造成對方錯覺，而突襲其所不備之處。

取 qǔ

甲	金	篆

　　古代兩軍作戰，戰勝一方的將士是以割取敵人的首級或俘虜的耳朵來計功的。甲骨文的取字，像一隻手拿着一隻被割下來的耳朵，表示割取耳朵，引申為捕獲、索取、收受、採用等義。

dā

耷

　　耷字由大、耳會意，其本義即為大耳朵。耳大則下
垂，故有下垂、低垂之義。

耷拉　下垂，垂下。

自 zì

甲　　金　　篆

　　甲骨文的自字，像人的鼻子，是「鼻」字的初文，其本義即為鼻子。後來自字多用作第一人稱代詞，指自己；因而增加一個「畀」字作為聲符，另造了一個「鼻」字來表示鼻子的意思。

　　自由　指能按自己的意願行動，不受他人限制。

　　自然　天然，非人為的；又指不造作，非勉強的。

　　自相矛盾　比喻言行不一致或互相抵觸。

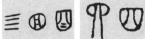

sì
四

甲　　　金　　　篆

　　四是一個數目字。甲骨文的四字，是用四條橫畫來表示四這個數目。它和一、二、三等數目字一樣，都屬於指事字。而「四」字是一個象形字，像人口中發出來的聲氣，當是「呬」的本字。因此，四字作為數目字，乃是借用了「呬」的本字。

　　四平八穩　形容說話、做事、寫文章十分穩重，有時也指做事只求不出差錯，缺乏創新精神。

kǒu

口

甲　　　篆

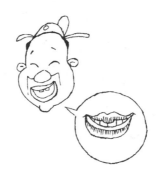

　　口字正像人或動物的嘴，其本義就是嘴巴。嘴巴是人或動物飲食、發音的器官，所以從口的字多與吃喝和言語有關。口也可用作言語的代名詞，如口舌、口角等。口形中空，故凡形狀像口的事物都可以口為喻，如山口、海口、洞口、關口、瓶口、碗口、瘡口、決口等。

　　口實　指話柄，即可供別人批評或談論的資料。

　　口若懸河　比喻人健談，說話如河水傾瀉，滔滔不絕。

　　口誅筆伐　指用言語或文字譴責他人的罪狀或錯誤言行。

甲　　金　　篆

SI
司

　　古文字的司字，像以手遮嘴作呼叫狀，表示大聲呼喝，發號施令，故其本義為主持、掌管，引申為操作、經營等義，又可用作官職或行政組織名稱。

　　司法　指檢察機關或法院依照法律對民事、刑事案件進行偵查、審判。

　　司儀　舉行典禮或召開大會時報告進行程序的人。

　　司令　負責指揮所屬軍隊的長官。

　　司空見慣　相傳唐朝司空李紳請卸任和州刺史的劉禹錫飲酒，席上叫歌伎勸酒。劉作詩有句曰：「司空見慣渾閑事，斷盡江南刺史腸。」後用「司空見慣」表示看慣了就不覺得奇怪。

149

　　囀字由口、轉會意，表示聲音出口婉轉，其本義即為聲音婉轉。又指小鳥鳴叫，因為小鳥的叫聲往往十分婉轉好聽。轉又兼作聲符。

dāi

呆

　　呆字由口、木會意，其本義是言語木訥，口齒不靈，引申為頭腦遲鈍，癡傻，又指人臉上表情死板，發愣。

　　呆滯　不靈活，不活動。

　　呆若木雞　呆得像木頭雞一樣，形容人因恐懼或驚訝而發愣的樣子。

tuò

唾

唾濹

篆

　　小篆的唾字，由口（或水）、垂會意，是指由口中垂落下來的液體，即唾液，通稱「唾沫」，俗稱「口水」。唾還表示用力吐唾沫。《說文解字》：「唾，口液也。從口，垂聲。」則垂又兼作聲符。

　　唾罵　鄙棄責罵。

　　唾面自乾　人家往自己臉上吐唾沫，不擦掉而讓它自己乾。比喻受了侮辱而極度容忍。

yīn

喑

篆

　　喑字由口、音會意，其本義是嬰兒啼哭不休，導致嗓音嘶啞，義同「瘖」。《說文解字》：「宋、齊謂兒泣不止曰喑。從口，音聲。」則音又兼作聲符。引申為緘默不言。

　　喑啞　口不能言。又比喻沉默不語。

zhǐ

只

篆

只字在古籍中用作語氣詞。小篆的只字,從口下有兩道,像口中說話時聲氣外出的樣子,用以表示語氣。後因同音的關係,借用為「祇」,表示僅僅;又借用為量詞的「隻」。

只今　如今,現在。

xuān

喧

篆

[誼]

　　小篆的喧字，從二口，表示人多口雜，聲音吵鬧，其本義即為聲音大，吵鬧。今寫作喧，從口宣聲，屬形聲字。

喧嘩　聲音大而雜亂。又指喧嚷。

喧鬧　喧嘩熱鬧。

喧騰　喧鬧沸騰。

喧囂　聲音雜亂，不清靜。又指叫囂，喧嚷。

喧賓奪主　客人的聲音比主人的還要大，比喻客人佔了主人的地位，或外來的、次要的人或事物侵佔了原有的、主要的人或事物的地位。

155

xiāo

囂

金　　篆

　　囂字由「頁」和四個「口」組成，頁指人頭（參見「頁」字條），一個人四面都是口，表示說話的人很多，聲音嘈雜，有吵鬧、喧嘩之義，如成語甚囂塵上（指人聲喧鬧，塵土飛揚，後來形容議論紛紛，多含貶義）。

　　囂塵　指喧鬧，塵土飛揚，同「甚囂塵上」。

　　囂張　指為人跋扈，放肆張揚，如「氣焰囂張」。

qiàn
欠

甲　　　篆

甲骨文的欠字，像一個跪着的人昂首張嘴，大打哈欠的樣子，它的本義就是張口出氣，也即打哈欠。以欠為偏旁的字，如吹、歌、歇等，大都與張口出氣有關。至於欠債、虧欠的「欠」，則用的是假借義，與本義無關。

chuī

吹

甲　　金　　篆

　　吹字從口從欠，欠字本來像一個人張口出氣的樣子，再加上一個口，強調用嘴巴呼氣，所以吹的本義為「合攏嘴唇用力呼氣」。自然界空氣的流動也可稱為吹，如「風吹雨打」。而一個人信口開河、胡說八道則叫作「吹牛」或「吹牛皮」。

xián

涎

甲　　　篆

[次]

　　涎字的本義是口水、唾液。甲骨文、金文的涎是個會意字，像一個人張着嘴，嘴裏流出口水的樣子；小篆涎字從水從欠，仍是會意字；楷書涎字從水延聲，則變成了形聲字。

　　涎皮賴臉　厚着臉皮跟人糾纏，惹人厭煩。

yǐn 飲

甲　　金　　篆

　　斯文人飲酒，是先把酒斟入酒杯，然後再慢飲細品。而甲骨文的飲字，像一個人彎腰低頭，伸着舌頭抱壇痛飲的樣子，可見古人飲酒也是豪興過人。飲的本義是喝酒，後來才引申指一般的喝，如飲水、飲茶等。

　　飲水思源　南北朝庾信《徵調曲》：「落其實者思其樹，飲其流者懷其源。」後人取其意，以喻不忘本源。又作「飲水知源」。

　　飲鴆（zhèn）**止渴**　飲毒酒解渴。比喻不顧後患，用有害的辦法解決眼前的困難。

chuī

炊

篆

　　古代以木柴為燃料，燒火做飯時常常還需要人吹氣或煽風助燃。這種做法就反映在炊這個漢字上。炊字從火從欠，欠是「吹」的省略，表示人吹火燃柴，其本義即燒火做飯。《說文解字》：「炊，爨（cuàn）也。從火，吹省聲。」

炊火　燒飯的煙火。也用以比喻人煙。

炊金饌（zhuàn）玉　形容飲宴豪奢。

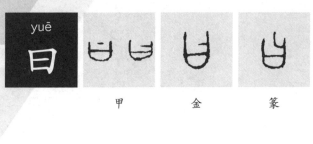

甲　　　金　　　篆

　　古文字的曰字，像口中加一橫或一曲畫之形，表示從
口裏發出聲音，即說話。曰的本義為說、道，引申為叫、
叫作，又引申為為、是，表示判斷。

篆

　　遝字從曰從水，表示人言多如水，其本義為話多。《說文解字》：「遝，語多遝遝也。」引申為囉唆、重遝、繁雜以及鬆懈、鬆弛等義。

　　遝雜　繁多雜亂。

　　遝至　連續不斷而來。

　　遝拖　重疊的樣子。又指辦事拖拉，不利落。也作「拖遝」。

甲　　　篆

　　古文字的甘字，從口從一，一為指示符號，表示口中所含的食物。甘本指食物味美，特指味甜。引申為甘心、樂意、情願等義。

甘旨　指美味。

甘言　即甜言蜜語，指諂媚奉承的話。

甘拜下風　與人比較，自認不如，願居下列。

　　甜和「甘」的本義完全相同。甜字從甘從舌，甘指味道甜美，而舌是辨味的器官。所以甜的本義是味道甘美，引申為美好之義；又指酣適，形容覺睡得踏實。

　　甜美　甘甜可口。又指愉快、舒服。

　　甜頭　微甜的味道，泛指好吃的味道。又指好處、利益。

　　甜言蜜語　為了討人喜歡或哄騙人而說的好聽的話。

shé

舌

| 甲 | 金 | 篆 |

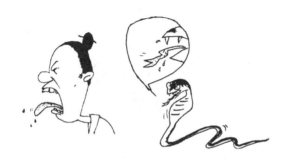

　　舌的本義就是舌頭。甲骨文的舌字，下面的口是嘴的象形，從嘴中伸出來並帶有唾液的東西，就是舌頭。《說文解字》：「舌，在口，所以言也，別味也。」人的舌頭有兩大功能，發音說話和辨味，所以與說話和食味有關的字多從舌，如舐、舔、甜等。

　　舌耕　古代把教書授徒稱為「舌耕」，意即以口舌為謀生工具。

　　舌人　古代指通曉他國語言、擔任翻譯的人。

　　舌劍唇槍　比喻人言辭犀利，能說會道。

yán

言

甲　　　金　　　篆

　　甲骨文、金文的言字，下面部分是口舌的象形，而在舌頭之上加一短橫作為指示符號，表示人張口搖舌正在說話，因此言字的本義為說話，如「直言不諱」（有話直說，毫無顧忌）。引申為名詞，指說話的內容，即言論、言語，如「言簡意賅」（言語簡練而意思完備，形容說話寫文章簡明扼要）。

xùn 訊			
	甲	金	篆

　　甲骨文、金文的訊字是個會意字，像一個人雙手被繩索反縛在背後，被縛之人即為戰俘或罪犯，左邊的「口」表示審問之意。因此，訊字的本義為審問戰俘或罪犯，又特指戰俘，如「折首執訊」（砍敵人的頭，抓到俘虜）。小篆以後，訊字變為形聲字，本義就罕為人知了。後來訊用為一般的詢問、查問之義；引申為信息、音訊，如唐儲光羲詩：「有客山中至，言傳故人訊。」

tǎo

討

篆

　　討字由言、寸會意。在古文字偏旁中，寸和又往往相通，都是手形。此處從寸，表示伸手探取；從言，則表示用語言請求。因此討字的本義為索要、請求，引申為聲討、譴責、征討、治理、探究、尋訪、乞求等義。

　　討伐　征伐。

　　討論　研究議論。

　　討便宜　謀取非分利益。

獄 yù

金　　篆

　　獄字由言、狀會意，狀指兩犬互咬，引申為爭鬥、糾紛之意，從言則表示用訴訟辯論的方式來解決爭鬥和糾紛，故獄字的本義為訟案，俗稱「打官司」。又引申為監牢、牢獄之義。

獄吏　管理監獄的官吏。

獄卒　看管獄中囚犯的差役。

獄情　案情。

獄牒　刑事判決文書。

金　　　篆

　　音和言都是指從口中發出聲音，最初本無區別，所以金文音、言可以通用。後來二字的用法發生分化，言專指人說話的動作或說話的內容，而音泛指從口中發出來的任何聲響，所以音字就在言字的基礎上加一小橫，以示區別。音的本義是聲音，又指樂聲，引申為消息、信息等。

　　音信　往來的信件和消息。

　　音容　指人的聲音和容貌。

　　音樂　用有組織的樂聲來表達人們思想感情、反映現實生活的一種藝術。

yá

牙　甲　　金　　篆

牙，即牙齒。小篆的牙字，像人的牙齒上下交錯的樣子；有的牙字從齒，其義更為顯豁。在古代，牙多指象牙，如牙尺、牙板、牙管等；又用作牙旗的簡稱。

牙口　指牲口的年齡。又指老年人牙齒的咀嚼力。

牙爪　即爪牙，指官吏的隨從差役。

chǐ

齒

甲　　金　　篆

　　齒也是指牙齒。甲骨文的齒是一個象形字，像人口中
上下兩排牙齒。金文、小篆的齒字增加了一個止旁表示讀
音，齒字於是由原來的象形字變成了形聲字。

　　齒舌　猶言口舌，指人的議論。

　　齒發　牙齒與頭髮，借指人的年齡。

qǔ
齲

甲　　　　篆

　　齲是一種口腔疾病，是由於口腔不清潔，牙齒被腐蝕形成了空洞。古代醫學尚不發達，人們誤認為這種病是由於牙齒內有蛀蟲之故，所以把患這種病的牙齒叫「蛀齒」，俗稱「蟲牙」或「蟲吃牙」。甲骨文的齲字，正像齒間有蛀蟲之形。《說文解字》小篆齲字從禹從牙（或齒），禹也是蟲形，同時又代表讀音，因此齲字是會意兼形聲字。

niè

齧

（嚙）

篆

　　齧指（鼠、兔等動物）用牙啃或咬。小篆的齧字從齒從㓞，從齒表示用牙齒咬；㓞即契，指用刀在木頭上刻劃，與啃損之意相近。《説文解字》：「齧，噬也。從齒，㓞聲。」則㓞又兼作聲符。

　　齧合　上下牙咬緊。又指像上下牙那樣咬緊。

　　齧臂　咬臂出血，以示誠信。

shǒu 手

 金

 篆

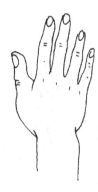

　　古文字的手字，像一隻人手的樣子，上面的分支代表五個手指，下面是手臂。在漢字中，凡從手的字都與手的動作有關，如打、拍、扶、拿等。

　　手下　指所屬的人，猶部下。

　　手冊　記事小本。今也稱各種專業資料或一般知識性的小冊子為手冊。

　　手忙腳亂　形容遇事慌張，不知如何是好。

甲　　　金　　　篆

　　爪字的本義為覆手持取，其實也就是「抓」的本字。甲骨文的爪字，像一隻向下伸出的手，而且特別突出手指；金文的爪字更在指端添上指甲，所以爪字也指人的手指，又是指甲和趾甲的通稱，後來引申指動物的腳——爪子。

　　爪牙　爪和牙，是鳥獸用於攻擊和防衛的主要工具。引申指武臣；又比喻得力的助手、親信、黨羽等。現多用為貶義。

chǒu			
丑	ｅ	丑	丑
	甲	金	篆

　　古文字的丑字，像人的手爪，當即古「爪」字，借用為干支名，表示十二地支的第二位；用作時辰名，指凌晨一點到三點；作為生肖名，丑屬牛。

甲	金	篆	jiǔ 九

　　古文字的九字像人手臂彎折，指手肘，當即「肘」的本字。借用為數目字，除專指九這個特定的數目外，也虛指多數。

　　九州　古代中國設置的九個行政區域。又代指中國。

　　九泉　地下深處，常指人死後埋葬的地方。

　　九死　多次接近死亡。

　　九牛一毛　指多數中的極少數，比喻微不足道。

　　九牛二虎　形容非常大的力氣。

　　九死一生　形容處於生死關頭，情況十分危急。也指多次經歷危險而幸存。

　　九霄雲外　形容極度高遠的地方。

gōng
肱

甲　　　金　　　篆

　　肱是指人的胳膊上從肩到肘的部分，也泛指胳膊。甲骨文的肱字，是在上肢的臂肘部位加一個隆起狀的指示符號，表示臂肘所在的位置。此字形為《説文解字》小篆所本。而小篆肱字的異體字在原字形上增加肉（月）旁，又為楷書肱字所本。

甲　　　金　　　篆

　　左和右一樣，最初本是一個象形字。甲骨文就是一隻向左伸出的手形，後來才在手形下加「工」，成為左字的定形。所以左字的本義是左手，引申為方位名詞，凡在左手一邊的都叫「左」，與「右」相對。

　　左右　左和右兩方面，又指旁側，引申指身邊跟隨或侍候的人；用作動詞，則有支配、影響等義。

yòu

右

甲　　金　　篆

　　右字本是一個象形字。甲骨文的右字,像一隻向右
邊伸出的手。此字楷書可寫為「又」,是右的本字。後來
由於「又」多借用為副詞,所以金文就在「又」下增加
一個「口」,作為表示右手或左右的右的專字。因此,右
的本義為右手,引申為方位名詞,凡在右手一邊的皆稱
「右」,與「左」相對。

cùn

寸

篆

　　寸字是個指事字。小篆的寸字，從又從一，又是手形，一為指示符號，在手下左側，指的是手掌以下約一寸的地方，即中醫診脈的部位，又稱「寸口」。所以，寸的本義是寸口，為經脈部位名稱。寸又用作長度單位名稱，十分為一寸，十寸為一尺。又形容極短或極小，如寸土、寸步、寸陰等。

　　寸心　指心。心位於胸中方寸之地，故稱「寸心」。又指微小的心意。

　　寸進　微小的進步。

　　寸隙　短暫的空閒。

　　寸步難移　形容走路困難。也比喻處境艱難。

甲　　金　　篆

　　古文字的友字，像兩隻同時伸出來的右手，兩手相交表示握手。直到現在，老友重逢，大家還都伸出右手緊緊相握，以表達親密友好之情。因此，友字的本義就是朋友。不過在古代，「朋」和「友」的含義是有區別的：「同門曰朋，同志曰友」，跟從同一個老師學習的人稱為「朋」，志同道合的人稱為「友」。

甲　　　金　　　篆

人
體
器
官

　　反是「扳」字的最初寫法。古文字的反字，像一個人
在懸崖峭壁下用手向上攀援，本義即為攀，引申為翻轉，
又引申為方向正反的反。隨着意義的引申，反字的本義漸
漸變得隱晦，於是只好在原字上又增加一個手旁，另造了
一個「扳」字來表示攀援之義。

fán

樊

篆

　　樊通「藩」。小篆的樊字，像人雙手持木交叉編織籬
笆，其本義即為籬笆；用作動詞，則有築籬圍繞之義。如
《詩經・齊風・東方未明》：「折柳樊圃，狂夫瞿瞿。」後多
用作地名和姓氏。

　　樊籠　關鳥獸的籠子，比喻受束縛、不自由的境地。

篆

　　小篆的攀字本是個會意字，像一雙向兩邊伸出的手，表示用雙手抓住東西引身向上攀援。後來攀變成從手樊聲的形聲字。攀的本義為攀援，即用手抓住東西向上爬，引申為牽挽、抓牢，又引申為依附、拉攏之義。此外，攀還有拗、折的意思。

　　攀折　拉折，折取。

　　攀龍附鳳　比喻依附有權勢的人以立名。後來特指依附帝王以求建立功業。

zhēng

爭

甲　　　篆

　　古文字的爭字，像兩隻手在同時搶奪一件物品。爭的本義為搶奪，引申為爭鬥、競爭、爭辯、爭取等義。

　　爭端　爭訟的依據。後多指引起雙方爭執的事由。

　　爭執　爭論中各執己見，互不相讓。

　　爭風吃醋　因追求同一異性而嫉妒、爭吵。

| 甲 | 金 | 篆 | shòu
受 |

　　甲骨文、金文的受字，上面一隻手，下面又是一隻手，中間為「舟」，表示一方給予、一方接受。所以受字既有給予之義，又有接受之義。在古書中兩種用法並存。後來在受字旁再加手旁，另造一個「授」字來表示給予之義。這樣，受字後來就專作「接受」的意義來使用了。

　　受用　得到好處、利益。又有享受、享用之義。

　　受命　古代統治者託神權以鞏固統治，自稱受命於天。又指接受任務和命令。

　　受寵若驚　受人寵愛而感到意外的驚喜和不安。

yuán
爰

甲	金	篆

　　爰為「援」的本字。甲骨文的爰字，像人一隻手抓住棍棒的一端，將另一端遞到另一個人的手中，表示援引。所以《說文解字》稱:「爰，引也。」爰字後來多引申為更換等義，又用作句首語氣詞，其本義則用「援」字來表示。

　　爰居　遷居。

　　爰田　指輪休耕種的田地。

甲　　　金　　　篆

　　甲骨文的虢字，像人雙手抓按虎頭，其本義為徒手搏虎，又指虎爪攫劃之跡。後世虢字多用為國名和姓氏，其本義遂不為人知。

jū

掬

篆

[臼]

　　掬的本字是「臼」。小篆的臼字，像人雙手捧托之形，表示兩手捧物。

甲　　金　　篆

yú

臾

　　金文的臾字，像雙手抓住人的頭部拖拽，其本義即捆綁拖拉。《說文解字》：「束縛捽抴為臾。」這種做法，大概是古代懲罰戰俘、奴隸和犯人的常用手法。

　　臾弓　亦作「庾弓」，便於遠射之弓。

yú

舁

𦥔

篆

　　小篆的舁字，像二人四手共舉一物，其本義為扛、抬、舉起，又借用為「輿」，專指藍輿、竹轎。在漢字中，凡從舁之字，都與抬高、舉起之義有關，如與、興等。

gǒng

拱

甲　　篆

　　古文字的拱字，像人兩手合圓抱拳相拱的樣子，表示拱手作揖。

yǎn

弇

篆

　　弇字從廾從合，表示雙手把東西合攏、遮蓋起來，其本義為覆蓋、遮蔽。

　　弇汗　馬身防汗之具。也稱「防汗」，古稱「䪎」。

dòu

鬥

甲　　篆

　　甲骨文的鬥字，像兩個人在打架，你抓住我的頭髮，我給你一拳，扭成一團的樣子。它的本義是廝打、搏鬥，引申為爭鬥、戰鬥之義。

nào
鬧

篆

　　鬧字是個會意字。小篆的鬧字從市從鬥，表示有人在市集上相爭打鬥。鬧的本義為喧嘩、不安靜，引申為吵鬧、擾亂等義。

　　鬧哄　吵鬧。

　　鬧事　煩擾之事。又指聚眾搗亂，破壞社會秩序。

ruò

若

甲　　　金　　　篆

　　甲骨文的若字，像人用雙手梳理自己的頭髮。梳理頭
髮，可以使其通順，所以若字有順的意思，引申為順從、
順應，在甲骨文中則用為順利、吉利之義。此字後來多借
用為如、像、似等義，其本來的意義就漸漸消失了。

　　若即若離　好像接近，又好像疏遠。形容對人保持一
定距離。

　　若無其事　像沒有那回事一樣。形容遇事鎮定或不把
事放在心上。

fú
俘

甲　　金　　篆

　　甲骨文、金文的俘字，從爪從子，像以手逮人的樣
子；或從彳，表示驅人行走。俘的本義為虜獲，即在戰爭
中擄掠人口；又指俘虜，即在戰爭中被擄掠的人。

fù

付

金　　　篆

　　金文的付字，從人從又，像人用手把一件東西遞交給另外一個人。或從寸，與從又同義。所以，付的本義為交付、給予。

　　付托　交給別人辦理。

　　付賬　交錢結賬。

　　付諸東流　把東西扔在水中沖走。多用來比喻希望落空，前功盡棄。

jí

及

甲　　　金　　　篆

　　一個人在前面奔跑，另一個人從後面追上來，用手把他抓住，這就是及字所表達的意思。及的本義為追上、趕上，引申為到或至；又用作連詞，相當於「和」「與」。

fú

扶

金　　　篆

　　金文扶字從夫從又，像用手攙扶一個人的樣子。夫又兼作聲符。扶字本義為攙扶，引申為扶持、扶植、扶助、支持等義。

　　扶病　支持病體。現指帶病工作或行動。

　　扶掖　攙扶，扶助。

　　扶搖（tuán）　乘風盤旋而上，比喻得意。

zhāo

招

篆

　　招字由手、召會意,召即召喚、呼喚,其本義為揮手叫人來,引申為引來、招惹等義。《說文解字》:「招,手呼也。從手、召。」召除用作義符外,還兼作聲符,因此招是會意兼形聲字。

　　招攬　招引(顧客)。

　　招搖　故意張大聲勢,引人注意。

　　招降納叛　招收、接納敵方投降叛變過來的人。現多指網羅壞人,結黨營私。

　　招搖撞騙　假借名義,進行詐騙。

shòu

授

篆

授字是由「受」字衍生出來的。古代受字既有給予的意思，又有接受的意思。在古書中這兩種截然相反的用法並存。後世為了區別，受字專用作「接受」之義，而另造加手旁的授字來表示給予之義。故授字的本義為給予，引申為傳授。《説文解字》：「授，予也。從手從受，受亦聲。」則授是會意兼形聲字。

授命 獻出生命。又指下達命令。

授權 把權力委託給人或機構代為執行。

授受 交付和接受。

授意 把自己的意思告訴別人，讓別人照着辦（多指不公開的）。

zhuā

抓

　　抓字從手從爪，其本義是人用手指甲或動物用腳爪在物體上劃過，義同搔撓，也指用手或爪取物，引申為捉住、捉拿等義。

　　抓尖兒　搶先討好。一般用於口語。

　　抓耳撓腮　形容人焦急而又沒有辦法的樣子。又形容歡喜的樣子。

　　抓破臉　比喻感情破裂，公開爭吵。一般用於口語。

bài

拜

金　　　篆

　　拜是古代表示敬意的一種禮節。古之拜禮，唯拱手彎腰而已，如今之作揖。後來稱屈膝頓首、兩手着地或叩頭及地為拜。金文的拜字，從手從頁，即像人彎腰拱手的樣子；或作從手從奉，奉有快步前趨之義，表示快步前趨拱手行禮；小篆的拜字或作從二手，表示雙手下拜及地。拜字的引申義，還有拜訪、拜謝、授官等。

　　拜官　授予官職。

　　拜堂　古代婚禮儀式之一。唐宋以後，特指新婦於堂上參拜公婆及新夫婦行交拜禮。

　　拜節　節日裏親故相互拜賀。

　　揉字由手、柔會意（柔又兼作聲符），表示用手反復搓擦、按壓、團弄以使物體柔軟，故有以手擦、搓、團弄之義，如揉面、揉眼睛等。

　　揉搓　用手來回搓或擦，引申為作踐、折磨。

xié

挾

篆

挾字由手、夾會意，其本義為夾持，即用胳膊夾住，引申為挾持、挾制之義，又引申為懷有、倚仗之義。《説文解字》：「挾，俾持也。從手，夾聲。」則夾又兼作聲符。

挾持 從兩旁抓住或架住被捉住的人（多指壞人捉住好人）。又指用武力或威勢強迫對方服從。

挾制 倚仗勢力或抓住別人的弱點，強使服從。

挾恨 心懷怨恨。也作「挾怨」「挾嫌」。

挾山超海 比喻困難或不可能辦到的事。語出《孟子·梁惠王上》：「挾太山以超北海。」

挾天子以令諸侯 挾制皇帝，以其名義號令諸侯。後比喻假借名義，發號施令。

yǎn

揜

揜

篆

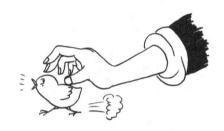

　　揜字從手從弇，弇的本義為覆蓋、遮蔽，揜表示用手覆而取之，故本義為捕取、奪去。《説文解字》：「自關以東謂取曰揜。一曰覆也。從手，弇聲。」則揜字又屬形聲字。此外，揜又通「弇」，有遮蔽、掩蓋之義。

　　揜眼　眼罩。

　　揜覆　遮蓋、隱蔽。同「掩覆」。

tóu

投

篆

古代槍、矛、殳（shū）一類直刃的兵器，既可用於近距離手持刺擊，也可用於遠距離的投擲。投字從手從殳，表示以手擲殳，其本義為擲、扔，引申為投入、投贈、投送、呈遞、投合等義。

投槍 可以投擲出去殺傷敵人或野獸的標槍。

投緣 情意相合（多指初交）。也作「投契」。

投機 見解相同。又指利用時機謀取私利。

投資 把資金投入經營領域，以獲取利益。

投鼠忌器 要打老鼠又怕打壞了它旁邊的器物。比喻想打擊壞人而又有所顧忌。

quán
拳

篆

　　拳字從手從卷省（卷又兼作聲符），表示人手卷曲成
團，其本義為拳頭，引申為拳曲之義。

拳術　徒手的武術。

拳曲　（物體）彎曲。

拳拳　形容懇切。

人
體
器
官

zhì

摯

篆

　　摯字由手、執會意,表示用手執持,其本義為握持,攫取。《說文解字》:「摯,握持也。從手從執。」執也兼作聲符。後世多用為誠懇、懇切之義。

　　掰是晚近在方言中出現的字，由雙手、分會意，其本
義為用手把東西分開或折斷。

chéng

承

甲　　　金　　　篆

　　甲骨文、金文的承字，像雙手托着一個跪着的人。承的本義為捧着，引申為接受、承擔，又引申為繼續、繼承。

　　承襲　沿襲。又指繼承封爵。

　　承上啟下　承接前者，引出後者，多指文章內容的承接轉折。

chéng
丞

甲　　　　篆

　　甲骨文的丞字，像一個人陷落坑中，有人用雙手將
他救出來。所以丞字的本義為援救，其實也就是拯救的
「拯」的本字；又引申為輔佐、協助，所以古代中央和地
方長官的副職或助手多稱「丞」，如大理寺丞、府丞、縣
丞等。

　　丞相　古代中央政府的最高行政長官，職責為協助皇
帝處理國家政務。

甲　　　金　　　篆

　　甲骨文、金文的印字,像用手按着一個人的頭,其本義是按壓,也就是壓抑的「抑」的本字。印由按壓之義引申,指需要按壓才能留下印跡的圖章印信。先秦時璽尊卑通用;秦始皇統一中國後,規定只有皇帝的印才能稱為「璽」,其他人的一律叫作「印」。凡是由按壓留下的痕跡也都可以稱為印,如手印、腳印、印刷等。

tuǒ

妥

| 甲 | 金 | 篆 |

　　古文字的妥字，像一個女子被人用手按頭，跪在地上
俯首帖耳的樣子。妥字的本義為服帖、屈服，引申為安
穩、穩當。

妥帖　穩當、牢靠。

妥善　妥當完善。

妥協　用讓步的方法避免衝突或爭執。

甲　　　金　　　篆

　　古文字的奚字，像一個人被繩索拴住脖子，繩索的一端抓在另一個人的手裏。用繩索把人拴住，牽着他去幹活以免逃脱，這是奴隸社會常見的現象，而被拴住的人就是那些沒有自由的奴隸。因此，奚的本義是奴隸。古代自由民犯了罪，被拘入官府為奴的，也稱作「奚」。現在用作姓氏的奚，其來源大概也與古代的奴隸有關。

　　奚奴　本指女奴，後通稱男女奴僕。

zú

足

甲　　　金　　　篆

足字是個象形字，本義為腳，後借用為充實、充足、足夠等義。漢字中凡從足之字都與腳及其動作有關，如跟、蹈、路、跳、踐等。

足下　古代下級稱上級或同輩相稱的敬辭。

足色　指金銀的成色十足。

足夠　達到應有的或能滿足需要的程度。

足智多謀　智慧高，善於謀劃。

甲　　　　篆

shū

疋

　　疋與足字形相近，意義也相近，同是指人的腳，但足主要是指人腳的趾、掌部，而疋主要指脛（小腿）部。甲骨文的疋字，像腳趾、腳掌、小腿及膝蓋俱全的下肢，但突出的是小腿部分。在實際應用中，疋字常與「匹」字通用，用作量詞，相當於布匹的匹；又用作動詞，有配對的意思。

　　疋似　好像，譬如。

　　疋練　成匹的帛練。常用以比喻潮汐、瀑布、虹霓等。

qí

趺 跂

篆

　　跂字由足、支會意，支即分支、支派，表示人的腳趾多出一根，其本義為多出的腳趾。《說文解字》：「跂，足多指也。從足，支聲。」則支又兼作聲符。又讀 qǐ，是抬起腳後跟站着的意思。

　　跂望　企望，翹望。

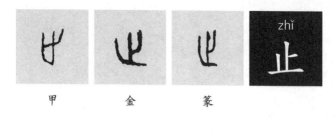

甲　　金　　篆

　　甲骨文的止字，像人的腳，其本義為腳。腳不前行為止，所以止字又有停止、靜止、棲息等義。後來用「趾」來表示止字的本義。在漢字中，凡由止字組成的字，大都與腳的動作有關，如步、此、陟、涉等。

bù 步	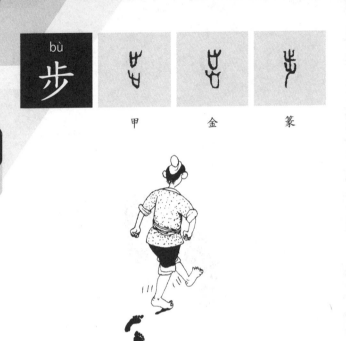		
	甲	金	篆

　　甲骨文、金文的步字，像一前一後兩隻腳，表示兩腳交替前行，所以步的本義為行走、步行。步又是一種長度單位。古代以邁一步為跬（kuǐ），邁兩步為步。如《荀子·勸學》：「不積跬步，無以至千里。」周代以八尺為一步，秦代以六尺為一步，三百步為一里。

走	走	走	 zǒu **走**
甲	金	篆	

古文字的走字，上面像一個
甩開兩臂向前奔跑的人，下面的
止代表腳，表示行動。因此，走
的本義為跑、奔跑，又指逃跑。
古代跑叫作「走」，走路則稱
為「行」。後來，走漸漸由跑之
義轉變成走之義。漢字中凡從走
的字，大多與跑的動作有關，如
趨、赴、趕、超、趣等。

qǐ

企

甲　　　　　篆

　　甲骨文的企字，像一個側立的人，特別突出了人的腳，表示跐腳站立。有的企字的形體，腳與人體分離，於是成為一個從人從止的合體字。這種變體，為小篆企字所本。企的本義為跐起腳，今用為盼望之義。

企佇　跐起腳跟，翹首而望。

企求　希望得到。

企羨　仰慕。

企圖　圖謀、打算。多含貶義。

bēn

奔

甲　　　金　　　篆

　　甲骨文、金文的奔字由一個夭和三個止組成。夭像一個甩臂奔跑的人,下面加上三個止表示很多人一起奔跑。所以,奔的本義是眾人奔走,引申為快跑、急走、逃亡等義。後來由於形近訛誤,小篆奔字夭下面的三隻腳變成了三叢草(卉)。這樣,眾人奔走的形象就變成一個人在草上飛奔了。

先 xiān

甲　　金　　篆

　　古文字的先字，從止在人上，一隻腳走在人家的前頭，這就是先。所以先字的本義為前，與「後」相對；又指時間上靠前，即早。

　　先生　年長有學問的人，又特指老師。現在則多用為對成年男士的尊稱。

　　先河　古代以黃河為海的本源，因此祭祀時先祭黃河後祭海。後用來指事物或學術的創始人和倡導者。

　　先鋒　作戰時率領先頭部隊在前迎敵的將領。

　　先導　在前引導。又指以身作則，為人之先。

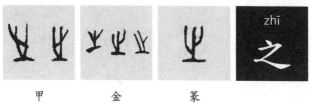

甲　　金　　篆

　　甲骨文的之字，上面的止代表向外邁出的腳，下面一橫代表出發的地方，表示離開此地，去到彼處。因此，之字的本義為往、至、去、到。此字後來多借用為代詞、連詞、助詞等，其本義反而少有人使用了。

　　之死靡它　至死不變。

　　之乎者也　四字都是古漢語的語助字，常用以諷刺舊式文人咬文嚼字、食古不化。

此 cǐ

| 甲 | 金 | 篆 |

　　古文字的此字，從止從人，止即趾，代表腳，又含有停步的意思。甲骨文的此字，像一個人站立不動的樣子，指人站立的地方。因此，此的本義是人站立的地方，即此地、此處，引申為指示代詞，相當於「這」，與「彼」相對。又引申為這樣、這般。

　　此起彼伏　這裏起來，那裏落下，表示連續不斷。

正

甲　　金　　篆

　　正為「征」的本字。甲骨文的正字，上部的方框代表四面圍牆的城邑，下從止，表示抬腳向城邑進發。金文正字，上面的方框或填實為方塊，或簡化成一橫，漸失象形意味。正的本義為征行、征伐；引申為中正、平直，與「偏」「斜」相對；又指正面，與「反」相對。

正大光明　正直無私，光明磊落。

正襟危坐　理好衣襟端正地坐着，表示嚴肅或尊敬。

qí

歧

　　歧字由止、支會意（支又兼作聲符），止即趾，表示
走路，而支有分支、分叉之義，故歧的本義為分岔、岔
道，引申為不相同、不一致、不平等等義。

　　歧途　歧路，比喻錯誤的道路。

　　歧異　分歧差異；不相同。

　　歧視　不平等地看待。

　　歧路亡羊　比喻因情況複雜多變而迷失方向，誤入歧
途。典出《列子‧説符》。

甲骨文逆字，上面像一個迎面而來的人，下面的止表示另一個人相向而行，所以逆字的本義為迎，如《國語‧晉語》：「呂甥逆君於秦。」由二人逆向而行，逆又引申出倒向、不順、違背等義。

逆流　指水倒流，又指迎着水流的方向向上遊走。

逆境　指不順利的境遇。

逆旅　客舍，指迎接賓客之處。

逆取順守　以武力奪取天下曰逆取，修文教以治天下曰順守。

dá
達

甲　　　金　　　篆

　　甲骨文的達字像一個人（大）沿着大路（彳）向前行走，有的達字加止突出行走之義。因此達字的本義是在大路上行走，含通達、到、至等義，如四通八達、抵達等；引申為對事理認識得透徹，如達觀、達識等。

甲　　　金　　　篆 yí 疑

　　甲骨文的疑字，像一個人扶杖站立、左右旁顧的樣子；或從彳，表示出行迷路、猶豫不定。疑的本義為迷惑、猶豫不定，引申為疑問、懷疑。

疑似　是非難辨。

疑義　指難於理解的文義或問題。

疑神疑鬼　指神經過敏，無中生有。

zhì

陟

| 甲 | 金 | 篆 |

　　古文字的陟字，像一前一後兩隻腳沿着陡坡向上登爬。其本義為登高，引申為升進、提高。

　　陟降　升降，上下。又指日晷影的長短變化。

降

　　甲骨文、金文的降字，像一前一後兩隻腳從高坡上往下走。降的本義是從高處向下走，與「陟」相對，引申為降落、降低、下降，又引申為貶抑。同時，降字還可以讀xiáng，有降伏、投降之義。

降臨　來到。

降水　下雨。

降心相從　抑己而從人。

降龍伏虎　使龍虎降伏，形容本領大，法力高。

涉 shè

甲　　金　　篆

　　甲骨文、金文的涉字，中間是彎彎的一道水流，兩邊是兩隻腳，一左一右，一前一後，表示正在蹚水過河。小篆涉字左右都是水，中間一個步字（上下兩隻腳），也表示徒步渡水。涉的本義為步行渡水，引申為遊歷、到、面臨、進入等義，再引申為關聯之義，如干涉、牽涉等。

涉世　　經歷世事。

涉獵　　廣泛涉及，指讀書多而不專精。

甲　　　金　　　篆

　　甲骨文的歷字，從止從林（或二禾），表示人在林間
（或稻田間）穿行，故其本義為經過、越過。引申為經歷、
跨越、度過等義，又指過去的各次，如歷年、歷代、歷
次等。

　　歷劫　佛教謂宇宙在時間上一成一毀為一劫。宇宙無
窮，成毀也無數。經歷宇宙的成毀為歷劫。後來指經歷種
種艱辛。

　　歷歷　分明可數。

hòu			
後	後	後後	後
甲	金		篆

　　甲骨文、金文的後字，從彳或辵，表示行動；又從倒止上有繩索，像人腳有所牽絆。人腳有所牽絆，則行動遲緩，故後字本義為遲緩、落後。引申為位置在後，與「前」相對；又指時間上靠後，與「先」相對。簡體的後字，借用了一個表示君主的同音字的字形。

　　後人　子孫後代。又指後世之人。又有落後，居於人後之義。

　　後塵　車輛前馳，塵土後起，比喻追隨別人之後。

　　後學　後進的學者。

　　後來居上　原指新進之人位居舊人之上，後多泛指新舊交替，後者勝於前者。

wéi

圍

甲　金　篆

　　圍字的本義為包圍。甲骨文和早期金文的圍字,中間的口代表城邑,周圍的多個止表示眾人將城邑團團圍起來。晚期金文的圍字,再在外圍加口以強調包圍之義,成為從口韋聲的形聲字。

　　圍子　圈子。又指以土木築成的攔阻設備。

　　圍城　被敵軍包圍的城邑。

　　圍獵　合圍而獵。

chuǎn

舛 𣥂踳

篆

　　舛是個會意字。小篆的舛字，像兩腳相背而行，其本義為違背，引申為錯亂、謬誤、困厄、不幸等義。小篆舛字異體又作從足春聲，則屬後起的形聲字。

舛互　交互錯雜。又指互相抵觸。也作「舛午」。

舛誤　謬誤，錯誤。也作「舛謬」。

舛錯　錯亂。又指夾雜、交互。

舛馳　背道而馳。

舛駁　雜亂不純。

jié

桀

篆

　　桀字從舛從木，像兩腳在樹上，其構造方法與「乘」相近，含有爬樹、登上之義。只不過乘是專指人爬樹，而桀泛指動物上樹。《爾雅》:「雞棲於杙為桀。」桀又通「榤」，指小木樁。在典籍中，桀字常與「傑」相通，指突出、傑出的人；又通「磔」，指古代分裂犯人肢體的一種酷刑，引申為兇暴之義。

　　桀俊　傑出的人才。

　　桀黠　兇暴狡詐。

　　桀驁　兇暴乖戾。

　　桀紂　夏桀、商紂都是暴君，後用為暴君的代稱。

　　桀犬吠堯　比喻壞人的爪牙攻擊好人。

kūn
髡 髡 髡

篆

　　髡是古代一種剃去男子頭髮的刑罰。髡字從髟從兀，
髟即頭髮，兀指禿頂，因此髡本義是剃去人的頭髮。《說
文解字》：「髡，剔髮也。從髟，兀聲。」則兀又兼作聲符。

　　髡首　剃去頭髮；光頭。又借指僧侶。

　　髡鉗　一種剃去頭髮，又以鐵圈束頸的刑罰。

　　髡褐　指僧侶與道士。髡，指光頭，和尚剃髮修行，
故稱「髡」；褐是道士的服色。

máo
髦

篆

　　髦字從髟從毛，本來專指古代幼兒垂在前額的短頭髮，後又泛指毛髮。古代也用來稱鳥獸之毛。又引申為英俊、俊傑之義。《說文解字》：「髦，髮也。從髟從毛。」毛又兼作聲符。

　　髦士　才俊賢能之士。也作「髦俊」或「髦碩」。

　　髦馬　不剪毛的馬。

　　髦節　古代使臣所持之節。也作「旄節」。

huán

鬟

篆

　　鬟字從髟從睘（睘又兼作聲符），睘即圓圈，鬟是指古時婦女的圓環形髮髻。《説文解字》新附：「鬟，總髮也。從髟，睘聲。」總髮即束髮。在古代詩文中，鬟又多借指婢女，如丫鬟。

甲　　　金　　　篆

nǎi

乃

　　甲骨文的乃字，像婦女乳房的側面形象，其本義為乳房，當即「奶」的本字。《說文解字》有乳而無奶。從甲骨文開始，乃字就多借用為虛詞，其本義逐漸不為人所知了，因此另造從女的「奶」字來代替它。

　　乃今　而今，如今。

　　乃翁　你的父親。

　　乃者　從前，往日。

　　乃心王室　大意為你的心當忠於王室。後稱忠心於朝廷為「乃心王室」。

fù

腹

甲　　篆

　　腹是一個形聲字。甲骨文的腹字，從身，复聲。身字像一個腹部突出的人，具有較強的形象性，所以腹字的本義一望而知，是人的肚子。身或省作人，字形的象形意味已經消失。小篆又改為從肉（月）。腹字還引申為懷抱，又比喻事物的中心部分。

腹心　喻親信。又指忠誠。

腹非　口雖不言而內心非之。也作「腹誹」。

腹笥　笥，藏書之器。以腹比笥，言學識淵博。

腹稿　預先構思好的文稿。

腹心之疾　比喻要害處的禍患。

féi

肥

篆

　　肥字小篆由肉（月）、卩會意，卩是跽跪的人形。肥的本義是人體肥胖，肌肉豐滿。《說文解字》：「肥，多肉也。從肉從卩。」楷書肥字誤卩為巴，從肉從巴，則其形義關係不可索解矣。

　　肥腴（yú）　肌肉肥厚。又指田土肥沃。

　　肥甘　美味。

　　肥辭　辭多意少，空話連篇。

　　肥馬輕裘　指車服華麗，生活豪奢。

wèi
胃

金　　　　　　篆

　　胃屬於消化器官，為人體五臟之一。胃字指胃臟。古
文字的胃字，上部是胃囊的形象，其中的四個小點代表
胃中待消化的食物；下部為肉（月），則表示胃是身體
器官。

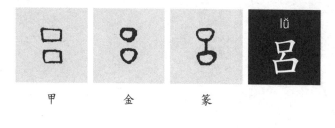

甲　　　金　　　篆

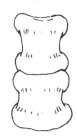

　　古文字的呂字，像兩塊脊骨，脊骨一塊接一塊連成一串，便是脊椎，所以小篆呂字中間加一豎表示連接之意。呂的本義是脊骨。這個意義後來用新造的「膂」字來表示，而呂字借用來指古代音樂十二律中的陰律，總稱「六呂」；又用作姓氏。

脊 jǐ

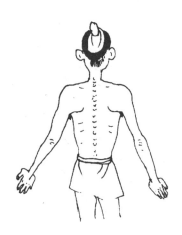

篆

　　脊，即脊骨，指人背部中間的椎骨。小篆的脊字，上部像背肌和脊骨，下部從肉（月），強調這是身體的一部分。脊的本義為脊骨，引申為物體中間高起的部分，如山脊、屋脊等。

　　脊樑　脊骨為全身骨骼的主幹，如屋之有樑，故名。

　　脊椎動物　有脊椎骨的動物，包括魚類、兩棲動物、爬行動物、鳥類和哺乳動物等。

xìn

囟

甲　　　　金　　　　篆

　　囟，即囟門，也叫囟腦門兒，指嬰兒頭頂骨未合縫
的地方。小篆的囟字，像人頭頂骨，中間交叉的地方即
為囟門。

xīn

心 甲 金 篆

　　心的本義是心臟，古文字的心字即像心臟的形狀。古人認為心是人體器官的主宰，是思維的器官，所以心又是思想、意念、感情的通稱。凡從心（忄、小）的字，大都與人的思想、意念和感情有關，如志、忠、性、怕、恭、忝等。心臟在人體的中央位置，因此心還有中央、中心之義。

　　心匠　指獨特的構思、設計。又作「匠心」。

　　心法　佛教稱佛經經典文字之外，以心相傳授的佛法為心法。又指修心養性的方法。

　　心得　在學習實踐過程中體驗或領會到的知識、技能等。

璽　　　　　篆

　　在古代，人們誤認為心是人的思維器官，因此有關思想、意念和情感的字都從心。後來隨着科學水平的提高，人們慢慢意識到腦在人的思維中的重要作用。小篆的思字從囟從心，囟即囟門，表示人的思維是心腦並用的結果。楷書思字從田從心，則屬於訛變。思的本義為思考、想，引申為想念、懷念，又指思路、思緒。

　　思想　思考，又指念頭、想法。作為一個哲學概念，思想是指客觀存在反映在人的意識中經過思維活動而產生的結果。

金　　　　篆

　　金文的憂字，像人以手掩面，一副愁悶的樣子；或從心，表示心中鬱悶。所以，憂本指憂愁、煩悶，又指令人擔憂之事。

憂愁　因遭遇困難或不如意的事而苦悶。

憂患　困苦患難。

憂慮　憂愁擔心。

wèi

慰

篆

　　慰字由尉、心會意，尉即熨，有燙平、撫平之義，因此慰字的本義是安撫人心，使人的心情安適平靜，又引申為心安。

慰問　用語言文字或物品安慰問候。

慰勞　慰問犒勞。

慰唁　慰問（死者的家屬）。

mèng

夢

甲　　　篆

　　夢是人們在睡眠中的一種幻象。古代醫學落後，不明白疾病的原因，因此常把疾病歸咎於夢魘作祟。夢魘就是噩夢，古人認為這是疾病或災難的先兆。甲骨文夢字，像一人躺在床上，而瞋目披髮、手舞足蹈的樣子，正是表示睡中做夢的意思。

　　夢幻　夢中幻想，比喻空妄。

　　夢想　夢寐懷想，形容思念深切。又指空想，妄想。

　　夢囈　睡夢中說的話，即夢話。後多比喻胡言亂語。

　　夢筆生花　相傳唐代大詩人李白夢見所用的筆頭上生花，從此才情橫溢，文思敏捷。後用來比喻文人才思大進。

guǐ

鬼

甲　　金　　篆

　　古人認為人死之後變為鬼。甲骨文的鬼字，下部是人形，說明鬼是人死後變成的；頭部特大而且怪異，這就是我們今天所說的「大頭鬼」。鬼本指人死後的魂靈。它慣居幽冥，出沒無形，所以鬼又有隱秘不測的意思，引申為機智、狡詐之義。漢字中凡從鬼的字，大都與鬼神魂靈有關，如魂、魄、魔、魅等。

　　鬼才　指某種特殊的才能，也指有某種特殊才能的人。

　　鬼斧　比喻技術精巧，非人工所能為。

　　鬼使神差　被鬼神派遣、驅使，形容不由自主。

wèi

畏

甲　　　金　　　篆

　　甲骨文、金文的畏字，像一手持魔杖、頭形怪異的鬼怪，十分威風。因此，畏字的本義是威風、威嚴，通「威」，引申為恐嚇、嚇唬，再引申為恐懼、害怕、擔心、敬服等義。

　　畏友　指自己敬畏的朋友。

　　畏途　艱險可怕的道路，比喻不敢做的事情。

　　畏首畏尾　怕這怕那，比喻顧忌太多。

甲　　　　金　　　　篆

人
體
器
官

　　上古時代，巫風盛行。在舉行巫術活動的時候，要讓人頭戴一些兇惡猙獰的面具跳舞，以驅除鬼怪病魔。甲骨文的異字，正像一個人頭戴奇特的大面具、手舞足蹈的樣子。因面具表情兇惡猙獰，不同於常人，所以異就有了奇特、怪異之義，引申為不同的、特別的等義。

gē

戈

甲　　金　　篆

　　戈是古代的一種兵器，長柄，上端有橫刃，可以用來
橫擊、鉤殺，主要盛行於商周時代。甲骨文和早期金文的
戈字，正像這種兵器。它是古代常用的幾種主要武器之
一。《荀子》稱：「古之兵，戈、矛、弓、矢而已矣。」因
此，在漢字中凡從戈的字大都與武器、戰爭、格殺有關，
如戟、武、戎、戒、戍、伐等。

甲　　　　金　　　　篆

jiè

戒

　　古文字的戒字，像一個人兩手拿着武器——戈。它
的本義為持戈警戒，引申為防備、警告；又引申為禁止、
戒除，如戒煙、戒酒等。

xián

咸　𢦏 𢦏 𢦏 𢦏　咸

甲　　金　　篆

器
物
器
具

　　咸字從戌從口。從甲骨文、金文看，戌是一種長柄大斧，口為嘴，在這裏表示人頭。大斧砍人頭，所以咸的本義是殺戮。《說文解字》：「咸，皆也，悉也。」把咸字釋作皆、都、悉、盡之義，這其實是咸字本義「殺盡」的引申。

甲	金	篆		fá 伐

　　伐字從人從戈，是個會意字。甲骨文、金文的伐字，像人執戈砍擊敵人頭頸。伐的本義為砍斫，引申為擊刺、攻殺，又引申為征討、進攻。此外，伐字還含有勝利有功的意思，所以誇耀自己的功勞、才能也叫「伐」。

　　伐交　破壞敵人和它盟國的邦交。

　　伐智　誇耀自己的才智。

　　伐罪　征討有罪者。

器
物

器
具

265

shù
戍

甲	金	篆

古文字的戍字，從人從戈，像人扛（或執）着一柄戈，表示武裝守衞，其本義即保衞、防守、守衞邊疆。

戍邊 駐守邊疆。

戍卒 駐守邊疆的士兵。

器物 器具

266

r),ng

戎

甲　　金　　篆

　　戎字在早期金文中是一個圖形化的文字，像一個人一手持戈一手執盾的樣子。此字後來省去人形，則像一戈一盾並列之形，而盾形又省訛為「十」，與甲字的古體寫法相近，因此小篆的戎字訛變為從甲從戈。戎是兵器的總稱，又可代指戰爭、軍隊和士兵。此外，戎又是古代對西北少數民族的泛稱。

　　戎士　將士。

　　戎馬　戰馬。又借指戰爭、軍事。

　　戎裝　軍裝。

武 wǔ

甲	金	篆

　　武與「文」相對。古文字的武字，從戈從止，戈是武器的代表，止是腳的象形，表示行進。所以武字本指有關軍事的活動，又引申為勇猛、剛健之義。

　　武力　兵力。又指強暴的力量。

　　武功　戰功，指軍事方面的功績。

　　武烈　威猛剛烈。

金　　篆

　　戰字從單從戈，單本是一種捕獵工具，也可用作殺敵武器，而戈是一種常用的兵器。單與戈結合，表示干戈相向、兵戎相見，所以戰的本義是兩軍交戰，即戰爭、戰鬥，泛指比優劣、爭勝負。

戰士　士兵，戰鬥者。

戰爭　國家或集團之間的武裝衝突。

戰戰兢兢　恐懼戒慎的樣子，又指顫抖。

jiān

殲 ㄓ ㄓㄓ 伐

甲　　　　　篆

器
物
器
具

　　殲的本字為「戔」。戔字從戈從二人，像以戈擊殺二人，有滅絕眾人的意味，故其本義為斷絕、滅盡。

甲 金 篆

miè

蔑

　　甲骨文、金文的蔑字，像以戈擊人，其本義為削擊、消滅，引申為無、沒有，以及輕視、欺侮等義。

　　蔑如　沒有什麼了不起，表示輕視。

　　蔑侮　輕慢。

　　蔑視　輕視。

dì			
弟	甲	金	篆

　　弟字像用繩索捆綁武器，繩索依次旋轉纏繞，勢如螺旋，故有次第、次序之義，後專指同輩後生的男子，與「兄」相對。

　　弟子　年幼的人，也泛指子弟，又指學生、徒弟。因為學生、徒弟視師如父兄，故稱弟子。

金　　　篆

戟

[戟]

　　戟是古代的一種常用兵器，合戈、矛為一體，頂端有
直刃，旁邊有橫刃，可以直刺和橫擊。金文的戟字從戈從
肉，表明它是一種可以擊傷人體的戈類兵器。小篆的戟字
從戈從榦，榦指樹的枝幹，戟即指像樹木枝幹一樣長柄有
枝刃的戈類兵器。

　　戟手　用食指、中指指點，其形如戟，用以形容指斥
怒罵時的情狀。

　　戟門　唐制，官、階、勳俱三品者得立戟於門，因稱
顯貴之家為戟門。也作「戟戶」。

wù

戊

甲　　　金　　　篆

器物　器具

從甲骨文和早期金文的字形來看，戊字像一闊刃內弧作月牙狀的斧鉞，本來是指古代的一種斧類兵器或儀仗用具。後借用為干支名，表示天干的第五位。

戊夜　五更時。

甲	金	篆	xū 戌

　　甲骨文、金文的戌字，像一廣刃外弧的斧鉞，本來也是指古代的一種斧類兵器，後借用為干支名，表示地支的第十一位；又表示時辰，指晚上七點至九點。

　　戌削　形容衣服裁製合身。也作「卹削」。又指清瘦的樣子。

器物　器具

wǒ

我

斗 斗	我 我	我
甲	金	篆

「我」是什麼？由甲骨文我字字形可知，我原來是一種兵器。這是一種長柄而帶齒形刃口的兵器，是用來行刑殺人或肢解牲口的。這種兵器後世罕見，所以我字本義也不常用，後來就借用為第一人稱代詞，指自己。

我們　代詞，稱包括自己在內的若干人或很多人。

我行我素　自行其是，不以環境為轉移，也不受別人的影響。

甲　　金　　篆

yuè

鉞

　　鉞是古代一種以青銅或鐵製成、形狀像板斧而較大的
兵器。古代斧形兵器種類較多，形狀和用途各異。甲骨文
和金文中的鉞字，像一長柄環刃的兵器，當是斧形兵器中
的一種。

甲　　　金　　　篆

　　甲骨文和早期金文中的歲字，像一把長柄斧鉞，其上
下兩點表示斧刃上下尾端回曲。歲本來是指一種斧鉞，借
用為年歲之歲，泛指時間、光陰，所以金文歲字增加兩個
止（即步），表示日月交替、時光流逝。

　　歲入　一年的收入，後用以指國家一年的財政收入。

　　歲月　指年月、時序，泛指時間。

　　歲朝　一歲之始，即農曆元旦。

wáng

甲　　　金　　　篆

王

器物　器具

王是古代君主的稱號。甲骨文與金文中的王字，是一種斧狀的兵器 —— 鉞的形象。鉞是用於殺戮的兵器，後來成為一種執法的刑具。古代的軍事首領用它來指揮、監督士兵作戰，所以鉞就成為權力的象徵物；而手執大鉞的人就被稱為王。在原始社會軍事民主制時代，軍事首領 —— 王就是至高無上的君主。春秋以前，只有天子才能稱王，到戰國時各諸侯國的國君也紛紛自封為王。秦始皇統一中國，改君主的稱號為「皇帝」。秦漢以後，王就不再是君主的稱號，而成為皇室和有功大臣的最高封號。

shì

士

金　　　　篆

　　早期金文中的士字，和「王」一樣，是斧鉞的象形。
不過，王是具有權力象徵意義的執法刑具——大鉞，而
士是一般的斧狀兵器或刑具。士字本指手執兵器（或刑
具）的武士或刑官，如士卒（指戰士）、士師（指獄官）
等；引申為成年的男子，如士女（指成年的男女）。士還
代表一種社會階層，其地位在庶民之上，如士族（指在政
治上、經濟上享有特權的世家大族）、士子（多指士大夫，
即做官的人，也是舊時讀書應考的學子的通稱）等。

jīn

斤

　　甲骨文的斤字，像一把曲柄的斧頭，斧頭上加箭頭表示它的鋒利。斤的本義即為斧頭，現在的斤字，多用作重量單位名稱。但在漢字中，凡從斤的字多與斧頭及其作用有關，如斧、新、斷、析、折、斫等。

　　斤斧　即斧頭。引申為拿作品請人改正。

　　斤斤　聰明鑒察。引申為拘謹或過分計較細事，如斤斤計較。

析
xī

甲　　金　　篆

　　甲骨文的析字，左邊是一棵樹（木），右邊是一把大斧（斤），是用斧劈木料的樣子，其本義為劈開。由劈開這個本義，析字引申出分開、離散之義，如成語「分崩離析」；又有分辨、剖解之義，如「分析」「剖析」，又如東晉陶淵明《移居》詩：「奇文共欣賞，疑義相與析。」

甲 金 篆

zhé
折

　　甲骨文的折字,像用斧頭(斤)把一棵小樹攔腰斬斷,其本義為斬斷,引申為把東西弄斷。把東西弄斷,可以用斧頭砍,也可以直接用手折,而用手折斷一件東西,須先使之彎曲,因此折字又有彎曲之義,如曲折、轉折、折疊等;進一步引申為「使人從心裏屈服」之義。折字由折斷之義,還引申為夭折(指人早死)、損失、挫折、虧損等義。

　　折腰　彎腰。東晉文豪陶淵明曾任彭澤令,有一次上司派人來巡視,下面的人告訴他要立即束帶迎謁,陶淵明歎道:「我不能為五斗米折腰向鄉里小人。」於是辭官歸田。後因稱屈身事人為折腰。在古代詩文中,稱地方低級官吏為折腰吏。

xīn

新

甲	金	篆

　　新為「薪」的本字。甲骨文、金文的新字，右邊的斤代表斧頭，左邊是一段木柴的形象，表示用斧頭劈柴。新的本義為木柴，俗稱柴火。此字後來多借用為新舊之「新」，故另造「薪」字來表示它的本義。

新奇　新鮮而奇特。

新穎　新鮮而別致。

新聞　新近聽說的事，泛指社會上最近發生的新事情。又指新知識。

新愁舊恨　指對往事和現狀的煩惱、怨恨情緒。

篆

匠字從匚從斤，匚是用來裝木工用具的敞口木箱，斤是木工用的斧頭，所以匠字的本義當為木工，又稱「木匠」。古代只有木工才稱為「匠」；後來凡具有專門技術或在某方面有突出成就的人都可以叫作「匠」，如鐵匠、能工巧匠、巨匠等。

匠心　巧妙的心思，謂精思巧構，如工匠的精心雕琢，別出心裁。多指文學藝術創造性的構思。

bīng
兵

甲	金	篆

器
物
器
具

　　甲骨文的兵字，像一個人雙手擎着一把非常鋒利的
武器——斤（即斧頭），本指作戰用的武器（又稱兵
器），如兵不血刃、短兵相接等。引申為手持兵器作戰的
人——士兵，如兵強馬壯。進一步引申為軍隊、軍事、
戰爭等義，如兵不厭詐、兵荒馬亂等。

甲　　　金　　　篆

　　父本是「斧」字的初文。金文的父字,像一隻手抓着一柄石斧。在原始社會父系時代,石斧是一種主要的武器和生產工具,而手持石斧與敵人作戰或從事艱苦的野外勞動,是成年男子的責任,所以父就成為對成年男子的尊稱,後來又成為對父親及父親同輩男子的稱呼。

xīn 辛	甲	金	篆

　　從早期金文的字形來看，辛像一把形似圓鑿而末尾尖銳的刀具，是一種用來黥面的刑具。此字後來多用為干支名，表示天干的第八位。此外，辛還有辛辣之義，也指辛味的蔬菜。又引申為悲痛、酸楚、勞苦等義。漢字中凡從辛之字，大多與刑罰及辛味有關，如辠、辟、辣等。

　　辛苦　辛，辣味；苦，苦味。比喻艱勞。

　　辛酸　辣味和酸味。比喻悲痛苦楚。

器物　器具

pì

辟

甲　　　金　　　篆

　　辟為「劈」的本字。甲骨文、金文的辟字，左邊是一
個跪着的人，右邊是一把刑刀（辛），下面的小方框或小
圓圈則代表人頭，表示用行刑大刀把犯人的頭砍下來。這
就是古代「大辟」之刑的形象描繪。辟的本義為砍、劈；
又用作刑罰名，如劓辟（割鼻子）、墨辟（臉上刺字）等；
引申指法律、法度。以上意義讀 pì。又指最高執法人、君
主。這個意義讀 bì。現在復辟一詞，是指恢復君主統治。

máo

矛

金　　　　篆

　　矛是古代的一種兵器，在長杆的一端裝有青銅或鐵製成的槍頭，主要用於刺擊。金文的矛字，像一件上有鋒利矛頭、下有長柄的兵器。漢字中凡從矛之字，都與矛這種兵器及其作用有關，如矜、稍等。

　　矛盾　矛和盾，比喻事物互相抵觸的兩個方面。

殳

金 　　　篆

器物　器具

　　殳是古代的一種兵器，多用竹木製成，也有用銅等金屬製成的，一般頂端有棱，主要用於撞擊。金文的殳字，像人手持兵器。在漢字中，凡從殳的字往往與打、殺、撞擊等義有關，如毆、毀、殺、段等。

　　殳仗　儀仗的一種。

　　殳書　古代書體之一。因為此種書體多用在兵器上，故名。

役 yì

役	籀	役

甲　　　篆

器
物
器
具

　　甲骨文的役字，像人手持長鞭毆打人的樣子，表示驅
趕人勞動，其本義為驅使，引申為勞役、役事、僕役。小
篆役字從彳從殳，殳為武器，表示其為軍事行為，則役又
特指服兵役，戍守邊疆。《說文解字》：「役，戍邊也。從
殳從彳。」

　　役夫　供人役使的人。

　　役徒　服勞役的人。

　　役物　役使外物，使物為我所用。

　　役使　驅使，使喚。

甲　　　　篆

　　刀本是一種兵器，又泛指可以用來斬、削、切、割物體的工具。古文字的刀字，正是一把短柄弧刃的砍刀形象。在漢字中，凡從刀（刂）的字大都與刀及其作用有關，如刃、刑、剁、利、剖、剝等。

　　刀兵　指武器。又指戰爭。

　　刀耕火種　原始的耕種方法，把地上的草木燒成灰作肥料，就地挖坑下種。

　　刀光劍影　形容激烈的廝殺、搏鬥或殺氣騰騰的氣勢。

　　刀山火海　比喻非常危險的地方。

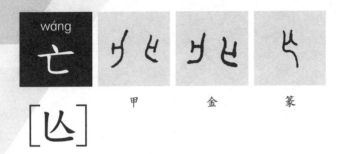

wáng

亡

[凵]

甲　　　金　　　篆

　　甲骨文、金文的亡字，是在刀刃的頂端加一短畫，表示刀頭斷失。因此，亡的本義為刀頭斷失，引申為失去，又引申為滅亡、死亡以及逃亡等義。

　　亡故　死去。

　　亡國　（使）國家滅亡。

　　亡靈　人死後的魂靈（多用於比喻）。

　　亡命　逃亡，流亡。又指（冒險作惡的人）不顧性命。

　　亡羊補牢　羊丟失了，才修理羊圈，比喻在受到損失之後想辦法去補救，免得以後再受損失。

rèn

刃

甲　　　篆

　　刃字是一個指事字，刀上加一點作為指示符號，以指
明刀口所在的位置。因此，刃的本義為刀鋒、刀口；又泛
指刀，如利刃、白刃等；用作動詞，則是用刀殺死的意
思。

　　刃具　指刀一類的工具。

chuāng
創

金　　篆

[刃]

　　古文字的創字，是在刀字的兩邊各加一點，表示刀的
兩面都有刃，是指一種雙刃刀（如劍之類）。又作從刀倉
聲，變為形聲字。刀有雙刃，容易傷人，由此引申出創
傷、傷害之義，這個意義讀 chuāng。又通「剏」，有始
造、首創之義，這個意義讀 chuàng。

創痛　傷痛。

創見　往昔所無而初次出現者，後引申為獨到的見解。

創意　指文章中提出的新見解。也泛指一切有新意、
有特點的好點子、好辦法。

創業垂統　創建功業，傳之子孫。

　　勿即「刎」的本字，是指一種祭祀時的殺牲方法，即用刀把犧牲割成碎塊，以敬獻給祖先神靈。甲骨文、金文的勿字，像一把血淋淋的彎刀，表示宰割。後世勿字多用作否定副詞，表示禁止和勸阻，相當於不、不要，其本義則另由從刀的「刎」字來表示。

　　勿藥　不用服藥而病自愈。後稱病愈為「勿藥」。

fēn

分

甲　　金　　篆

　　分字從八從刀，八本身就有分開之義，表示用刀把一件物體剖開。分的本義為分開、別離，即把一個整體變成幾部分或使相連的事物分開，與「合」相對。由此引申，分字還有辨別、分配等義。

　　分崩離析　形容集團、國家等分裂瓦解。

　　分道揚鑣　比喻因目標不同而各奔各的前程或各幹各的事情。

　　分庭抗禮　原指賓主相見，站在庭院的兩邊，相對行禮。現在比喻平起平坐，互相對立。

| 甲 | 金 | 篆 |

古文字的利字，從禾從刀，用刀收割禾穀，說明刀很鋒利。因此，利字的本義為鋒利、銳利，引申為利益、功用，又有順利、吉利等義。

利用 物盡其用。又指借助外物以達到某種目的。

利令智昏 一心貪圖私利，使頭腦發昏，忘掉一切。

bié

別

金　篆

　　古文字的別字，右邊像一堆骨頭，左邊是一把刀，表示用刀把骨頭從肉中剔除出來。因此，別的本義為剔骨，引申為分開、分離、分支、差別、類別等義。

別致　特別、新奇，不同尋常。

別出心裁　獨創一格，與眾不同。

別有天地　另有一種境界，形容風景等引人入勝。

別具只眼　比喻有獨到的見解。

甲 　 篆　 yuè 刖

　　刖是古代一種砍腳的酷刑。甲骨文的刖字，像用一把鋸子把人的一條腿鋸斷，是刖刑的形象描繪。小篆刖字從肉（月）從刀，同樣是個會意字，但已經沒有了象形的意味。刖字由把腳砍斷的酷刑之義，引申為砍斷、截斷之義。

　　刖跪　指斷足之人。跪，即足。

　　刖趾適屨（jù）　比喻不顧實際，勉強遷就，生搬硬套。又作「削足適履」。

yì

劓

甲　　　　金　　　　篆

器物 器具

甲骨文的劓字，從刀從自（「鼻」的初文），表示用刀割取鼻子。割掉鼻子，這是古代五種常用刑罰中的一種。按古代法律，凡不服從命令、擅改制度，或盜竊、打傷他人者，都要處以劓刑。

契 qi

甲　　　篆

　　古文字的契字，右邊是一把刀，左邊的一豎三橫表示
刻下的記號。它形象地反映了上古時代結繩記事之外的
另一種主要記事方法——契刻記事。後來契字增加木旁，
表示契刻記事主要採用木材。後來「木」誤寫成「大」，
就成了今天的契字。契的本義為刻，引申為符契，又引申
為契約；用作動詞，則有符合、投合之義。

契合　融洽、相符、投合。

契約　雙方或多方協商一致訂立的條款、文書。

器物　器具

fá

篆

　　罰字小篆從刀從詈（lì），刀代表刑具，詈為責罵之
義，故罰字本義為責罰、懲辦，是對非嚴重犯法行為的
一種懲處辦法。《說文解字》：「罰，罪之小者。從刀從詈。
未以刀有所賊，但持刀罵詈，則應罰。」引申為出錢或以
勞役贖罪之義。

　　罰一勸百　處罰個別人以懲戒眾人。

qíng

黥

篆

　　黥是古代的一種肉刑，也稱「墨刑」，指刻字於犯人
面、額等處，而以墨染黑。清代叫「刺字」。小篆黥字，
從黑京聲，是個形聲字；或又作從黑從刀，則表示以刀刺
字、以墨染黑。

　　黥首　古代刑罰，於額上刺字。

　　黥兵　宋代招募入伍士兵，為防其逃亡，在臉上刺
字，故有「黥兵」之稱。

jì

劑

篆

劑字由刀、齊會意，表示用刀切割整齊，其本義為整
齊。《說文解字》：「劑，齊也。從刀從齊，齊亦聲。」則齊
又兼作聲符。後世劑字多用作動詞，有切、割、剪、調
節、調和等義。又用作名詞，指由多種成分調配混合在一
起的物品，如藥劑。

金　　　篆

器物　器具

　　刺字從束從刀，本指草木的芒刺或矛、槍的鋒刃部分，引申指用銳利之物戮入或穿透，後世又用為指責、諷刺之義，即用言語刺人。

　　刺配　古代對犯人處以黥刑再遣送到邊遠地區服苦役的一種刑罰。

　　刺骨　深入骨髓，極言程度之深。

　　刺耳　指說話不中聽。

　　刺探　探聽，偵察。

zhāo

釗

篆

　　釗字從金從刀，表示金屬有棱角，用刀來削磨，其本
義為削磨棱角，引申為勉勵之義。後世多用為人名。

shǐ

矢

甲　　　金　　　篆

　　矢就是箭。不過在古代，矢和箭稍有區別：木箭為矢，竹箭為箭；現在則通稱為箭。矢箭是用來射傷敵人或野獸的武器。甲骨文、金文的矢字，正像一支箭，箭頭、箭杆、箭尾俱全，其本義即為箭，如有的放矢（放箭要對準靶子，比喻說話做事要有針對性）。由於矢與誓在古代同音，所以矢字有時也可借用為誓，如矢志不移（發誓立志決不變心）。

zhì
至

甲

金

篆

　　甲骨文、金文的至字，上面是一倒矢，下面一橫代表
地面，像一支箭射落到地面。因此，至字的本義為到、到
達，又引申為極、最。

　　至於　表示達到某種程度。又用在一句話的開頭，表
示另提一事。

　　至交　關係最為密切的朋友。

　　至高無上　最高，沒有更高的。

　　至理名言　最正確、最有價值的話。

甲　　　　金　　　　篆

她shè

射

　　唐代的武則天是一個喜歡標新立異的人,特別喜歡亂造字、亂改字。有一次她對大臣們說:「射字由身字和寸字組成,一個人的身高只有一寸,應該是矮小的意思;而矮字由矢和委組成,委有發放之意,把箭發放出去,應該是射箭的意思。所以這兩個字應該調換過來使用才是。」其實射字的本義就是射箭。古文字的射字就是一個人用手拉弓發箭的形象,只是到了小篆,弓箭之形訛變成身字,無從會意,才讓武則天鬧了這麼個大笑話。

 jí

疾

甲　　　　金　　　　篆

　　疾原本是個會意字。甲骨文、金文的疾字,均像一個人腋下中箭的樣子,表示受了箭傷。但從小篆開始,疾字變成了從疒矢聲的形聲字,其意義也發生了變化,即由原來專指外傷變成泛指小病。所以,古代疾、病有別,一般來說,重病為「病」,輕病為「疾」。疾由病痛之義引申為痛恨。另外,疾字從矢,矢飛急速,所以疾字又有快、急促的意思。

　　疾言厲色　言語急促,神色嚴厲,常形容對人發怒時說話的神情。

　　疾惡如仇　憎恨壞人壞事如同仇敵。

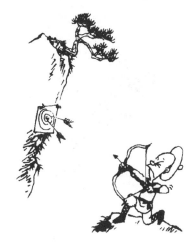

甲　　　　金　　　　篆

hóu

侯

　　甲骨文、金文的侯字，像一支箭正向箭靶子射去，其本義即為箭靶。上古時代，人們以弓矢為常用武器，他們中力強善射的人常常被大家推為首領。射箭中靶就是善射，故稱善射者為「侯」。後來侯成為爵位名稱，為五等爵中的第二等，又可作為對達官貴人或士大夫之間的尊稱。

　　侯服玉食　穿王侯的衣服，吃珍貴的食物，形容生活窮奢極侈。

hán
函

甲

金

篆

器
物
器
具

　　甲骨文、金文的函字，像一隻裝着箭矢的箭囊，箭囊的一邊有鼻扣，可以把它懸掛在腰間。函的本義為箭囊，即裝箭的袋子，俗稱「箭壺」。函是用來盛放箭矢的，故有容納、包含之義，又泛指匣子、盒子、封套、信封等，引申指書信、信件。

甲	金	篆	fú 箙

　　甲骨文、金文的箙本是一個會意字，像一個插箭的架子，上面倒插着箭矢。它的本義即為盛箭的用具。小篆的箙字變成從竹服聲的形聲字。之所以從竹，是因為箭架多用竹木做成。

jìn

晉

| 甲 | 金 | 篆 |

　　晉為「搢」的本字。金文的晉字，上像二矢，下為插矢之器，即箭壺，表示把箭插進箭壺，其本義為插。小篆晉字變矢為至，變器形為日，其義也隨之改變。《説文解字》：「晉，進也，日出萬物進。從日從臸。」後世多用晉為前進之義。其本義既失，故另造「搢」字以代之。晉也用作國名、地名及姓氏。

　　晉謁　進見，謁見。也作「晉見」。

　　晉升　提高（職位）。

　　晉級　升到較高的等級。

			fú
甲	金	篆	弗

　　古文字的弗字，像用繩索加箝（竹條夾具）捆綁箭杆，表示矯正箭杆。《説文解字》：「弗，撟也。」撟，即矯。故弗字本義為矯正，後多用為不、不可等義。

　　弗豫　不安樂。豫，安樂。

　　弗鬱　憂，不樂。同「弗豫」。

gōng

弓 甲 金 篆

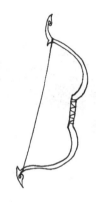

　　弓是一種用來射箭的武器。以堅韌之木為幹,以絲為
弦,搭箭於弓上,可以引弦而發之。甲骨文的弓字,正像
一把弓。由於弓背的形狀是彎曲的,所以弓又有彎曲之
義。凡從弓之字,都與弓及其作用有關,如弦、彈、張、
弛、弩等。

　　弓腰　即彎腰。

　　弓月　指半月。半月形狀似弓,故稱。

甲　　金　　篆

　　甲骨文和早期金文中的引字，像一個人挽弓拉弦的樣
子。也可省去人形，僅在弓幹上保留一短畫，表示拉弓。
引的本義為開弓，引申為拉、牽挽，又含有延長、拉長及
帶領、勸導等義。

　　引誘　誘導，多指引人做壞事。

　　引而不發　射箭時拉開弓卻不把箭放出去。比喻善於
引導或控制，也比喻做好準備，待機行動。

　　引狼入室　比喻把敵人或壞人引入內部。

xián

弦

篆

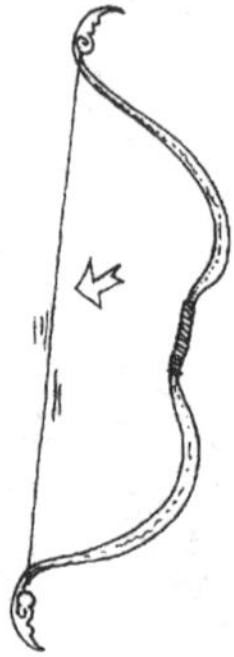

弦，是指繃在弓上的繩狀物，多用牛筋或絲麻製成，用來彈射箭矢。小篆的弦字，從弓從玄，玄即絲繩，表示以絲繩作為弓弦，同時玄又代表這個字的讀音。弦除了指弓弦，還可以指繃在樂器上用來彈撥發聲的琴弦，也泛指繃直的線狀物。

弦外之音　比喻言外之意。

甲　　　篆

　　甲骨文的彈字，像在弓弦上加一顆圓形丸粒，表示可以發射的彈丸。小篆彈字從弓單聲，則變成形聲字。彈的本義是彈丸，又指彈弓。該字還讀 tán，表示用彈弓發射彈丸，引申為用手指撥弦或敲擊之義。

　　彈丸　供彈弓射擊用的泥丸、石丸等。又比喻狹小。

　　彈劾　檢舉、抨擊官吏的過失、罪狀。

　　彈弦　彈奏弦樂器。

　　彈冠相慶　彈冠，用手指彈去帽子上的灰塵。比喻一個人當了官或升了官，他的同夥也互相慶賀有官可做。多用於貶義。

弩 nǔ

弩

篆

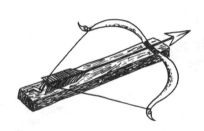

弩是一種用機械發射的弓，也叫「窩弓」，比弓更有力，射程更遠。從字形上看，弩是一個典型的形聲字。從弓，表示它是弓類的武器；奴作聲符，則代表它的讀音。《說文解字》：「弩，弓有臂者。《周禮》四弩：夾弩、庾弩、唐弩、大弩。從弓，奴聲。」

弩牙　弩上的發矢機關。

弩手　射弩者。猶「弓手」。

弩炮　發射石塊的弩機。

弩張劍拔　比喻形勢緊張，一觸即發。後多作「劍拔弩張」。

jué

厥

金　　　篆

　　厥是一種發射石塊的武器，即把一長木條置於軸架
上，一端的斗中放石塊，另一端用人拉或安裝機關，用以
投射石塊遠距離攻擊敵人。金文的厥字，即像這種武器的
長木和斗；小篆則改為形聲字。在後世典籍中，此字多借
用為代詞，相當於「其」。

dùn 盾

| 甲 | 金 | 篆 |

　　盾，即盾牌，是古代一種用來防護身體、遮擋刀箭的武器。甲骨文和早期金文的盾字，是對盾牌背面的描繪，中間的一豎是盾背用於執手的木柄，木柄用繩捆紮在盾牌中間。金文的盾字，或作從十豚聲，十即盾的象形。

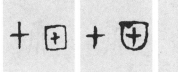

甲　　　　金　　　　篆

　　甲是古代軍人作戰時穿的革製護身服。甲骨文、金文
的甲字，像甲片的形狀，有的則簡化為十字形。甲字本指
鎧甲，引申指動物身上起保護作用的硬殼，如龜甲、甲
殼、指甲等。甲又用為天干名，表示天干中的第一位，因
此引申出第一位之義。

　　甲兵　鎧甲和兵器，泛指武備、軍事。又指披堅執銳
的士兵。

　　甲子　用干支紀年或算歲數時，六十干支輪一周叫一
個甲子。又代指歲月、年歲。

　　甲第　舊時豪門貴族的宅第。又指科舉考試的第一等。

介

| 甲 | 金 | 篆 |

　　古文字的介字，像一個側立的人，人身體前後的兩點
代表護身的鎧甲，表示人身上穿着鎧甲。介字本指人穿的
鎧甲。由人身裹甲，引申為處於兩者之間，如介居。此
外，介還有剛硬、耿直、孤傲等義。

　　介士　披甲的武士。又指耿直的人。

　　介居　處於二者之間。又指獨處、獨居。

　　介特　單身孤獨的人。又指孤高，不隨流俗。

　　介入　插進兩者之間干預其事。

　　介意　在意，把不愉快的事記在心裹。

　　介蟲　有硬殼的蟲類。

甲　　　篆

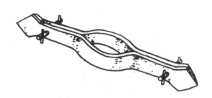

　　幸指手銬，是古代拘鎖犯人的一種刑具。從甲骨文字
形看，幸字正像一副中空而兩端有轄的手銬，其本義即為
手銬。凡從幸的字，都與拘執人犯有關，如執﹝執﹞、圉
﹝圉﹞、報﹝報﹞等。

zhí

執

钺 伊 釸 軐 鞪

甲　　　金　　　篆

[執]

器物 器具

　　甲骨文的執字,像一個人雙手被手銬枷鎖扣住,其本義為拘捕。由拘捕的意思,又引申出持、拿、掌握、掌管、施行、堅持等義。

執法　執行法令。

執政　掌握政權,主持政務。

執意　堅持己意。

執照　證明身份的憑據、證件。

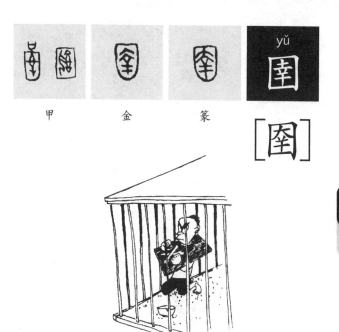

yǔ
圉

甲　金　篆

[圄]

　　圉又寫作「圄」，從口從㚓，口像牢籠，㚓為手銬枷鎖，故其本義為監牢。甲骨文的圉字，像一人帶銬蹲坐牢籠之中，正是牢獄的形象描繪。所以古代的牢獄又稱「圉圉」（也寫作「囹圄」）。此外，圉還有養馬之義。

甲 　　金 　　篆

　　甲骨文的報字，像一個被鐐銬鎖着雙手的罪人跪地聽
候判決的樣子，後面還有人用手按着他的頭，使之服罪。
它的本義為判決犯人，或按罪判刑。判刑需要向上報告和
向下公佈，由此報又引申出報告、傳達、通知等義。

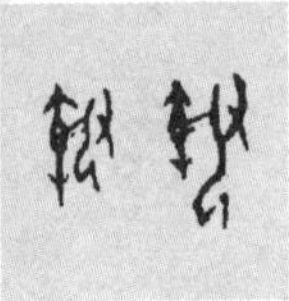

bian

鞭

金　　　篆

鞭是一種用來驅趕牲畜的用具，古代也用作刑具，俗稱「鞭子」。金文的鞭是個會意字，像人手持鞭，並以鞭抽打人。鞭子多用皮革製成，故後世鞭字加革旁。鞭又可用作動詞，表示鞭打。

鞭策　鞭打驅趕馬。比喻嚴格督促以激勵上進。

鞭長莫及　鞭子雖長，不及馬腹。比喻力量達不到。

鞭辟入裏　形容能透徹說明問題，切中要害。

331

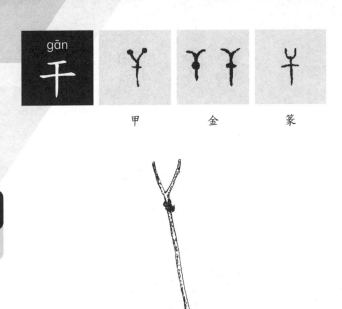

gān

干

甲　　金　　篆

器
物
器
具

　　古文字的干字，像一杆頭上分叉的長柄工具，古代用作武器。這種叉形武器，既可用於進攻，又可用於抵擋敵人的兵器，作用類似於盾。因此干後代專指防禦性武器，成為盾的代名詞。也用為動詞，含有觸犯的意思，如干犯、干涉、干預等。

　　干戈　干和戈是古代的常用兵器，因此用為兵器的通稱，後多用來代指戰爭，如「化干戈為玉帛」（變戰爭為和平。玉和帛是和解的禮物，代指和平）。

332

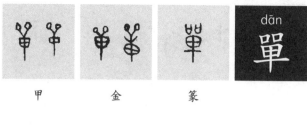

器
物　器
　　具

　　單是古代的一種打獵工具，也可用作殺敵的武器。甲骨文、金文的單字，像一件長柄的杈杆。這種杈杆，可以用來刺擊或抵擋野獸；它的上端叉角上還縛有石塊，可以甩出去擊傷獵物。這種打獵工具盛行於原始時代，後世罕見。而單字多借用為單獨、單一、單薄等義，其本義已漸漸消失，罕為人知。

　　單純　簡單純一，不複雜。

　　單刀直入　比喻説話直截了當，不繞彎子。

　　單槍匹馬　比喻單獨行動，沒有別人幫助。

wǎng
網

甲　　金　　篆

　　網是捕捉魚鱉鳥獸的工具。甲骨文網字，左右兩邊是木棍，中間網繩交錯、網眼密佈，正是一張網的樣子。金文的網字略有簡化，而楷書的網增加糸旁表示類屬，增加聲符亡表示讀音，屬於繁化。在漢字中凡由網字和它的變體（罒）所組成的字大都與網及其作用有關，如羅、罟、罾等。

　　網羅　搜羅、征集。

甲　　　金　　　篆

luó

羅

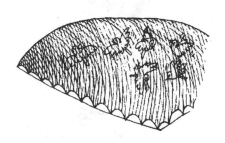

　　甲骨文羅字，上面是一張網，下面是一隻鳥的形象，表示鳥在網中。羅的本義為以網捕鳥，如門可羅雀；還可用作名詞，指羅網，如天羅地網；引申為搜羅、收集等義，如網羅人才。

bi

畢

甲　　　金　　　篆

器
物
器
具

　　畢是古代用來捕捉鳥獸的一種帶柄的小網。甲骨文的
畢字，正像這種長柄網。畢字或從田，則表示這是用來田
獵的工具。所以《說文解字》稱：「畢，田網也。」此字後
來多用為結束、終止、完成之義，又引申為皆、全、完全
之義，其本義則逐漸消失。

畢生　一生；終生。

畢業　完成學業，指學習期滿並達到規定的要求。

336

甲　　　篆

　　甲骨文的卓字，從匕從畢，像用長柄網將人罩住，當
即「罩」的本字。小篆卓字訛變為從匕從早，《說文解
字》：「卓，高也。匕早為卓。」後世沿襲許慎之誤，積非
成是，而卓字原本的形義俱失，因此在卓字上加網，另造
「罩」字。

卓異　高出一般；與眾不同。

卓越　非常優秀，超出一般。

卓絕　程度達到極點，超過一切。

卓著　突出地好。

卓爾不群　優秀卓越，超出常人。

qín

 甲　　　 金　　　 篆

器
物
器
具

　　甲骨文的禽字，像一張帶柄的網，是指一種用來捕捉
鳥雀的工具。禽的本義為捕鳥的網，又通「擒」，有捕捉
的意思。禽又是鳥類的通稱，同時也泛指鳥獸。

　　禽獸　　飛禽走獸的統稱。又為罵人之語，猶言「畜生」。

　　禽獸行　　指違背人倫的行為。

甲　　　篆

　　甲骨文的離字，從隹從畢，像用網捕鳥，其本義為捕鳥，又用作鳥名。今借用為離別、分散之義。

離間　從中挑撥，使彼此對立、不團結。

離鄉背井　離開家鄉流落外地。也作「背井離鄉」。

離經叛道　違反儒家尊奉的經典和教旨。現在泛指背離佔主導地位的理論或學說。

gāng

剛

| 甲 | 金 | 篆 |

　　甲骨文的剛字，像用刀切斷一張網，表示堅硬鋒利；又含有穩固、堅強之義，因此金文增加山。

　　剛正不阿　剛強正直，不迎合，不偏私。

　　剛愎（bì）自用　傲慢而固執，不接受別人的意見，一意孤行。

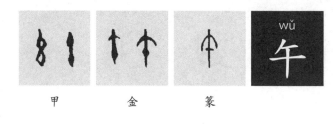

甲　　金　　篆

　　午為「杵」的本字。甲骨文和金文的午字，像一個兩頭粗中間細的棒槌，本義即為杵。杵是用來舂米的，因此午含有抵觸之義，從午的字多含有觸犯、違背的意味，如忤、迕等。午字後來借用為干支名，表示十二地支的第七位。它的本義則由杵字來表示。

　　午時　指上午十一點到下午一點。又泛指日中的時候。
　　午夜　半夜；夜裏十二點前後。

jiù
臼

陶

篆

　　臼是古代的舂米器具，多用石頭鑿成，中間凹下以盛穀物。甲骨文、金文的臼字，像一個舂米用的石臼。它的本義就是石臼，又指形狀似臼之物。漢字中凡從臼之字，大都與臼類或坑類有關，如舀、舂等。

　　臼科　指坑坎。又比喻陳舊的格調，也稱「窠臼」。

yǎo

舀

篆

　　舀字從爪從臼，是個會意字。小篆的舀字，像用手到
臼中抓取稻米。舀的本義為探取、挹取；後來專指用瓢、
勺等取東西（多指液體）。

　　舀子　舀水、油等液體用的器具。

chōng

春

甲　　　金　　　篆

　　古代沒有碾米的機器，穀物脫殼全靠手工操作。這種手工勞動就叫作「舂」。古文字的舂字，像人雙手握杵在臼中舂米，即用杵在臼中搗去穀物的外殼。

chā

舂

　　小篆的舀字，從臼從千，千猶杵也，表示用杵在臼中舂搗穀物，其本義為舂搗。《說文解字》：「舀，舂去麥皮也。從臼，千所以舀之。」引申為穿插、夾雜之義。又指鍬，一種掘土的農具。

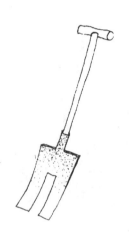

力 甲 金 篆

器物 器具

　　甲骨文的力字，是古代一種耕地的農具 —— 耒的象
形：上端為長柄，下端彎曲的部分是用來鏟土的耒頭，中
間加一豎杠，是用來踏腳的地方。所以，力字本指耒這種
農具。用耒來耕地是要使勁用力的，因此力引申為力量、
力氣，又引申為能力、威力、權力等。

　　力不從心　想做某事而力量達不到，即心有餘而力
不足。

　　力爭上游　努力爭取先進。上游，江河的上流，比喻
先進。

甲　　金　　篆

nán

男

　　男字由「田」「力」兩部分組成，其中「力」就是古代農具耒。古代男耕女織，用耒在田裏耕作是成年男子的專職，所以男字的本義即是成年男子，泛指男性，與「女」相對，又專指兒子。

　　男婚女嫁　指兒女婚嫁成家。

lěi
耒

金　　　篆

　　耒是古代一種鬆土的農具，形狀似鍤而頂端分叉作齒形。早期金文的耒字，從又從力，像一隻手拿着一把耒。小篆的耒字，手形的又省為三撇，下面的力訛為木。這種訛變後的結構，為楷書耒字所本。漢字中凡從耒之字，都與農具或農作有關，如耜（sì）、耕、耘等。

　　耒耜　古代一種像犁的農具，也用作農具的統稱。

甲　　　金　　　篆

　　甲骨文耤是一個會意字，像一個人手持農具耒在用力
鏟土，其本義即為耕種。金文耤字增加昔旁表示讀音，小
篆以後成為一個從耒昔聲的形聲字。耤在古籍中多寫作
「藉」，如藉田（又作「籍田」）。

gēng

耕

耕 篆

[畊]

器
物
器
具

　　耕字從耒從井，井即井田、田地，而耒是翻土犁地
的工具，因此耕字的本義為犁田，又泛指從事農業勞動。
《說文解字》：「耕，犁也。從耒，井聲。一曰古者井田。」
則井又兼作聲符。

　　耕作　農業勞動。

　　耕耘　翻土除草，泛指農事或勞動。

　　耕戰　耕田和作戰，也指農業和戰事。

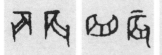

chén

辰

甲　　　金　　　篆

　　辰為「蜃」的本字。金文的辰字,即像蜃形。蜃屬蛤
蚌類,有大而堅硬的扁殼,上古時代的人們將它磨製成
除草的工具。如《淮南子》一書記載:「古者剡(yǎn,削
尖)耜而耕,摩(磨)蜃而耨(nòu,鋤草)。」辰字後
來多借用為干支名,表示十二地支的第五位。辰又是日、
月、星的通稱,也泛指時辰、時光、日子等。

　　辰光　時間。

　　辰時　指上午七點到九點。

rǔ

辱

篆

辱為「耨」的本字。小篆的辱字，從辰從寸，像人手
持蜃殼，表示用磨利的蜃殼除去田間雜草，其本義為耘
草，引申為恥辱、侮辱、辜負等義。又用作謙辭，猶言承
蒙。《說文解字》：「辱，恥也。從寸在辰下。」

辱沒　玷辱，羞辱。

辱命　指玷辱、辜負使命。

辱臨　敬稱他人的到來。

農

甲　　金　　篆

器物　器具

　　甲骨文的農字，像以蜃耘苗，正在耕作。金文農字從田，其意更加明顯。所以農字的本義為耕作，又指耕作之人，即農民。

　　農夫　從事耕作的人。

　　農事　耕作的活動。

　　農時　指春耕、夏耘、秋收，農事的三時。

篆

　　小篆的乂字由兩斜畫相交而成，像一把剪刀，其本義為剪草、割草，當即「刈」的本字。後引申為治理之義。

　　乂安　指政局穩定，國治民安，太平無事。

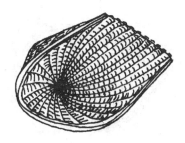

甲骨文的其字，像一隻簸箕，所以其就是「箕」的本字，本指簸箕，一種揚米去糠的器具。因簸箕用竹編製，故加竹頭成為「箕」。而其字被借用為代詞，復指上文的人或事；還可用作副詞，表示猜測或祈求。

器物　器具

甲　　金　　篆

qí

其

kuài

塊

篆

塊字本來是個會意字。小篆的塊字，像把土塊盛於筐內，它的本義即為土塊。此字後來變為形聲字，如小篆的異體作從土鬼聲，簡化字則變為從土夬聲。塊字由土塊之義引申，泛指塊狀之物，如鐵塊、煤塊、石塊等；又引申為孤高、磊落不平之義。

塊阜　土丘，小山。

塊然　孤傲不拘的樣子。又指孤獨無聊。

塊壘　心中鬱結不平。

甲　　金　　篆

kāng

康

　　康是「糠」的本字。甲骨文的康字，主體像一簸箕，
下面的四點代表穀糠，表示用簸箕把碾碎的穀皮和細屑簸
揚出來。這些簸揚出來的穀皮和細屑，就是我們所説的
糠。所以康字的本義是穀糠。康字後來多借用為安樂、安
寧之義，又引申為豐盛、廣大等義，因此又專門造了一個
「糠」字來表示它的本義。

　　康莊大道　平坦寬闊、四通八達的大道。《爾雅・釋
宮》:「五達謂之康，六達謂之莊。」

　　康寧　平安，無疾病患難。

fèn
糞

甲　　　篆

　　甲骨文的糞字，像人雙手持箕，正在掃除塵土，它的本義為掃除。因掃除的是髒汙之物，所以糞引申為糞便、汙穢；又引申為施肥、施糞之義。

　　糞土　穢土，比喻令人厭惡的事物或不值錢的東西。引申為鄙視。

　　糞除　掃除。

甲　　　　金　　　　篆

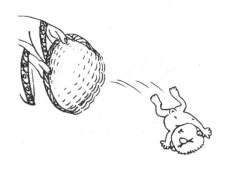

　　甲骨文的棄字，下邊是兩隻手，中間為「其」（簸箕），上部為「子」（嬰兒），「子」周圍的幾點代表初生嬰兒身上殘留的胎液，整個字像人雙手捧箕把初生的嬰兒拋棄掉。因此，棄的本義為拋棄、丟掉，引申為廢棄、違背。

　　棄井　廢井。

　　棄暗投明　比喻背棄邪惡勢力，投向正義的一方。

ZĪ

甾

甲　　　金　　　篆

器物　器具

　　甾是古代一種裝運沙土等物的農業用具，用草繩或竹篾編成，形似畚箕。古文字的甾字，即像這種用草繩或竹篾縱橫編織而成的畚箕。在漢字中，凡從甾的字，多與盛土農具有關，如畚（畚）等。

金　　　　篆

kuāng

匡

　　匡為「筐」的本字。古文字的匡字，從匚往聲，匚像
籃筐類的盛物器具，或從竹，表示筐器多為竹製，其本義
即為籃筐。匡字後世多用為糾正、扶助等義，而以「筐」
字表示其本義。

　　匡正　扶正。

　　匡複　挽救將亡之國，使之轉危為安。

彗

hui

[篲]

器物器具

　　甲骨文的彗字，像用王帚一類植物紮成的掃帚，有的字形加幾個小點，表示用掃帚掃除塵土，其本義即為掃帚，用作動詞，則有掃除、清掃之義。小篆的彗字，像人手持掃帚，掃帚形也小有訛變。或從竹，表示其為竹製。

　　彗星　亦稱「孛星」，俗名「掃帚星」。以其長尾似掃帚，故名。

甲　　　　　金　　　　　篆

器物 器具

　　帚即掃帚，又稱掃把。甲骨文、金文的帚是個象形字，像一把倒立的掃帚：上部是帚棕，下部為把柄；有的還在掃帚中間用繩子加以捆紮。到了小篆以後，帚字字形發生了較大的變化，就不再像掃帚的樣子了。

fù

婦

甲　　金　　篆

　　古代社會，男女分工明確：男主外，在外耕田、打
獵；女主內，在家織布、掃地、做飯。甲骨文、金文的婦
字，正像一個女子手持掃帚的樣子。手持掃帚在家掃地做
家務，這是已婚女子的日常工作。所以婦字的本義為已婚
的女子，有時也指妻子。

　　婦女　指已婚女子。現在多用作成年女性的通稱。

甲骨文的侵字，像人手持帚把驅趕牛群，表示侵奪他人財產。侵的本義為侵佔、掠奪，引申為進犯、攻佔，進一步引申為欺凌、迫害。

侵占　以不法手段將他人之物佔為己有。

侵略　侵犯掠奪。

侵吞　暗中佔有。又指用武力吞併別國或佔有其部分領土。

xīng

興

| 甲 | 金 | 篆 |

　　甲骨文、金文的興字,像多隻手共同舉起一副築版
(一種築土牆的工具)。這是眾人夯土築牆勞動場面的形
象描繪。有的興字加上口,表示一邊舉夯築土,一邊呼喊
號子以協同動作。因此,興的本義為抬、舉,引申為起、
起來、興起、建立,進一步引申為興旺、興盛。

| 甲 | 金 | 篆 | dīng
丁 |

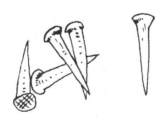

　　丁是個再簡單不過的字，一橫一豎鉤，好寫又易認，似乎只有文盲才不識，所以過去常用「目不識丁」來挖苦那些不學無知的人。那麼丁字到底是什麼東西呢？甲骨文、金文中的丁字，原來只是一顆釘子的形象：從上面俯視，看到的是圓形或方形的釘帽；從側面看，則好似一個楔子，所以丁字的本義就是釘子。丁是「釘」的本字。

　　丁是丁，卯是卯　丁指凸出的榫頭，卯即卯眼。「丁是丁，卯是卯」表示做起事來認真嚴肅，不肯隨便通融。

zhuān

專

甲　　篆

　　甲骨文的專字，從又從叀（zhuān），叀像紡錘，紡錘上有線纏繞，表示以手旋轉紡錘盤線，其本義為轉動轉軸。在漢字中，凡從專的字多有盤旋、轉動、轉遞等義，如搏、團、轉、傳等。專字後來多借用為單獨、單純、獨一等義。

　　專斷　獨自決斷。

　　專家　指專門從事某種事業或學問而有成就的人。

　　專精　集中精力，專心一志。

tuán

團

篆

團字從口從專，口代表一個圓環，專即紡錘，有轉動之義，因此團字的本義為圓轉、回環旋轉，引申為圓形，又引申為糅合、聚合。

團弄 用手掌搓東西使成圓形。又有擺佈、蒙蔽、籠絡、成全等義。也作「摶弄」。

團拜 有慶賀的事，相聚而拜。

團扇 圓扇，也叫宮扇。

團圓 圓形的。又指親屬團聚。

團團 形容旋轉或圍繞的樣子。

壬

I I　I I I　壬

甲　　　金　　　篆

　　壬是「纴」的本字，原來是指一種紡織工具。甲骨
文、金文的壬字，像一工字形的纏線工具；有的在中間加
一粗點，表示纏線成團；小篆則變點為橫。該字後借用為
干支名，表示天干的第九位；又借用為奸佞之義。其本義
既失，故另造從糸的「纴」字代之。

　　壬人　佞人，巧言諂媚的人。

　　壬夫　水神名。

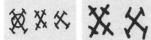

guǐ

甲　　　　金　　　　篆

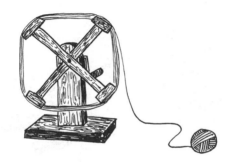

　　癸和壬一樣，也是古代的一種紡織工具。甲骨文、金文的癸字，像一種可以旋轉的紡紗、治絲工具，類似於後世的繅車，有的字形還像在紡輪上纏有絲線，其本義即為紡車、紡輪。此字後世多借用為干支名，表示天干的第十位，也即最後一位，其本義逐漸不為人所知。

　　癸水　婦女月經。又用作桂林漓江的別稱。

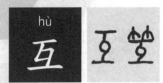

篆

　　互是「笔」的本字，是指一種絞繩的器具。小篆的互字，上下兩橫代表固定繩兩端的橫木，中間像兩股繩絞在一起。由二繩的盤結交錯，引申為交錯之義，又引申為相互、彼此之義。

　　互市　指互相往來貿易。

　　互訓　同義詞互相解釋。

甲　　　金　　　篆

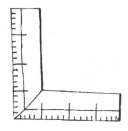

器
物

器
具

　　甲骨文、金文的曲字，像一把曲尺，其本義為彎曲，
與「直」相對。引申為曲折、隱秘、婉轉等義。曲字還可
以讀 qǔ，指音樂的曲調。

　　曲意　委曲己意，奉承別人。

　　曲筆　封建時代史官不據實直書，有意掩蓋真相的
記載。

　　曲解　錯誤地解釋客觀事實或別人的原意（多指故意
為之）。

　　曲直　有理和無理。

　　曲房　深邃幽隱的密室。

　　曲學　偏頗狹隘的言論。也指孤陋寡聞的人。

　　曲高和寡　曲調高深，能跟着唱的人很少。比喻作品
不通俗，不能為多數人所了解或欣賞。

工

甲　　　金　　　篆

　　工字的字形像是一把曲尺。曲尺是匠人（特別是木匠）必備的度量及畫線工具，因此工字的本義為用具、工具；引申為從事手工勞動的人，即工匠。工匠做工要細致精巧，因此工又引申出細密、精巧之義。

工夫　佔用的時間；空閑時間。

工巧　精致、巧妙。又指善於取巧。

工藝　手工技藝。

jù

巨

金　　　篆

　　巨為「矩」的本字。矩是一種畫角量方的曲尺。如
《荀子》：「圓者中規，方者中矩。」其中規為圓規，矩為曲
尺。金文的巨字，像一個人手持一把曲尺的樣子，其本
義即為曲尺。此字後來多借用為大、最、極等義，故另造
「矩」表示它的本義。

　　巨室　大廈、大屋。又指有世襲特權的豪門貴族。

　　巨眼　指善於鑒別是非真偽的眼力、見識。

zhàng

丈

丈

篆

　　小篆的丈字，從十從又，像人手持量尺測量長度。丈
的本義為丈量，又是長度單位的名稱。十尺為一丈，十丈
為一引。此外，丈還用作對成年或老年男子的尊稱。

　　丈量　測量。

　　丈人　古時對老年男子的尊稱。今指嶽父。

　　丈夫　成年男子。又指女性的配偶。

zhōng

甲　　　　金　　　　篆

器物　器具

　　古代的旌旗由多條叫作「斿」（yóu）的飄帶組成。飄帶有多有少，其中以王的旗飄帶最多，有十二斿。甲骨文、金文的中字，像一杆多斿的旗，旗杆中段束紮木塊，以增加旗杆的強度。這個木塊就叫「中」。由於它位處旗杆中段，把斿從中間分為上斿下斿，所以中的本義為當中、中間，引申為裏面、內中。為人處世中正平和，不偏不倚，無過不及，也叫作「中」，如中行、中庸等。

yǎn

㫃

甲　　　金　　　篆

器
物
器
具

　　甲骨文、金文的㫃字，像旌旗飄帶飛揚，因此其本義
為旗幟飛揚的樣子。《說文解字》：「㫃，旌旗之遊㫃蹇之
貌。」漢字中，凡從㫃的字，均與旗幟有關，如旗、旌、
施、斿、旋、旄、旅、族等。

máo

旄

篆

器物 器具

旄字由㫃、毛會意，毛又兼作聲符。㫃即旗幟，毛指
犛牛的尾毛，因此旄字是指用犛牛尾在旗杆頂上做裝飾的
旗幟。又代指犛牛尾。

旄節 古代使臣所持之節，上飾犛尾，用作信物。鎮
守一方的軍政長官也擁有旄節。

旄鉞 旄節和斧鉞。比喻軍權。

旄騎 即旄頭騎。皇帝儀仗中警衛先驅的騎兵。

lǚ

旅

| 甲 | 金 | 篆 |

古人出征作戰，先要召集將士於大旗之下，發佈訓誥，整裝待發。甲骨文和金文的旅字，像聚眾人於旗下，其本義即為師旅，泛指軍隊，又特指軍隊的編制單位（古代以五百人為一旅）。此外，旅還有「眾人成群」和「在外客居」的意思。

旅行　眾人成群結伴而行。現在用為離家出行之義。

旅店　旅客停留住宿之所。又稱旅舍、旅館。

旅進旅退　與眾人共進退。也可用作貶義詞，形容隨波逐流。

xuán

旋

甲　　　金　　　篆

　　甲骨文、金文的旋字，像旗下有止（趾），表示用旗幟引領眾人行進，止上的口表示行進的目標。旋的本義是軍隊出征返回，即凱旋，泛指返回、歸來，引申為盤旋、旋轉之義。

　　旋復　回還，歸來。

　　旋踵　把腳後跟轉過來，比喻時間極短。

　　旋律　聲音經過藝術構思而形成的有組織、有節奏的和諧運動。

yóu

游

[遊]

甲　　　金　　　篆

　　古代重大的戶外活動或軍事行動，都要大張旗鼓以壯
聲威。甲骨文和早期金文的游字，像一人手持大旗在行
走，大旗上方旗幅飄揚。它的本義為執旗行進，又特指
旗幅上的飄帶飾物，「斿」是其本字。金文的游字或加辵
（辶），表示行動，有遨遊、行走的意思。至於小篆中從
水斿聲的游字，則是表示在水中浮行。

				zú
				族

甲　　　金　　　篆

器物　器具

　　古代同一氏族或宗族的人，不但有血緣關係，而且是
一個戰鬥單位或武裝集團。甲骨文、金文的族字，從矢
在㫃下，樹旗所以聚眾，箭矢則代表武器。所以，族字
的本義即為氏族、宗族或家族，用為動詞，則有聚結、
集中之義。

　　族姓　指同族親屬。又指大族、望族。

　　族黨　聚居的同族親屬，也指聚族而居的村落。

chē 車

甲　　　金　　　篆

器
物
器
具

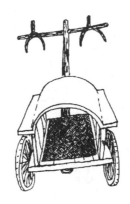

　　車指的是陸地上有輪子的運輸工具。甲骨文、金文的車字，像一輛車輪、車軸、車轅、車衡、車軛俱全的馬車。小篆的車字，則僅有車輪、車軸，是簡化的車字。凡從車的字，大都與車及其功用有關，如軌、輪、轉、載、軍等。

　　車水馬龍　形容車馬眾多，來往不絕。

　　車載斗量　形容數量很多。

liǎng

兩

金　　　篆

　　兩為「輛」的本字。古代的一駕馬車多用兩匹馬來
拉，因此馬車的衡上多配有雙軛。金文的兩字，像馬車前
部的衡上有雙軛。所以兩字的本義為車輛。又用作數詞，
指一對、一雙，專用於馬匹等成雙配對之物。兩還可用為
量詞，車一駕為「一兩」，布一匹也可稱為「一兩」。此
外，兩又是常用的重量單位名稱，按現在的用法，十錢為
一兩，十兩為一斤。

　　兩全　對兩方面都有利無損。

　　兩兩　成雙成對。

niǎn 輦	燕	輦
	金	篆

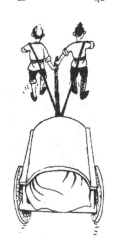

　　金文的輦字，像二人拉車，本指人拉的車，秦漢以後特指帝王或皇後乘坐的車，如帝輦、鳳輦等。

　　輦下　指京師，猶言在皇帝車駕之下。

　　輦轂（gǔ）　天子的車輿，代指天子。又指京師。

yú

輿

金　　　篆

　　古文字的輿字，像四隻手共同擔起一副坐轎。其本
義為抬轎，引申為抬、負荷；又指轎（也稱「肩輿」或
「步輦」），引申為車廂。古代把人的身份分為十等，輿
為第六等，屬於地位平凡低微的一等，因此引申指一般
的眾人。

　　輿士　抬轎或推車的人。

　　輿論　公眾的言論。

hōng

轟

轟

篆

　　轟字由三個車字組成，表示群車奔馳、轟然作響。轟
字本指群車轟鳴之聲，泛指巨大的響聲，又有轟鳴、轟
炸、轟擊、轟趕等義。

　　轟動　驚動。指同時驚動很多人。

　　轟隆　象聲詞，形容雷聲、爆炸聲、機器聲等。

　　轟轟烈烈　形容氣魄雄偉，聲勢浩大。

lián

連

篆

　　連字從辵從車，表示車輛前後相連，其本義為連接，引申為連續、接續等義，又用作軍隊編制單位名稱，如連隊。

　　連環　一個套着一個的一串環，比喻一個接着一個、互相關聯，如連環畫、連環鎖等。

　　連貫　連接貫通。

　　連綿　（山脈、河流、雨雪等）接連不斷。

　　連累　牽連別人，使別人也受到損害。

　　連襟　姐妹的丈夫之間的親戚關係。

zhuàn

轉

轉

篆

　　轉字從車從專，專有盤旋、轉動之義，因此轉本義為
轉動、運轉，引申為遷徙、轉移、變化、傳送等義。《説
文解字》：「轉，運也。從車，專聲。」則專又兼作聲符。

轉運　循環運行。又指運輸，轉移。

轉圜　轉動圓體的器物，比喻調解挽回。

轉瞬　轉動眼睛，形容時間短促。

轉敗為功　變失敗為成功。

甲　　金　　篆

　　轡是駕馭牲口用的嚼子和韁繩，又叫轡頭。甲骨文、
金文的轡字，從車，像馬車夫手中牽制馬匹的三股韁繩。
小篆轡字從䜌從絲。《説文解字》：「轡，馬轡也。從絲從
䜌，與連同意。《詩》曰：『六轡如絲。』」引申為駕馭、騎
行、牽制等義。

　　轡勒　駕馭牲口用的韁繩和帶嚼子的籠頭。

zhōu
舟

| 甲 | 金 | 篆 |

　　甲骨文、金文的舟字，像一隻小木船的樣子，其本義即為船。古人稱擱茶碗的小托盤為「茶舟」，今人也叫「茶船」。漢字中凡以舟為義符的字大都與船及其作用有關，如航、舫、艦、艇、艘等。

　　舟梁　浮橋，即連船為橋。

yú

俞

朌 朌　　俞

金　　　　　篆

　　金文的俞字，左邊為舟，右邊像一把尖銳的木鑿，旁邊的一畫表示挖鑿的木屑，表示人用鑿把一棵大樹挖空做成小舟。所以俞字的本義為鑿木造船，又指挖鑿而成的獨木舟。此字後世多用為歎詞，又用作姓氏，其本義則罕為人知。

qián

前

金　篆

器物　器具

　　前字是個會意字。古文字的前字，從止從舟，從止表示行進，從舟表示乘船。《說文解字》：「不行而進謂之前。」前的本義為向前行進，引申為方位和時間詞，與「後」相對。

　　前途　前面的路，也指未來的境況。又作「前程」。

　　前車之鑒　比喻以往失敗的經驗可引為後來的教訓。

cāng

艙

　　艙字由舟、倉會意（倉又兼作聲符）。倉即庫房，是
盛貨物的地方，因此艙是指船上放置貨物的地方，泛指船
或飛機中分隔開來載人或裝貨物的部分。

　　艙位　船或飛機等艙內的鋪位或座位。

yù

玉

| 甲 | 金 | 篆 |

　　甲骨文的玉字，像用繩子穿在一起的一串玉璧，本義
當為玉器，泛指玉石。玉石是一種礦石，質地細膩溫潤，
光澤透明，可用來製作裝飾品。古人往往把美好、珍貴的
東西加上玉作為修飾詞，如玉顏、玉體、玉女等。漢字中
凡從玉的字大都與玉石或玉器有關，如環、珍、琳、瓊、
球等。

　　玉帛　瑞玉和縑帛，是古代祭祀、會盟時用的珍貴禮
品，又泛指財物。

　　玉成　成全。敬辭。

　　玉潔冰清　比喻高尚純潔。

金　　　篆

　　圭是古代帝王諸侯舉行禮儀時握在手中的一種玉器，上尖下平，形狀略似土字形。圭字從二土，指的就是這種土字形的玉器。圭字也可以加玉旁，表明圭的玉質屬性。

　　圭臬　指圭表（臬就是測日影的表），比喻準則或法度。

gòng

共

甲　　金　　篆

　　共是「拱」或「供」的本字。早期金文的共字,像一個人雙手捧着一塊玉璧。玉璧是貴重之物,常用來作為宗廟祭祀的供奉之物。因此,共有拱手捧璧、供奉於前的意思,引申為環抱、拱衞和供給等義。由兩手同捧一物,又引申為共同、一起等義,如同舟共濟。

甲　　　金　　　篆

nòng
弄

　　古文字的弄字，像雙手捧玉玩賞的樣子，其本義為玩玉，引申為玩弄、遊戲之義。在古代，真正有玉可玩或有資格弄玉者，大抵不外帝王將相、公卿大夫以及妃嬪姬妾、公主千金之輩，所以弄玉是一種十分高雅的文化生活。現在的弄則多帶貶義，如弄權（玩弄權勢）、愚弄、戲弄、弄巧成拙（本欲取巧反而敗事）等。

　　弄臣　指為帝王所親近狎玩之人。

　　弄璋弄瓦　古代稱生男為弄璋，生女為弄瓦。語出《詩經·小雅·斯干》：「乃生男子 …… 載弄之璋 …… 乃生女子 …… 載弄之瓦。」

399

bǎo

寶

[寶]

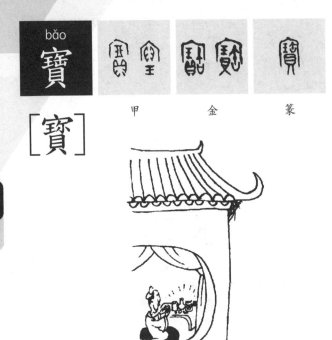

甲　　金　　篆

　　在古代，玉器是一種非常寶貴的東西，而海貝殼是用來交換的貨幣，代表一個人的財富，更是彌足珍貴。甲骨文的寶字，像是在屋子裏放着貝和玉，表示一個人所佔有的珍貴之物或財富，所以寶字的本義是珍貴之物。金文的寶字，增加缶旁表示讀音，使寶字由原來的會意字變成形聲字。這種寫法一直沿用到楷書時代。而簡化的寶字，省去貝和缶，它又成為從宀從玉的會意字了。

bān

班

金　　　篆

　　古文字的班字，像刀在兩玉之間，表示把玉石分開。
班的本義為分玉，引申為分發、分佈、排列等義。班也可
用作名詞，表示位次、等級之義；又用作軍隊或集體單位
名稱。

　　班次　指學校班級的次序，也指定時往來的車船開行
的次數。

　　班師　指軍隊出征回來。

　　班門弄斧　在大匠門前擺弄斧頭，比喻不自量力。
班，即魯班，古代有名的巧匠。

pú
璞

甲

　　璞是一種含玉的礦石。甲骨文的璞字，像人在山洞中
手持工具敲打玉石，盛於甾（筐一類的器具）中，其本義
即為初採於山中的玉石，即未經雕琢的玉石。

篆

　　瑩字從玉從熒省，熒指微光，故瑩本指玉色光潔瑩
亮、通透，引申為使明淨、覺悟等義。熒又兼作聲符。

　　瑩澤　晶瑩而有光澤。

　　瑩鏡　明鏡。

　　瑩拂　拂拭使之明潔。

lóng

瓏

瓏

篆

　　瓏是一種雕刻成龍形的玉器,是古代向神靈祈求降雨
時使用的一種玉製禮器。瓏字從玉從龍,表示它是雕成龍
形或飾以龍紋的玉器。《說文解字》:「瓏,禱旱玉,龍文。
從玉從龍,龍亦聲。」則龍又兼作聲符,瓏是會意兼形
聲字。

hǔ

琥

金

　　琥字從玉從虎，是指一種雕刻成虎形的玉器。琥在古
代用作禮器，被認為是一種祥瑞之器。也有人認為這是
一種遣將發兵的憑證，即兵符。如《說文解字》云：「琥，
發兵瑞玉，為虎文。從玉從虎，虎亦聲。」則虎又兼作
聲符。

　　琥珀　松柏樹脂的化石，色黃褐或紅褐，燃燒時有香
氣。紅者曰琥珀，黃而透明者曰蠟珀。可入藥，也可製成
飾物。

璧 璧璧璧 璧

金 篆

　　璧是古代的一種玉器，常用作貴族祭祀、朝聘、喪葬的禮器，也可作為裝飾品。其形制為扁平的圓環形，正中有孔，環邊的寬度為孔徑的二倍。金文的璧字，從玉辟聲，有的另加一圓圈，以表示其為圓形的玉器；小篆則變為從玉辟聲的形聲字。《說文解字》：「璧，瑞玉圜也。從玉，辟聲。」

　　璧人　稱讚人儀容美如璧玉。

　　璧合　比喻美好的事物或人才結合在一起。也作「珠聯璧合」。

huán

環

金　　篆

　　環是玉璧類的一種,在古代常用作禮器。環的形制為圓形,中心有孔,其環邊的寬度和孔徑相等。環字從玉從睘(睘又兼作聲符),睘有圓環之義,表示它是一種圓環形的玉器。《說文解字》:「環,璧也。肉(環邊)好(璧孔)若一謂之環。從玉,睘聲。」而在漢字中,凡是從睘(或以睘為聲符)的字,多有圓環、回轉等義,如圜、還、寰等。

環視　四面察看。

環境　環繞全境。今指周圍的自然條件和社會條件。

器物　器具

guài

夬

金　篆

　　夬為「玦 (jué)」的本字。玦是一種環形而有缺口的玉佩，古時常用以贈人，表示決裂、決絕之意。夬字像人手持一有缺口的環形物體，即指玉玦。在漢字中，凡從夬 (夬往往兼作聲符) 的字，多有斷、缺、分離、不滿等義，如決 (決裂)、訣 (訣別)、缺 (殘缺) 等。另外，夬又指《周易》中的一卦，讀 guài。

器物 器具

 甲　　金　　篆

huáng

黃

　　甲骨文的黃字，從大，像人腰間佩帶環玉，其本義即為佩玉，當即「璜」的本字。後世黃字借用為顏色詞，其本義反而逐漸不為人所知，故另造從玉的「璜」字代替之。

　　黃卷青燈　燈光映照着書，形容深夜苦讀，或修行學佛的孤寂生活。

　　黃袍加身　黃袍，皇帝之服。謂受擁戴而成為天子。

　　黃鐘毀棄　黃鐘，黃銅鑄造的大鐘。屈原《卜居》：「黃鐘毀棄，瓦釜雷鳴；讒人高張，賢士無名。」比喻賢才不得任用。

貝　　　　　甲　　　　金　　　　篆

　　貝是有介殼的軟體動物的總稱，但在古代主要是指海貝。甲骨文、金文的貝字，正像海貝貝殼的形狀。在古代中原地區，海貝是一種珍貴的裝飾品。這大概是因為離海太遠，得來不易，因此人們都將其視為珍寶，串起來掛在頸上，懸於胸前，以示富有。後來貝又成為最早的一種貨幣，代表財富，所以凡從貝之字，大都與財貨有關，如財、貨、貫、貿、貴、賃、貸等。

　　貝書　即貝葉書，古代印度用貝葉樹的葉子寫佛經，因此用「貝書」代指佛經。

　　貝聯珠貫　形容聯貫整齊美好的樣子。

朋

甲　　金　　篆

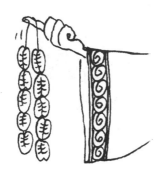

器
物
　
器
具

　　古代以五枚貝為一掛，兩掛為一朋。甲骨文、金文中的朋字，正像兩掛貝的樣子，其本義即為兩掛貝。後用作貨幣計量單位，如《詩經‧小雅‧菁菁者莪》：「既見君子，錫（賜）我百朋。」後世朋字，多用為朋友之義，又指黨與、同類，引申為比附、勾結之義。

　　朋友　古代指同一師門和具有共同志向的人，「同門曰朋，同志曰友」。今指彼此有來往、有交情的人。

　　朋黨　排斥異己的宗派集團。

　　朋比　依附勾結。多用為貶義。

dé
得

| 甲 | 金 | 篆 |

　　貝在上古時代是一種珍貴難得之物，後來用作貨幣。
甲骨文的得字像一隻手拾起一隻海貝，表示有所獲得，
其本義為取得、獲得、得到。或加彳旁，強調行為動作
的意味。

　　得失　得到的和失去的。事之成敗、利弊、損益或優
劣等都可稱為得失。

　　得寸進尺　比喻貪得無厭。

　　得不償失　得到的抵不上失去的。

yīng

嬰

金　　　篆

　　貝在古代是一種非常難得的珍貴之物，除用作貨幣
外，婦女們還把它們串起來掛在脖子上作為裝飾。嬰字從
二貝在女上，本指戴在女人脖子上的串貝頸飾。所以《説
文解字》稱：「嬰，頸飾也。」此字後來多用來指初生的女
孩兒，又泛指幼童。

　　嬰孩　指不滿一歲的小孩兒。

| mǎi
買 | 甲 | 金 | 篆 |

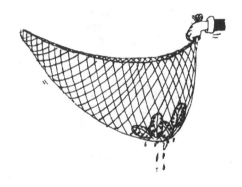

　　古文字的買字，從網從貝，是用網取貝的意思。貝是古代的貨幣，可以用它換取貨物。買即收購，是一種拿錢換取貨物的行為，與「賣」相對。

　　買櫝還珠　典出《韓非子‧外儲說左上》。楚國人到鄭國去賣珍珠，把珍珠裝在極其華貴的匣子裏。結果鄭國人出錢買走匣子，卻把珍珠退還。比喻沒有眼光，取捨不當。

mài

賣

篆

　　小篆的賣字，由出、買會意，表示出售財物，其本義
為售物、出貨。引申為出賣，又引申為炫耀、賣弄等義。

　　賣舌　以言語炫世。

　　賣官鬻（yù）爵　出賣官職爵位。鬻，賣。

　　賣劍買牛　放下武器，從事耕種。後比喻改業務農或
壞人改惡從善。

pín

貧

貧

篆

貧字由分、貝會意，貝即貝幣，代表財物，財物分散則不足，因此貧的本義為窮乏，與「富」相對。《説文解字》：「貧，財分少也。從貝從分，分亦聲。」則分又兼作聲符。

貧乏　窮困，短缺。

貧窮　貧苦窮困。缺乏財物為貧，前途無出路為窮。

貧嘴賤舌　形容話多而刻薄。

416

guàn
貫

篆

　　貫字由毋、貝會意。毋有穿透之義,貝指錢幣,貫本
義為以繩串貝、以繩串錢,引申指穿錢之繩,又用作錢幣
單位名稱。古錢幣中間有孔,可用繩線貫穿成串,以一千
錢為一貫。又泛指以繩穿物,引申為貫穿、會通等義。

　　貫通　首尾通達。

　　貫徹　上下始終,通達至底。

　　貫行　連續實行。

fù

篆

器
物
器
具

　　小篆的負字，從人從貝，貝是財富的象徵，人有財富
則心有所恃，故《說文解字》稱：「負，恃也。從人守貝，
有所恃也。」負的本義為倚恃、依仗，引申為賠償、虧欠、
辜負之義。又有以背載物及擔負等義。

shí

金　　　　篆

器
物　器
具

《說文解字》:「實,富也。」金文實字有的從宀從田從
貝,家中有田有貝,表示富有。小篆實字從宀從貫,貫
指成串的錢幣,也表示富足。所以,實的本義為富足、殷
實,又指財富、財物,引申為充滿,又指真實。

實際　指客觀存在的現實。

實踐　實地履行。

實惠　實在的利益、好處。

實事求是　從實際出發,求得正確的結論。

jī

几

篆

　　中古以前無桌椅，人們習慣席地而坐，常於座側或身前置一小几，用於倚靠。這種几，實際上就是後來桌子的雛形。其形長而窄，較矮。小篆的几字，略似其形，其本義即為案几。

　　几杖　几案與手杖，可以供老人平時靠身，走路時扶持，因此古代以賜几杖為敬老之禮。

　　几案　泛指桌子。

金　　　篆

　　金文的處字，像一個人坐在凳上；或從虎聲，表示這個字的讀音。處的本義為坐，引申為居處、居住之義，又指跟別人一起生活、交往。現在的處字，則多用為處置、辦理之義。

　　處分　處理。又指對犯罪或犯錯誤的人按情節輕重做出處罰決定。

　　處境　所處的境地。

　　處世　在社會上活動，跟人往來。

　　處事　處理事務。

　　座字從廣從坐，表示坐在室內，其本義為床座，泛指一般的座位，又指器物的底托。

　　座主　古代舉人、進士稱主考官為座主，又稱座師。

　　座右銘　訓誡文字的一種。古人刻銘文置於座位右側，用於警誡，稱座右銘。

甲　　　篆

chuáng

床

[牀]

　　上古無桌凳椅，人們日常起居，往往席地而坐，席地
而臥；後來有了床炕，最後才發明了桌凳椅。古代的床，
是一種可供人坐臥的器具。甲骨文的床字，是一豎立的床
形，床腳床面俱全，為床字的初文。小篆床字加「木」，
表示床是用木材做成的。楷書床字俗體作「床」。

　　床席　床上的墊席。

　　床上施床　比喻重疊。

xí

古　　　篆

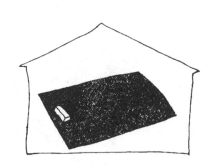

　　席是一種供坐臥鋪墊的用具，多用葦篾、竹篾或草等
編織而成。《說文解字》所錄古文席字，像屋內放有一張
草席。所以席的本義為墊席，引申為席位、座次、筵席
等義。

　　席地　古人鋪席於地以為座，因稱坐在地上為席地。

　　席卷　像捲席子一樣把東西全部包捲進去。比喻全部
佔有。

　　席不暇暖　形容事務極忙，或迫不及待，連坐定的時
間都沒有。

　　席地幕天　以地為席，以天為幕。形容胸襟曠達。

甲　　　　金　　　　篆

　　因是「茵」的本字。古文字的因字，像一個人仰面臥於席墊之上，它的本義是草席。由於因有席、墊之義，可引申為依靠、根據、憑藉、沿襲等義，進一步引申，又有原因、因緣之義。

　　因果　即因果報應。根據佛教的説法，善因得善果，惡因得惡果，即做善事得善報，做惡事得惡報。又指原因和結果。

　　因循　沿襲舊法而不加變更。

　　因人成事　依賴他人之力而成事。

　　因地制宜　根據各地情況而制定適宜的辦法。

　　因勢利導　順應着事物發展的趨勢加以引導。

gǔ

鼓

| 甲 | 金 | 篆 |

　　鼓是一種圓柱形、中空、兩端蒙皮的打擊樂器。古代兩軍作戰，以擊鼓鳴金來指揮進退（金指銅鐘，擊鼓表示進攻，鳴金表示收兵）。古文字的鼓字，像人手持鼓槌敲擊鼓面的樣子，其本義為擊鼓；引申為敲擊、拍打、彈奏，如鼓掌、鼓瑟（彈奏瑟）；再引申為振動、振作、激勵等義，如鼓動、鼓勵、鼓舞、鼓足幹勁等。此外，鼓形外凸，所以鼓又有隆起、凸出之義，如鼓腹（腆起肚子）。

péng

彭

甲　金　篆

　　甲骨文、金文的彭字，左邊是一面鼓，右邊幾點像鼓聲聲浪，所以彭是一個象聲字，表示擊鼓之聲。

喜 xǐ

甲　　　金　　　篆

　　甲骨文的喜字，像一面安放在支架上的大鼓，鼓兩側的點表示擊鼓所發出的聲音，說明有喜慶的事而擊鼓慶賀。喜的本義為喜慶、吉慶，引申指快樂、喜悅，又引申為喜歡、愛好之義。

　　喜出望外　遇到出乎意外的喜事而特別高興。

　　喜形於色　內心的喜悅表現在臉上。形容抑制不住內心的喜悅，十分高興。

甲　　　金　　　篆

hé

和

[龢]

器物　器具

　　古文字的和字，左邊像由幾條竹管合併而成的一種笙簫類樂器，右邊的禾是聲符，表示讀音。因此，和字的本義應該是樂聲的調和、和諧，引申為溫和、柔和等義。

　　和平　指戰亂平息，秩序安定。

　　和親　指與敵方議和，結為姻親。

　　和光同塵　把光榮和塵濁同樣看待，指不露鋒芒、與世無爭、隨波逐流的處世態度。

yuè 樂

甲　　　　金　　　　篆

器
物
器
具

　　上古時代的弦樂器（如琴瑟）想必是比較簡單的。相傳「舜作五弦之琴，以歌南風」，周文王、周武王各加一弦，才成了今天的七弦琴。甲骨文、金文的樂字，像絲弦繃附在木上，指的正是這種絲弦樂器。樂又是所有樂器的總稱，後來泛指音樂。樂聲悅耳，能使人感到快樂，所以樂又用作動詞，有喜悅、快樂、歡喜等義，讀 lè。

篆

　　琴本指古琴這種弦樂器。小篆的琴字，是古琴一端的
側視圖：字形下部的弧曲部分表示琴身，上面的兩個王字
形像用來繃弦的琴柱。現在，琴用作某些樂器的統稱，如
鋼琴、提琴、胡琴、口琴等。

gēng

庚

甲　　金　　篆

　　從早期甲骨文和早期金文的字形來看，庚是一種兩邊有吊槌，可以搖動的樂器，類似現在的撥浪鼓。此字後世多用為干支名，表示天干的第七位，其本義則鮮為人知。

qìng

磬

金　　　篆

　　磬是古代一種打擊樂器，以玉石或金屬製成，形狀如矩。甲骨文的磬字，像人手持槌棒敲打懸掛着的磬。小篆磬字加石旁，表示磬多由玉石製成。由於磬形如矩曲折，所以磬又有彎腰、屈身之義。

　　磬折　屈身彎腰，以示恭敬。又指敬服。

器
物　器
　　具

　　南是古代南方少數民族的一種音樂。甲骨文、金文中
的南字，像鐘、鎛一類用於懸掛敲擊的樂器，可能是指古
代南方少數民族特有的一種樂器，用以代指南方的一種音
樂，後來引申指南方，成為一個方位名詞。

　　南面　古代以坐北朝南為尊位，故天子見諸侯、群
臣，皆面朝南而坐。後泛指帝王的統治。

　　南腔北調　指人說話口音不純，夾雜着方言。

　　南轅北轍　欲南行而車向北，比喻行動與目的相反。

yǒng

甬

金　　　篆

　　銅鐘是古代重要的禮器和樂器，通常懸掛於架上，口在下而柄在上，敲擊出聲。其懸柄部分，即稱為甬。甬的本義即為鐘柄。金文的甬字，像直甬的懸鐘之形，其下部為鐘體，上部則像帶鉤環的直甬。

　　甬道　兩側築牆的通道。又指複道，即在樓閣之間架設的通道。

業 yè

金　篆

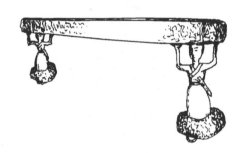

業是古代懸掛鐘、鼓、磬等樂器的架子，架子的支柱往往做成雙手托梁的人形。金文的業字，就是這樣一個樂器架的簡單構形圖。只是後來支柱的人形訛變成「木」，到小篆時就已經失去它原來的形象了。業字後來多用為事業、職業、產業、學業等義，其本義則逐漸消失。

業務　職業上的事務。

業主　產業的所有人。

業師　授業的老師。

業精於勤　學業由於勤奮而專精。

436

甲	金	篆	yǐn 尹

　　尹字是個會意字。古文字的尹字，像人手持杖。手杖
是一種權力的象徵，手握權杖即表明有權力處理大小事
務，故尹有治理之義。後來尹多用作官名，如縣尹、京兆
尹等。而作為姓氏的尹，是從「尹氏」這個官職名稱演變
而來的。

君 jūn

甲	金	篆

　　君字從尹從口，尹表示一人持手杖指揮別人做事，口表示發號施令。以此會意，君即指統治人民的一國之主，後來又引申為對人的尊稱，如嚴君、家君、夫君等。還可用作動詞，有統治、主宰的意思。

　　君子　對統治者和貴族男子的通稱，又指有才德的人。

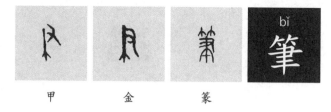

甲　　　金　　　篆

　　筆是用於書寫的工具。毛筆的使用，在中國有非常久遠的歷史。考古發掘出來的最早的毛筆實物出於戰國時代；但從種種跡象推測，毛筆的實際使用始於原始社會末期。甲骨文、金文的筆字，像用手抓着一支毛筆的樣子。這種筆有較粗的筆杆，杆頭上的分叉代表筆毛。早期的毛筆多用木杆，傳說秦代蒙恬改用竹管，故小篆的筆字增加竹頭。而簡化字的筆從竹從毛，又是一種新的寫法。

　　筆劄　相當於現在所説的筆、紙。古代無紙，書寫於劄（木簡）。又代指公文、書信、書法。

　　筆墨　本指筆和墨，借指詩文及寫作之事。

| huà 畫 | 甲 | 金 | 篆 |

器物 器具

　　甲骨文和早期金文的畫字，像人用手執筆畫交叉線
條、作圖畫的樣子。這就是畫字的本義——作圖、繪畫。
畫又有劃分之義，相當於後來的「劃」，所以金文和小
篆的畫字又增加一個「田」字，表示劃分田界的意思。

　　畫卯　簽到。舊時官署在卯時（清晨五點到七點）開
始辦公，吏役都必須按時到衙門簽到，這就叫「畫卯」。

甲　　　　金　　　　篆

器
物
器
具

在紙發明和大量製造以前，人們用於書寫的主要材料
是竹簡（一種經過加工修整的窄長竹片）。通常一枚竹簡
只能寫一行字，把許多條竹簡用繩子編連起來，就成為
冊。古文字的冊字，正是對簡冊的形象描繪。

冊府　指藏書的地方。

diǎn

典

| 甲 | 金 | 篆 |

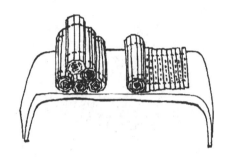

　　甲骨文的典字，像雙手捧着簡冊；金文、小篆的典字，則是將簡冊供放案上之形。典是指那些記載法律、典章制度等重要內容的書籍；引申為法則、制度、常道、准則等；典還可用作動詞，有掌管、從事、抵押等義。

　　典籍　指法典圖籍等重要文獻。

　　典式　範例、模範。

　　典故　指常例、典制和掌故。又指詩文中引用的古代故事和有來歷出處的詞語。

shān

篆

　　古代用毛筆蘸墨在竹簡上寫字，遇有錯字，就用小刀把墨跡刮掉重寫。刪字從冊從刀，表示用刀把簡冊上的錯字或多餘的字刮掉。因此，刪的本義為削除、去掉，引申為減少、削減。

刪改　去掉或改動文辭中某些字句或某些部分。

刪汰　刪削淘汰。

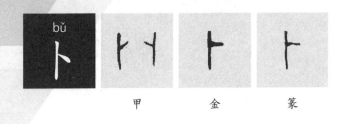

bǔ

卜　 卜卜　 卜　 卜

甲　　　金　　　篆

器
物
　
器
具

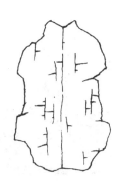

　　古人迷信鬼神，凡事必先占卜，以斷吉凶。所謂卜，
是用火艾灼燒龜殼使之出現裂紋，然後根據這些裂紋（又
稱兆紋）的方向和特點來預測吉凶。古文字的卜字，正像
這種兆紋，所以卜是個象形字。卜字的讀音像龜甲爆裂的
聲音，因此它又是一個象聲字。卜由占卜之義，可以引申
為預測、估量、選擇等義。

　　卜筮　古時占卜，用龜甲稱卜，用蓍草稱筮，合稱
卜筮。

　　卜居　用占卜的方法選擇定居之地。後泛指擇地定居。

甲

篆

zhān
占

器物　器具

　　占字從卜從口，表示占蔔時解釋兆紋。因此，占的本義是根據兆紋判斷吉凶，泛指占卜活動。凡用龜甲、蓍草、銅錢、牙牌等來推斷吉凶禍福的迷信活動，都可稱為「占」，如占卦、占課等。

　　占兆　占卜時以火灼龜甲，龜甲上的裂紋叫占兆。

　　占夢　根據夢中所見附會預測人事的吉凶。

wū

巫 玉 玉 靈 巫

甲　　　金　　　篆

　　古代巫師以玉為通靈之物。甲骨文的巫字，像兩塊玉
交錯的樣子，表示以靈玉敬獻神靈，以求神靈降福顯靈，
其本義即為巫祝、巫術，引申指女巫。按照古代迷信的說
法，女巫是那些能以歌舞取悅神靈並使其降臨附體的女
性巫師，她們以替人祈禱為職業的，現在俗稱「神婆」。
故《說文解字》云：「巫，祝也。女能事無形，以舞降神
者也。」

　　<u>巫祝</u>　古代溝通鬼神的迷信職業者。

　　<u>巫醫</u>　巫師和醫師。這兩種職業在古代被認為是低賤
的職業。

　　<u>巫蠱</u>（gǔ）　古代迷信，謂巫師使用邪術加禍於人為
<u>巫蠱</u>。蠱，毒蟲。

金　　　篆

　　古人用蓍草作算籌占卦以占問吉凶。筮字從竹從巫，從竹表示所用算籌為竹製，從巫則表示占筮這種活動屬於巫術範疇。《説文解字》：「筮，《易》卦用蓍也。」筮本指占卦，又專指蓍草做成的占卜用具。但用蓍草作算籌是最原始的做法，後世多改用竹片，故筮字從竹。

　　筮仕　古人在出仕前，先占吉凶，謂之「筮仕」。後遂稱做官為「筮仕」。

qiě			
且			

甲　　　金　　　篆

　　且是「祖」的本字。古文字的且字，像一塊牌位的樣子。牌位是在宗廟祭祀時用來代表祖先的，所以且字的本義即為祖宗、祖先。因為且與宗廟祭祀有關，於是增加義符示，寫作「祖」。而原來的且字借用為連詞，表示並列、遞進等關係，如並且、而且等；又用作副詞，表示暫且、姑且。

甲　　　　篆

shì

示

　　古人迷信鬼神，凡事都要請求神靈的指導和保佑，所以祭祀鬼神的活動特別多。甲骨文的示字，像一橫一豎兩塊石塊搭成的石桌，桌上可以擺放祭品，用以拜祭祖先或鬼神，其本義為供放祭品的石桌，也即所謂的「靈石」。因此，凡從示的字，如福、祭、祝等，均與祭祀有關。拜祭祖先神靈，一般是有事相告以求庇佑，所以示字又有「以事相告」之義，引申為顯示、表示，即給人看的意思，如示威（顯示威風或尊嚴）、示弱（表示比別人力量小）、指示等。

祝

器
物
器
具

　　古文字的祝字，像人跪在祭桌前禱告的樣子，表示祈禱、求神降福，引申為祝頌、祝賀、慶祝等義。此外，祠廟中專司祭祀祝告的人一般也稱為「祝」。後代作為姓氏的祝氏，大概也來源於祭司巫祝這一職業。

				fú
甲	金		篆	福

　　甲骨文的福字，像雙手捧着酒樽，往祭桌上進奉酒
食，表示以酒祭神，以求神靈降福，引申為神靈所降賜
的福氣。古代稱富貴壽考等為「福」，如《尚書·洪範》：
「五福：一曰壽，二曰富，三曰康寧，四曰攸好德，五曰
考終命。」又引申指幸運，與「禍」相對，如《老子》：
「禍兮福所倚，福兮禍所伏（災禍中蘊含着好運，幸運裏
隱藏着災禍）。」

甲　　　金　　　篆

器
物
器具

祭是一個會意字，像人手持肉塊供放到祭桌上，表示
以酒肉祭祀和供奉神、祖。祭在後代成為一種對死者表達
追悼、敬意的儀式，如祭奠、公祭等。此外，祭字還可用
作姓氏。不過用作姓氏的祭字不讀 jì，而應該讀 zhài。

祭酒　酹酒祭神。古代舉行祭祀活動，一般要推舉
一個地位尊貴或年長的人來主持祭禮，這個人就叫「祭
酒」。後來主管宗廟禮儀和文化教育的官員也稱為祭酒。
如國子監祭酒，就是當時最高學府國子監的主管官。

甲骨文、金文的奠字,像置酒樽於祭壇之上,表示以酒食相祭,即祭奠。由此引申為進獻,又引申為安置、安定、建立等義,如奠基(打下建築物的基礎,比喻一項大事業的創始)、奠都(確定首都的地址)等。

奠雁 即獻雁。古代婚禮,新郎到新娘家迎親,先進雁為禮。

尊 zūn

甲　　金　　篆

　　尊為「樽」或「罇」的本字，是指古代的一種酒器。古文字的尊字，像一個人雙手捧樽的樣子，表示向人敬酒。楷書的尊字，下面的雙手變成了一隻手（寸）。雙手捧樽敬酒，有敬重、推崇的意味，引申為尊貴、高貴之義，又指尊長、長輩。

　　尊彝　古代酒器。也泛指祭祀用的禮器。

　　尊俎（zǔ）　古代盛酒肉的器皿。尊為酒器，俎為載肉之具。後常用作宴席或外交場合的代稱。

器
物

器
具

　　甲骨文、金文的酉字像一個酒壇子，本當指酒壇或酒
壺。此字後來借用為干支名，表示地支的第十位。在漢字
中凡從酉的字大都與酒、發酵釀造有關，如酣、醉、釀、
酌、配等。

　　酉時　指下午五點到七點。

jiǔ
酒

甲	金	篆

　　酒是一種用穀類或果類發酵製成的飲料，如米酒、葡萄酒。酒字從水從酉，酉是裝酒的壇子，水代表液體，因此酒是指作為飲料的酒水、酒液。

　　酒池肉林　聚酒成池，懸肉成林。形容窮奢極欲。

　　酒酣耳熱　形容酒興正濃。

　　酒囊飯袋　只會喝酒吃飯而不幹實事，用於諷刺無用之人。

金　　　篆

器物　器具

酌字從酉從勺，酉是盛酒的壇子，勺則是舀酒的工
具。所以酌的本義為挹取，又指斟酒、飲酒，還引申為斟
酌、估量之義。

酌量　本指計量酒米，也泛指估量。

酌斷　酌情裁斷。

酌金饌玉　喝酒的杯子是金的，盛菜的器皿是玉的。
極言貴族豪門飲食的窮奢極欲。

配

甲　　　金　　　篆

　　金文的配字，像一個人蹲在酒壇邊上，表示向酒中兌水或添加香料。其本義當為調酒。引申為調配，即把不同的東西調和或湊在一起。因此，配字還有湊合、匹配的意思。如男女兩性結合，就叫作婚配。

　　配角　原指戲劇、電影等藝術表演中的次要角色，又比喻做輔助工作或次要工作的人。

　　配偶　指夫妻中的一方。

hān

篆

　　酣字由酉、甘會意，表示酒味甘醇，飲者暢快盡興，因此其本義為飲酒暢快、飲酒盡興，引申為沉湎於酒，又引申為劇烈、濃盛、盡情等義。《說文解字》：「酣，酒樂也。從酉從甘，甘亦聲。」則甘又兼作聲符。

　　酣飲　暢飲。

　　酣暢　暢快。

　　酣戰　激烈交戰。

　　酣放　縱酒狂放。又指行文縱恣放逸。

酋

qiú

篆

　　小篆的酋字，像酒壇口香氣外溢，表示久釀之酒香氣馥鬱，其本義為陳酒，引申為年長。部落的首領稱為酋長，因為他們年齡大，經驗豐富。

　　酋長　部落的首領。

甲　　金　　篆

fú
畐

　　畐是一種盛酒的容器，鼓腹，圓底，長頸，形如酒
壇。甲骨文、金文的畐字，即像這種長頸鼓腹圓底的容
器。從畐的字，多與酒有關。如福字，其本義為捧酒祭神
以求福。

fù

金　　　篆

器
物
器
具

　　金文的富字，像屋中有一隻酒壇子，屋中有酒表示富
有。所以富字的本義為富有，即財物豐饒，與「貧」相
對；又指財物、財富；引申為充裕、豐饒之義。

富貴　有錢又有地位。

富庶　物產豐富，人口眾多。

富國強兵　使國家富有，兵力強大。

462

jué

爵

甲　　　金　　　篆

　　爵是古代的一種飲酒器具。這種酒器，三足兩柱，有
流有鋬，並仿雀形。它盛行於商周時代，是天子分封諸侯
時賜給受封者的一種賞賜物。所以「爵」後來就成了「爵
位」的簡稱，如《禮記》：「王者之制祿爵，公、侯、伯、
子、男，凡五等。」

　　爵祿　爵位和俸祿。

jiǎ
斝

甲　　金　　篆

器
物
器
具

　　斝是古代的一種酒器，圓口，平底，有三足、兩柱、一鋬。甲骨文、金文的斝字，即像其形；而小篆斝字從斗，是後起的寫法。

gōng

觥

[觵]

甲　　　篆

　　觥是一種用兕牛角做成的酒杯。後來也有用木或銅製的觥，其形制為橢圓腹，有流，有把手，形似獸頭。甲骨文的觥字，即像原始的牛角酒杯；小篆則變為形聲字。《說文解字》：「觵，兕牛角可以飲者也。從角，黃聲。其狀觵觵，故謂之觵。觥，俗觵，從光。」

　　觥令　酒令。

　　觥籌交錯　形容許多人相聚飲酒的熱鬧情景。

器物
器具

465

　　壺是一種由陶瓷或金屬等材料製成的容器，主要用來
盛裝液體，如茶壺、酒壺。古文字的壺字，頸窄腹圓，有
耳有蓋有底座，是一隻酒壺的形象。

甲	金	篆	fǒu

缶

器物　器具

　　燒製陶器，先要搗泥作坯，然後才能入窯燒煉。甲骨
文、金文的缶字，從午從口，表示用杵棒在泥盤中搗泥做
坯，本指製作陶坯。因此，從缶的字多與製陶或陶器有
關，如窯、缸、缺、罅、罄、罌等。而後世的缶字，專
指一種大腹、小口、有蓋的陶製容器，《說文解字》：「缶，
瓦器，所以盛酒漿。秦人鼓之以節歌。象形。」也泛指同
形制的銅器，金文缶字或從金，則是專指銅製的缶。

467

táo

陶

金　　　　篆

　　陶的本字是「匋」。金文的匋字，從人從缶，像人持杵搗泥做陶，其本義為製陶，又指陶器。因燒製陶器的窯多選在山的坡崖之下，於是在匋字的基礎上再添加表示土山斜坡的阜旁，另造一個陶字來表示其本義，因此匋字漸漸不再使用了。

yáo

窯

篆

[窑]

　　窯是一種燒製磚瓦和陶瓷器皿的土灶。窯字從穴從
缶,從穴表示窯形如穴,從缶則表示它是製作陶器的地
方。窯或作從穴羔聲,或作從穴䍃聲,則屬形聲字。《說
文解字》:「窯[窯],燒瓦灶也。從穴,羔聲。」

quē

缺

篆

　　缺字從缶從夬，缶指陶器，夬有斷缺之義，因此缺本
指器物破損不全，引申為殘破、敗壞、空缺、欠缺、不
足、缺少等義。

dǐng

鼎

甲　　金　　篆

　　鼎是古代的一種烹飪容器，常見者為三足兩耳大腹。甲骨文和早期金文的鼎字，正是鼎器的形象寫照。在古代，鼎不但是烹煮食物的容器，也是宗廟祭祀用的一種禮器，又是國家政權的象徵。所以鼎有較為豐富深邃的文化內涵。

鼎立　鼎有三足，比喻三方勢力並峙抗衡，如鼎足分立。

鼎沸　形容水勢洶湧，如鼎中沸騰的開水。也用來形容局勢不安定，或喧鬧、嘈雜。

鼎盛　指昌盛或正當昌盛之時。

鼎新　更新。鼎為烹煮之物，生者使熟，堅者使柔，故有更新之義。也稱「鼎革」或「革故鼎新」。

471

yuán
員

甲　　　金　　　篆

　　員為「圓」的本字。甲骨文、金文的員字，下面是個鼎，在鼎口的上方畫一個圓圈，表示鼎口是圓形的。小篆的員字從貝，乃是由甲骨文鼎字訛變而來。所以，員本當指圓形或圓形之物。後來員字多用來指人員，於是另造圓字來表示它的本義。

bài

敗

甲　金　篆

　　甲骨文的敗字，像手持棍棒敲擊鼎或貝殼的樣子。銅鼎是飲食和祭祀的重器，貝殼則為當時通行的貨幣，都是珍貴之物。以棒擊鼎或貝殼，表現了敗字的本義——擊毀、毀壞，引申為破壞、敗壞。敗字的使用非常廣泛，食物腐爛或變質變味可以說是「腐敗」或「敗味」；凋殘衰落的草木可稱為「殘枝敗葉」；軍隊被人擊潰，叫作「戰敗」；事業不成功或遭到挫折和損失，則稱為「失敗」。

則 zé

則 則 則

金 篆

　　在夏商周時代，鼎是國家政權的象徵，重要的典章文獻多載於銅鼎銘文。金文則字從鼎從刀，表示用刀把文字刻鑄在銅器上。小篆則字，鼎形簡化訛變成貝，從貝從刀，則無從會意。銅器上的文字多屬典章法律性質，因此則字有法則、規則的意思；引申指法典、規章、模範、榜樣等。則還可用作動詞，有效法的意思。

甲　　　金　　　篆

　　鼎是古代的一種主要炊具和食具，凡宴享賓朋或宗廟
祭祀都離不開它。甲骨文的具字，像雙手舉（或搬）鼎，
其本義為搬弄器具，引申為供設、備辦和完備。同時，具
也指食器，泛指一般的器具或工具。金文中的具字，有
的鼎誤為貝，貝又變為目，原來的會意字形就變得面目
全非了。

　　具食　備辦酒食。

　　具體而微　指某事物內容大體具備而規模較小。

lú

盧

甲	金	篆

　　盧為「爐」的本字。甲骨文的盧字，像爐身及款足俱全的火爐；盧字或加虍，虍是代表讀音的聲符；又從火，則表示其燒火的用途。金文和小篆的盧字從皿，《説文解字》：「盧，飯器也。」則以盧為盛食物的器皿，已非本義。後世盧多用為地名及姓氏。

器物　器具

甲　　　金　　　篆

　　鬲是古代的一種炊具，有陶製和銅製兩種，其形狀與鼎相近：大腹、三足，有時有兩耳。只不過鼎的三足為實心足，較細；而鬲的三足中空，呈袋狀，俗稱「袋足鼎」。甲骨文、金文的鬲字，正是這種巨腹袋足的器物形象。漢字中凡從鬲的字大都與炊具或炊事有關，如融、鬻等。

chè
徹

甲	金	篆

　　甲骨文、金文的徹字，從鬲從又，像人用手（又）撤去食具（鬲）。徹字的本義為撤除，後來多用為通、透之義。

　　徹夜　通宵。

　　徹底　通透到底，自始至終。

　　徹骨　深透骨髓，極言深刻。

曾

器
物
　
器
具

　　曾為「甑」的本字。甑是古代一種用來蒸食物的炊具。甲骨文曾字，下面的田字形代表甑底的箅子，上面的兩筆像逸出的蒸汽，表示用甑蒸食物。曾又借指中間隔兩代的親屬關係，如曾祖、曾孫。曾還讀céng，用作副詞，表示從前有過某種行為或情況，如曾經滄海。

　　豆是古代的一種食器，形似高腳盤，後多用於祭祀。甲骨文、金文的豆字，像一上有盤下有高圈足的容器，盤中一橫是指示符號，表示盤中盛有食物。現在的豆字，多指豆類植物，即豆菽之「豆」。

甲　　　金　　　篆

器物　器具

　　甲骨文、金文中的登字，像人兩手捧豆（古代用以盛放食器的一種高腳盤）向上供奉的樣子，字形上部是兩個止，表示向前進獻的動作。所以登字本義為向上進奉，引申為上升、登高、前進等義。

　　登科　古代稱參加科舉考試被錄取為「登科」，又稱「登第」。

　　登龍門　古代傳說，黃河的鯉魚跳過龍門就會變成龍。比喻得到有權力或有名望的人的引薦提拔而提高地位和身價。

　　登堂入室　古代宮室，前為堂，後為室。「登堂入室」比喻學問或技能由淺到深，達到很高的水平。

　　登峰造極　升上山峰絕頂，比喻學問、技藝達到最高的境界或成就。

481

豊

| 甲 | 金 | 篆 |

　　《説文解字》：「豊，行禮之器也。」古文字的豊字，像
一個高足的器皿（豆）中盛滿玉器。豆中盛玉是用來敬奉
神祇的，所以豊本指祭祀時的行禮之器。漢字中凡從豊之
字都與祭祀行禮有關，如祭祀時用的酒稱為「醴（lǐ）」，
而有關祭祀之事稱為「禮」。

甲　　　　金　　　　篆

　　古文字的豐字，像一高足器皿（豆）中盛滿稻穗或麥穗一類的穀物，表示莊稼豐收。所以豐的本義為豐收，引申為茂盛、充實、富饒等。

豐年　農作物豐收的年頭。

豐滿　充足。又指人體胖得勻稱好看。

豐美　多而好。

豐衣足食　形容生活富裕。

guǐ

簋

[殷]

甲　　金　　篆

器物 器具

　　簋是古代祭祀宴享時盛食物的器皿，圓腹、侈口、圈足，多為銅製。甲骨文、金文的簋字，像人手持勺子從一盛滿食物的圈足簋中舀取食物。小篆的簋字從竹從皿，這大概是因為後世的簋多改用竹製的緣故。

即

甲　　　金　　　篆

　　甲骨文、金文的即字，左邊是一隻高腳的食器，裏面盛滿了食物，右邊是一個跪坐的人，像一個人準備進食的樣子，它的本義是「就食」。要就食必須走近食物，所以即又有走近、靠近之義，如若即若離、可望而不可即；後來又借用為副詞，有馬上、立刻之義。

　　既字一邊為食器，一邊是一個跪坐的人，頭向背後扭轉，不再看擺在面前的食物，表示已經吃飽了，準備離開。所以既的本義為完、盡、結束，又引申為時間副詞，表示已經，如既然、既往不咎等。

xiǎng

饗

甲　　　金　　　篆

　　甲骨文、金文的饗字，像兩人面前擺着盛有食物的食
器，相對而食。饗字本義為兩人對食，後來引申指用酒食
款待人。小篆的饗字，在原來字形的基礎上增加了義符食。

shí 食

甲　　金　　篆

　　甲骨文的食字，下邊像一豆形容器，裏面裝滿食物，上邊是器蓋。所以食字本指可以吃的食物，引申為吃。在漢字中，凡以食為偏旁的字，都與食品或吃有關，如飯、飲、餅、飽、饗、餐等。

　　食客　舊時指寄食於富貴之家並為之所用的門客，現在也指飲食店、餐廳的顧客。

　　食言　背棄諾言。

　　食古不化　一味學古人，讀古書，而不知運用，如食物之不消化。

甲　　　　金　　　　篆　　　　hui 會

　　甲骨文、金文的會字，下面的口代表容器，上面是器蓋，中間是裝在容器中的東西，表示器、蓋相合。所以會字的本義為匯合、聚合，引申為相逢、見面，又指有目的的集會或某些團體，如晚會、報告會、工會等。此外，會字還有理解、懂得、通曉、擅長等義，如體會、能說會道等。

hé

合

甲　　金　　篆

　　古文字的合字，下面的口代表裝東西的容器，上面是
蓋子，表示器、蓋合攏在一起。所以合的本義為相合、關
閉、收攏，引申為聚會、聯結等義。

合同　契約文書。

合作　為了共同目的一起工作或共同完成某項任務。

合璧　指把不同的東西放在一起，配合得宜。

甲　　　金　　　篆

　　甲骨文的寧字，像室內桌上安放着器皿，表示安定、安靜；金文加心，心安就是寧。因此，寧的本義就是安寧。寧字又可讀 nìng，用作副詞，表示寧願、寧可、難道、竟、乃等義。

　　寧靜　安定清靜。

　　寧缺毋濫　指選拔人才或挑選事物，寧可少一些，也不要不顧質量貪多湊數。

　　寧為玉碎，不為瓦全　比喻寧願為正義事業犧牲，也不願喪失氣節，苟且偷生。

甲　　金　　篆

器
物
器
具

　　凡是「盤」字的初文。盤是一種大口、淺腹、圈足的器具，甲骨文、金文的凡字即像其形。所以，凡的本義為盤子。此字後來多用為大概、總共等義，又用為世俗、凡庸之義，其本義則用盤字表示。

　　凡人　平庸的人。又指俗世之人，與「仙人」相對。

　　凡要　簿書的綱要、總目。

　　凡庸　平常，一般。

盤 pán

[槃]

甲　　金　　篆

　　盤是盛水或食物的淺底器皿，多為圓形。甲骨文的盤字，像人手持一勺形器具從一圈足的器皿中舀取食物。金文盤字中的器形訛變為「舟」，字形寫作「般」；或加皿底，表示它是器皿；或加金旁，表示它由金屬製成。小篆的盤字也有從木的，則表示它用木材製成。盤除作為器名，還有旋轉、纏繞、盤問、盤算等義。

　　盤旋　環繞着飛或走。又指徘徊、逗留。

　　盤根錯節　樹根盤繞，枝節交錯。比喻事情繁難複雜，不易解決。

mǐn

皿

甲

金

篆

　　甲骨文的皿字，像一圈足的容器；金文皿字或加金旁，表明其材質為金屬。皿字的本義就是裝東西的器具，是碗盤一類飲食用器的總稱。在漢字中，凡從皿的字大都與器皿及其用途有關，如盂、盆、盛、盥、益、盈等。

甲　　　　金　　　　篆

　　益為「溢」的本字。古文字的益字,像皿中之水滿而外溢,本義為水溢出器皿,引申為水漲。由水滿而外溢,引申出富足、增加之義,再引申為利益、好處等。

　　益友　對自己有益的朋友。

　　益智　增益智慧。

guàn

盥

甲　　　　金　　　　篆

　　甲骨文、金文的盥字，像有水從上倒下，用手接水沖洗，下面的皿是接水的容器。因此盥的本義為洗手。可是到了後世，洗臉洗手均稱為「盥」，如盥櫛（指梳洗）。現在的「盥洗室」，是既可洗手也可洗臉的。

甲　　　金　　　篆

xuè

血

器
物　器
　　具

甲骨文的血字，像血滴滴入皿中，本指血液。

血色　指深紅色。如唐白居易《琵琶行》：「血色羅裙
翻酒汙。」

血性　指剛強正直的性格。

血親　指有血緣關係的親屬。

血肉　血液和肌肉，比喻關係極其密切。

血戰　激烈拚搏的戰鬥。

méng

盟

甲　　　金　　　篆

　　盟是指在神前誓約、結盟的一種儀式，往往殺牲取
血，盛以朱盤玉敦（duì），用血書為盟書，飲血酒以示誠
意。甲骨文和早期金文的盟字，像器皿中有血液，表示歃
血而盟。後寫作「盟」，從血明聲，則變會意而為形聲。

盟主　同盟之領袖。

盟書　古代盟誓的文書。也稱「載書」。

盟鷗　以鷗鳥為盟友，比喻退隱。

| 甲 | 金 | 篆 | jìn
盡 |

甲骨文的盡字，像人手持竹枝刷洗器皿，表示器中空淨。《說文解字》：「盡，器中空也。」盡由器中空淨的本義引申出完、竭盡之義，又引申為終止、完全、達到極限等義。

盡力 竭盡全力。

盡忠報國 竭盡忠誠報效國家。

盡善盡美 指完美至極。

yì			
易			易
	甲	金	篆

　　甲骨文的易字，像手持一個器皿，將水注入另一個器皿中。這個字形後來有所簡化，只保留器皿中帶耳的一片和水滴三點，因此到小篆時就訛變得面目全非了。易在金文中常用作賞賜之「賜」，又有交換、更換、改變之義。後世的易字，則多用作容易、平易之義，與「難」相對。

　　易轍　改變行車的軌道，比喻更改行事的方法。

　　易與　容易對付，含有輕蔑之意。

zhōng

盅

篆

　　盅字由皿、中會意，器皿中空，故其本義為空虛。《説文解字》：「盅，器虛也。從皿，中聲。」則中又兼作聲符。《説文解字》又引《老子》云：「道盅而用之」。今本《老子》「盅」作「沖」。沖者，空也。盅字在後世指飲酒或喝茶用的無把杯。

501

dǒu 斗

甲	金	篆

器物 器具

　　甲骨文、金文的斗字，像一把長柄勺。斗是古代盛酒、量糧食的器具，引申為容積單位：十升為一斗，十斗為一石。因斗像一把大勺，所以大熊星座中由七顆星組成的像一把大勺子的星群也稱為斗，即北斗七星。凡從斗的字，大都與量器有關，如斛、料、斟等。

　　斗室　一斗見方的屋子。形容非常狹小。

　　斗膽　像斗一樣大的膽子。形容大膽。多作謙辭。

料

金　　　篆

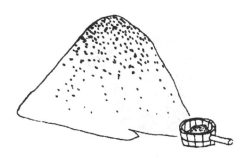

　　料字從米從斗，是個會意字，表示用斗量米。料的本義為量米，後泛指計量、計算、統計，又引申為估量、預料、猜度之義。此外，料還有照料、整理的意思；用作名詞，則指可供使用的原料、物料。

料民　古代稱調查統計人口數量為「料民」。

料事　猜度事情，又指處理事情。

料想　猜測，預料。

升 shēng

金　篆

　　升和斗一樣，也是指古代的一種量具，又用作容積的基本單位。十升的容量，正好是一斗。升、斗二字構形相同，均像一帶柄的量具，而升字多加一畫，以作區別。

　　升斗　比喻微薄，少量。

　　升甌（ōu）　小瓦盆。

甲　　　璽　　　篆

勺是一種舀東西的用具，略作半球形，有柄。甲骨文的勺字，即是這種有長柄的勺子的形象描繪，勺中的一點代表所舀取的食物。勺本指勺子，用作動詞，表示舀取。

器
物
器
具

　　匕是古代用來舀取食物的器具，曲柄淺斗，相當於現在的羹匙。甲骨文、金文的匕字，正像這樣一把羹匙，與甲骨文、金文「妣」字的人形十分近似，互相混淆，因此小篆的匕字訛變為反人之形。

　　匕首　短劍，柄頭如匕，故名。

　　匕箸　羹匙和筷子 。

甲　　金　　篆

zhǐ

旨

　　甲骨文、金文的旨字，從匕從口，匕是取食的工具，像用羹匙舀取食物放入口中；旨或從甘，表示食物味道甘美。所以旨本指味道甘美。此字後來多用為意圖、用意、目的、意義等義。

旨酒　美酒。

旨要　要旨，主要的意思。

旨趣　宗旨、意義。

zǔ

俎

甲　　　金　　　篆

器
物
器
具

　　俎是古代祭祀時陳置祭品的案几。甲骨文的俎字，是
案几的俯視圖形，案面上還放着兩塊供肉；金文的俎字則
變成側視圖形：右邊的「且」代表案面，左邊則是兩個倒
丁字形的腳座。後世稱切肉的砧板為俎。

　　俎豆　俎是放置犧牲的案几，豆是盛祭品的器皿，俎
豆是祭祀時兩種常用的祀器，故用以代指祀器。又代指
祭祀。

　　俎上肉　砧板上的肉，比喻任人宰割。

甲　　　　金　　　　篆

　　用即「桶」的本字。甲骨文、金文和小篆的用字，均
像日常用器桶的樣子，由此引申出使用、功用、財用等義。

用武　使用武力，用兵，或比喻施展才能。

用命　服從命令，效勞出力。

用度　各種費用開支的總稱。

甲　　　金　　　篆

器
物
器
具

　　鹵指的是鹹地所產的鹽粒，又指有鹹性不適於種植的
鹽鹹地。《說文解字》：「鹵，西方鹹地也。從西省，象鹽
形。」甲骨文、金文的鹵字，像盛鹽的容器，其中的小點
代表鹽粒。

　　鹵水　　即鹽鹵，指熬鹽時剩下的黑色液體，可使豆漿
凝結成豆腐。

　　鹵味　　用鹽水加香料、醬油等煮成的菜肴，如鹵雞、
鹵肉等。

　　鹵汁　　用肉類的湯汁加調料製成的濃汁。

　　鹵莽　　粗疏，輕率。又作「魯莽」。

甲　　　金　　　篆

　　甲骨文的區字，像櫥架中藏着眾多器物。它的本義為
藏匿，又指藏匿東西的地方，引申指區域，即有一定界限
的地域。區用作動詞，則有區分、區別之義。此外，區又
讀ōu，指古代的一種量器。

區中　人世間。

區宇　疆土境域。

區處　分別處置、安排。又指居住的地方。

zhù

鑄

甲　　　金　　　篆

　　甲骨文、金文的鑄字，像雙手持坩堝向下面的模具中
澆灌銅水，表示澆鑄。鑄的本義為熔煉金屬以製成器物，
引申為陶冶、製造、培育等義。

　　鑄錯　造成重大錯誤。

金　　篆

　　器字由犬和四個口組成。這裏的口代表可以裝東西的器皿，表示許多器皿集中堆放在一起，有狗在中間看守。器字最初可能指陶器，如《老子》：「埏埴以為器（攪和泥土做成陶器）。」後泛指一般的器具、工具，如《論語》：「工欲善其事，必先利其器（工匠要做好他的工作，一定要先磨利他的工具）。」引申指有形的具體事物，與抽象的「道」相對，如《易經・繫辭上》：「形而上者謂之道，形而下者謂之器。」

　　器度　指一個人的肚量和氣魄。

釦　

篆

　　釦字由金、口會意，本指用金玉等鑲嵌器物的口沿。
《說文解字》：「釦，金飾器口。從金從口，口亦聲。」則口
又兼作聲符。後世又稱衣紐為釦，今作「扣」。

　　釦砌　猶鏤砌。

　　釦器　以金銀裝飾邊緣的器物。

jiǎo

鉸

　　鉸本指剪刀。剪刀通常由兩片鐵刃相交而成，故鉸字由金、交會意，交又兼作聲符。鉸還可用作動詞，指用剪刀剪割物體。

　　鉸刀　兩刃相交以斷物的工具。今通稱「剪刀」。

　　鉸鏈　以兩片金屬相鉤貫，可以開合，窗戶、門扇上常用之，古稱「屈戌」，今稱「合頁」。

　　鋏字本指鉗子。鉗子是由金屬製成的，是用來夾持制作器具的工具，故鋏字從金從夾，夾又兼作聲符。《說文解字》：「鋏，可以持冶器鑄鎔者。從金，夾聲。」此外，鋏又指劍柄，後來代指劍。

liàn

鏈

　　鏈是指用金屬環套連起來製成的像繩子一樣的東西，
如鐵鏈、車鏈、表鏈等。金屬環相連為鏈，故鏈字由金、
連會意，連又兼作聲符。

xián

銜 銜

篆

　　銜即嚼子，是放置在馬口中的一枚金屬條，用以控制馬。《説文解字》：「銜，馬勒口中，從金從行。銜，行馬者也。」銜字從金，因為它是用金屬製成的；又從行，因為銜的作用在於控制馬的行動。段玉裁《説文解字注》：「凡馬，提控其銜，以制其行止。此釋從行之意。」銜字又引申為以口含物、領受、接受、連接等義，又指職務和級別的名號。

　　銜尾　銜，馬嚼子；尾，馬尾。比喻前後相連接。

　　銜枚　古代軍隊秘密行動時，讓兵士口中銜着小木棍，防止説話，以免敵人發覺。

　　銜杯　指飲酒。也作「銜觴」。

　　銜命　受命，奉命。

　　銜華佩實　猶言開花結果。又比喻文質兼備。

鑿，又稱鑿子，是一種錐狀的鐵器，用來挖槽或打孔。甲骨文的鑿字，正像人手執一錘敲擊鐵錐鑿物，因此鑿又有鑿擊、打孔、挖掘、穿通等義，引申為開通、開闢之義。

鑿空 開通道路。又比喻捏造，憑空立論。

chāi

釵

篆

器
物
器
具

　　釵是婦女別在髮髻上的一種首飾，由兩股簪子合成。
釵字從金從叉，從金表示古代的釵多由金屬製成；從叉
則表示釵形如叉，分為兩股。《說文解字》新附：「釵，笄
屬，從金，叉聲。」則叉又兼作聲符。

　　釵股　即釵腳。又指寫字筆法曲折，圓而有力，如折
釵股。

zān

簪

[先]

　　簪是一種用來固定頭上髮髻或冠帽的長針,又稱「髮笄」或「首笄」。普通的簪多由竹木製成,也有用金銀等製成的,則屬貴重的裝飾品。甲骨文和小篆的簪字,均像人頭髮上插笄,本指髮笄。《說文解字》:「簪[先],首笄也。從人匕,象簪形。」小篆簪或從竹,則表明其為竹木所制。簪又用作動詞,有插、戴、連綴等義。

　　簪笏(hù) 古代以笏書事,簪筆(插筆於冠)以備書。臣僚奏事,執笏簪筆,即謂「簪笏」。也稱做官為「簪笏」。

　　簪組 簪,冠簪;組,冠帶。簪組,指官(禮)服,又比喻顯貴。也稱「簪紱(fú)」「簪纓」「簪裾」。

guàn
冠

篆

　　小篆的冠字，上面是一頂帽子，下面從元從寸，元指
人的頭，像人用手把帽子戴在頭上。冠的本義為戴帽子。
因帽子在人頭上，所以引申為超出眾人、位居第一之義，
如冠軍。以上這些意義讀 guàn。又指帽子，讀 guān。

　　冠冕　冠、冕都是戴在頭上的帽子，比喻受人擁戴或
出人頭地。又用作仕宦的代稱。

　　冠軍　列於諸軍首位，即勇冠三軍。後稱在比賽中得
第一名的為「冠軍」。

金　　　篆

器物 器具

　　免為「冕」的本字。金文的免字，像一個人頭戴一頂大帽子。免字的本義為冠冕，即帽子，後來多用作除去、脫掉之義，又引申為避免、罷免、赦免等義，其本義逐漸消失，故另造「冕」字代替之。

　　免冠　脫帽，表示謝罪。

　　免俗　行為禮儀不同於世俗。

mào

金　　篆

　　冒為「帽」的本字。金文冒字，下邊的目代表眼睛，
眼睛上面是一頂帽子的形象。冒的本義為帽子。帽子是戴
在頭上的，所以冒又有覆蓋、頂着之義，引申為頂撞、觸
犯、突出以及假冒、頂替等義。此外，冒還有冒失、冒
昧，以及不顧環境惡劣而行動之義，如冒雨、冒險。

　　冒犯　言語或行動衝撞了對方。

　　冒充　假的頂替真的。

　　冒失　魯莽、輕率。

金　　　篆

zhòu
胄

器物　器具

　　金文的胄字，像人頭上戴着頭盔，眼睛露在外面的樣
子。胄的本義為頭盔，又稱「兜鍪（móu）」，是古代武
士作戰時戴的帽子。上古時崇尚武力，只有武士才能世襲
為貴族。後來胄又引申為帝王或貴族的後裔，如帝胄、貴
胄等。

huáng

皇 皇 皇 皇 皇

金　　　篆

　　金文的皇字，下面是一個王，上面像一頂裝飾華麗的帽子，所以皇是古代帝王所戴的一種冠帽。如《禮記・內則》：「有虞氏皇而祭（有虞氏頭戴皇冠主持祭禮）。」引申為帝王、君主，如三皇五帝、皇帝等。皇字由皇冠之義引申為輝煌、華美之義，如冠冕堂皇。由帝王、君主之義引申為大、至尊等義，如皇天、皇考等。

金　　　篆

　　兜是古代的一種頭盔，又稱「兜鍪」。小篆的兜字，像人的頭臉被包裹住。兜字由包住頭臉，又引申為包圍、環繞、合攏之義。

　　兜鍪　古代戰士戴的頭盔。古稱「胄」，秦漢以後叫「兜鍪」。

　　兜肚　掛束在胸腹間的貼身小衣。

　　兜攬　包攬。又指拉攏、接近。

bìan

弁

篆

弁是古代男子穿禮服時所戴的一種帽子。又分皮弁、
爵弁。其中皮弁是武士之服，故稱武士為弁，如兵弁、馬
弁等。小篆的弁字，像人頭戴雙耳下垂的皮帽，或作雙手
扶冠的樣子。

弁目 清代低級武官的通稱。言其為兵弁的頭目。

弁言 即序言。因其冠於篇卷之首，故名。

jī

羈

篆

[罵]

羈的本義為馬籠頭。《説文解字》:「羈 [罵],馬絡頭
也。從網從馬。馬,馬絆也。」既絆馬足,又網其頭,因
此羈有束縛、拘系、牽制等義。羈字又從革,則表示馬籠
頭多為皮革所製。此外,羈還指寄居或寄居作客之人。

羈旅　寄居異鄉。

羈絆　馬籠頭和絆索。比喻牽制束縛。

zhí
縶

馬　縶

篆

　　小篆的縶字，像用繩索拴縛馬足，其本義為絆馬，又
指拴縛馬足的繩索，引申為拘囚之義。或作從糸從執（執
又兼作聲符），表示用繩索拘執。

　　縶拘　束縛。

　　縶維　本指絆馬足，拴馬韁，表示留客，後指挽留人
才。又指拴馬的繩索，引申為束縛之義。

甲　　　　金　　　　篆

　　絲的本義是蠶絲。甲骨文的絲字，像用兩小把絲線扭結成繩。又指纖細如絲之物，如柳絲、蛛絲等。絲還用作長度或重量的計量單位：十忽為一絲，十絲為一毫。

　　絲綢　用蠶絲或人造絲織成的紡織品的總稱。

　　絲毫　形容極小或很少。

　　絲竹　泛指音樂。絲，指弦樂器，如琴、瑟；竹，指管樂器，如簫、笛。

jīng

經 垩 經 經

金　　篆

　　金文的經字本是個象形字，像繃在織布機上的三根經線；後來增加糸旁，於是變成左形右聲的形聲字。經的本義是織物的縱線，與「緯」相對。道路南北為經、東西為緯。經緯是主幹道路的方向，引申為規則、法制、原則等。此外，經還可用作動詞，有經歷、量度、治理等義。

　　經典　舊時指作為思想典範的書籍。又指宗教典籍，如佛經。

　　經脈　中醫指人體內氣血運行的通路。

　　經濟　經國濟民。又指社會物質生產和再生產的活動。

suǒ

索

甲　　　金　　　篆

器
物
器
具

　　甲骨文的索字，像一條扭結而成的繩子，又像有人用
雙手在搓製繩子；金文索字增加屋形，則像人在室內搓制
繩索。古代「大者謂之索，小者謂之繩」，所以索的本義
是粗繩子。因繩索有所系聯，可以尋繹，因此索有尋求、
探尋之義，如按圖索驥（照圖上畫的樣子去尋找好馬，比
喻根據線索去尋找或追究）；又有討取之義。

　　索隱　尋求事物隱僻之理。

　　索居　指散居，或離群獨居。

jué

絕

金　篆

　　金文的絕是個會意字，像用一把刀把兩條絲繩從中間割斷。小篆絕字從糸色聲，則變為形聲字。絕的本義為斷，引申為隔絕、杜絕、窮盡、超絕等義，又有最、極、獨特等義。

　　絕甘分少　自己不吃好吃的東西，不多的東西與人共享。比喻和眾人同甘苦。

　　絕無僅有　極其少有。

　　絕聖棄智　摒棄聖賢才智，清靜無為，而後始能實現太平至治。這是先秦道家的主張。

　　繼是系接、連綴的意思。金文的繼字，像把多根絲繩
連接起來；小篆的繼字從糸從𢇍（絕），則表示連綴斷繩。
引申為連接、繼承等義。

　　繼世　子襲父位。

　　繼武　足跡相連。武，足跡。後比喻繼續他人的事
業。也作「繼踵」「繼蹤」。

　　繼往開來　繼承前人的事業，並為將來開闢道路。

biān

編

甲　　　金

　　甲骨文的編字，從糸從冊，本指用繩子將竹簡編連成
冊，又指串聯竹簡的皮筋或繩子。《說文解字》：「編，次
簡也。」後世稱一部書或書的一部分為編，又引申為順次
排列、編結、編織等義。

編次　按一定的次序排列。

編年　以年代為綱記述歷史。

編輯　收集材料整理成書。又指做編輯工作的人。

編派　捏造故事，借以譏諷別人。

甲　　　　　篆

　　甲骨文的系字，像用繩索束縛人的頸部，其本義為捆綁、束縛，引申為聯結、繼續之義。《說文解字》：「系（係），繫束也。從人從系，系亦聲。」則系又兼作聲符。

　　系仰　思慕敬仰。

　　系嗣　繼嗣，傳宗接代。

　　系獲　俘虜，俘獲。

　　系風捕影　拴住風，捉住影子。比喻事情不可能做到，或議論缺乏根據。

jiǎo

絞

　　絞是會意兼形聲字。絞字從糸從交（交又兼作聲符），表示絲繩相交扭結，本指兩股相交的繩索，引申為扭、擰、纏繞等義，又特指絞刑，即用繩套縊死犯人。

　　絞車　古代利用輪軸原理製成的一種升降或牽引的機械裝置。

xiàn

線

　　線本指用棉、麻、絲、毛等材料撚成的細縷。線字從
糸戔聲。戔作聲符的字往往含有微小之義，如淺為水之小
者，賤為貝之小者，而線即絲縷之小者。或作從糸泉聲，
則屬純粹的形聲字。

　　線索　比喻事情的頭緒或發展的脈絡。

pǐ

匹

金　　　篆

器
物　器
具

　　匹是古代布匹的長度單位，四丈為一匹。金文的匹字，即像折疊整齊的布匹，又寫作「疋」。匹字後又用作計算馬的單位，引申為單獨之義。而在典籍中，匹常用為對手、配偶等義。

　　匹夫　指庶人、平民。又指獨夫，帶有輕蔑的意味。

　　匹敵　雙方地位平等，力量相當。

　　匹練　一匹白絹。多用來形容江水澄靜、瀑布飛流的形態。

　　匹馬單槍　比喻不借助別人，單獨幹。也作「單槍匹馬」。

甲　　金　　篆

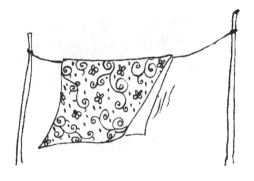

巾是一個象形字。古文字的巾字，就像掛着的一幅布或一條手巾。它本指擦抹用的布，類似現在的手巾；後又指頭巾、領巾。漢字中凡從巾的字皆與布匹有關，如布、市、幅、常、帷、幕、幡等。

巾子　頭巾。

巾幗　幗是古代婦女戴的頭巾，巾幗代指婦女。

fú

金　　　　　篆

　　市為「韍」的本字，指蔽膝，即古代禮服前面遮蓋膝
部的部分。市字從一從巾，一像腰帶，市就是衣袍前面腰
帶以下的部分。

帶 楚簡　　帶 篆　　帶 dài

　　帶是用皮、布等做成的扁平狀物。小篆的帶字，上部像一條束縛東西的帶子，下部是巾，表示它用布做成。所以帶字的本義是束衣用的布帶，又泛指腰帶或類似的東西。帶還可用作動詞，有佩帶、攜帶、帶領等義。

帶累　連帶受累。

帶鉤　古人腰帶上的掛鉤。

帶甲　披甲的將士。

黹　　金　　　　篆

　　黹本指古代禮服上用針線繡成的圖案花邊。金文的黹
字，即像所繡的帶狀圖案。黹由針繡花紋，引申為縫紉、
刺繡之義，因此後世稱女紅（即針線活）為「針黹」。

bó

帛

甲　　　　金　　　　篆

　　帛字從白從巾，本指未經染色的素白絲織物，如絹、繒之類，後用為絲織物的總稱。帛又分為生帛和熟帛二類，生帛曰縞、素、綃、絹，熟帛曰練。

　　帛書　在縑帛上書寫的文字。

　　簾是古代酒店、茶館用作店招的旗幟，俗稱「望
子」。從字形上看，簾字從穴從巾，表示在屋簷下懸掛的
布幟。現在則把繁體的、表示遮蔽門窗的用具的「簾」字
簡化為「簾」，如門簾、窗簾等。

　　簾旌　酒旗。

huǎng

幌

器物 器具

　　幌的本義是帷幔、窗簾，又指酒店的招簾。從結構上看，幌是會意兼形聲字。幌字由巾、晃會意，表示布巾挕動搖擺。帷幔、窗簾、招簾等均為懸掛的布巾，風一吹動則搖擺飄動，故稱之為「幌」。晃又兼作聲符。

　　幌子　酒簾，是古時酒店用以招徠顧客的招牌。又比喻進行某種活動所假借的名義。

zhà 乍	ヒ ヒ 生ヒ	止	乍
	甲	金	篆

器
物
器
具

　　甲骨文的乍字，像古代成衣的領襟，表示做衣之初僅
成領襟。有的領襟之上還有縫紉的線跡，更有的乍字從又
或攴，像人手拈針縫線，做衣之意一望可知。因此，乍的
本義為製衣，引申為製作等義，當即「作」的本字。乍後
來引申為剛剛開始、忽然之義，讀 zhà。

甲　　　　金　　　　篆

yī

衣

　　古文字的衣字，是一件古代上衣的輪廓圖：上為衣
領，左右為衣袖，中間是交衽的衣襟。所以衣字的本義為
上衣。古代衣服，上為衣，下為裳。衣又泛指衣服、服
裝。凡從衣的字，大多與衣服和布匹有關，如初、襯、
衫、裘、表、袂等。

　　衣缽　原指佛教中師父傳給徒弟的袈裟和飯缽，後泛
指傳授下來的思想、學術、技能等。

　　衣冠禽獸　穿戴着衣帽的禽獸，指外表斯文而行為卑
劣如同禽獸的人。

　　衣錦還鄉　穿着錦繡服裝返回家鄉，表示富貴得意。

chánɡ

常

常 常 裳

金　　　篆

[裳]

器物器具

　　常與裳古本一字。小篆的常〔裳〕字是個形聲字，從
巾尚聲，或從衣尚聲，本指人穿在下身的裙裝（上身稱
「衣」）。後世常、裳二字的用法發生分化，其中裳字仍保
留着它的本義，指下身的裙；常字則多借用為恆久、經常
之義，又指法典、倫常等。

　　常式　固定的法制。又指一定的格式或制度。

　　常典　常例、正常的法度。又指經典。

　　常談　平常的言談。

chū

初

甲　　金　　篆

器
物
器
具

　　初字從衣從刀，表示用刀裁剪衣物。初字的本義為裁衣，引申為事情的開始，又有原來、當初等含義。

　　初心　起初的心願。

　　初文　文字學中指同一個字的最早寫法，又稱「本字」，與「後起字」相對。

　　初春　即早春、孟春，多指春季的第一個月。

551

biǎo

表

篆

器物器具

　　上古時代，人們以野獸的皮毛為衣。這種衣服一般是皮在裏而毛在外。小篆的表字，從衣從毛，指的就是裘皮衣毛露在外面。所以表字的本義是外表、外面；用作動詞，有顯露、表彰之義；又引申為標記、標誌。

表白　對人解釋，說明自己的意思。

表情　表達情感。今指表現在臉上的情態。

表象　顯露在外的征象。

表裏如一　比喻思想和言行完全一致。

| 甲 | 金 | 篆 | qiú 裘 |

　　甲骨文的裘字，像一件上衣，外表有茸茸的毛，表示是用皮毛做的衣服。金文裘字在中間增添一個「又」或「求」表示讀音。所以，裘的本義是皮衣，即皮毛服裝。裘又可用作姓氏，這大概是因為裘氏祖先曾為制皮工匠。

　　裘馬　車馬衣裘，比喻生活奢華。

　　裘葛　裘為冬衣，葛為夏服，泛指四季衣服。又指寒暑時序變遷。

zú

卒

金　　　　篆

器
物
器
具

　　古文字的卒字，是在衣襟下加一短畫作為指示符號，表示衣上有題識（zhì）。這種有題識的衣服一般用作士兵或差役的制服。所以，卒本指士兵或差役的制服，引申指士兵、差役。卒用作動詞，有完畢、結束之義，又指人死亡。

　　卒伍　周代軍隊的編制名稱，後來泛指軍隊。

　　卒章　詩、詞、文章的結尾。

　　卒業　完成未竟的事業。又指修習完全部的課程。

zá

雜

篆

[褳]

　　小篆雜字由衣、集會意,表示各種衣服聚集在一起,
顏色混雜不一,其本義為五彩相合、顏色不純,引申為混
合、聚集、錯雜等義。《說文解字》:「雜,五彩相會,從
衣,集聲。」則集又兼作聲符。

雜技　各種遊戲技藝的總稱。

雜碎　繁雜瑣碎。

雜遝　眾多紛雜的樣子。

lián

褳

　　褳即褡褳,是一種長方形的布口袋,中間開口,兩端各成一個袋子,裝錢物用,搭在肩上或掛在腰帶上。褳字由衣、連會意 (連又兼作聲符),表示兩個布口袋相連。

zhōng

衷

篆

　　衷字由中、衣會意,是指穿在裏面貼身的衣服,其本義為內衣,即平常家居時所穿之衣。《說文解字》:「衷,裏褻衣。」從結構上看,衷是會意兼形聲字,故中在此字中兼作義符和聲符。又引申為內心、中正、正直等義。

衷心　內心,心中。

衷誠　內心的誠意。也作「衷款」。

衷腸　內心的感情。

chà

衩

　　衩字由衣、叉會意，叉又兼作聲符。叉是分岔、叉開
的意思。衩本義為衣衩，即衣裙下擺側面開口的地方，俗
稱「衩口」。又讀 chǎ，指短褲，因為短褲的兩褲腿是向
兩側叉開的。也稱「褲衩」。

　　衩衣　內衣，便服。因古代內衣、便服下擺側面多有
衩口，故名。

金　　　　篆

　　古文字的裔字，從衣，下部像衣袍的下襬。所以裔的
本義為衣裾，即衣袍的下襬，又泛指衣服的邊緣，引申為
邊遠地區，也指邊遠地區的民族。裔由衣袍下襬之義，還
可引申為後代。

　　裔土　荒遠的邊地。

　　裔夷　邊遠的少數民族。

　　裔胄　後代。

yī

依

甲　　　篆

器
物
器
具

　　甲骨文的依字，從人從衣，像人在外衣的包裹中之，
表示穿衣。所以，依的本義為穿衣，引申為倚靠、憑藉，
又有附從、按照的意思。

依附　依賴，附屬。

依阿　胸無定見，曲意逢迎，隨聲附和。

依傍　倚靠。

依據　憑藉、靠托。又指根據。

shuāi

衰

篆

　　衰為「蓑」的本字，指蓑衣，一種用草或棕製的防雨
用具。小篆的衰字，從衣從冉，其中的冉像蓑衣草絲（或
棕絲）冉冉披垂的樣子，表現了蓑衣最基本的形象特徵。
此字後來多用為衰落之義，指事物由強盛漸趨微弱，與
「盛」相對，於是另造「蓑」字表示它的本義。

　　衰亡　衰落滅亡。

　　衰朽　老邁無能。

　　衰紅　凋謝的花。

bì

敝　敝敝　黼

甲　　　篆

　　敝是一個會意字。甲骨文的敝字，右邊是手持木棍之
形，左邊的「巾」是一塊布，巾上的四點表示破洞。所
以，敝字的本義為破舊、破爛，引申為衰敗。

　　敝人　德薄之人。後用為自謙之辭。

　　敝屣（xǐ）　破舊的鞋，比喻沒有價值的東西。

　　敝帚自珍　破舊的掃帚，自己卻當寶貝一樣愛惜。比
喻自己的東西雖不好，可是自己十分珍視。又作「敝帚千
金」。

金　　　篆

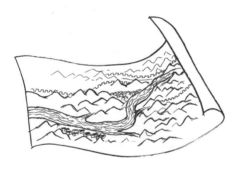

　　圖字從囗從啚，囗代表一塊絹布，啚即鄙，指城邑。
將城邑繪於一塊絹布之上，即地圖。因此圖本義為地
圖，也泛指圖畫。此外，圖又有繪畫、謀劃、貪求、意欲
等義。

　　圖書　地圖和書籍，也可作書籍的統稱。又特指河圖
洛書。

　　圖解　利用圖形來分析和演算。

　　圖鑒　以圖畫為主、輔以文字解說的著作。

dōng

東

甲　　　金　　　篆

器物　器具

　　甲骨文、金文的東字，像一個兩頭束紮的大口袋。它本指口袋中所裝之物，也就是我們今天所說的「東西」。此字後來多借用來表示方位，作「東方」講。

　　東西　東邊和西邊。又泛指各種具體或抽象的事物。

甲　　金　　篆　　yì
弋

　　甲骨文、金文的弋字，像一上有枒枋的木椿，其本義
為小木椿。小木椿可以用來繫牲口，或懸掛東西。今天寫
作「杙」。弋又指用帶着繩子的箭射鳥。

　　弋射　用帶着繩子的箭射鳥。箭上繫繩子是為了便於
尋找射殺的獵物。

　　弋獲　弋射而得禽。舊時官府文告稱緝獲在逃犯，也
常用「弋獲」字樣。

lù

錄

甲　　金　　篆

　　錄為「淥」或「漉」的本字。甲骨文、金文的錄字，像木架上吊着一個布袋，袋中裝有濕物，下邊的幾點是從袋中滲出來的水滴。所以，錄的本義為濾，即液體往下滲。在簡化字中，錄字被用來代替從金錄聲的「錄」字，有記載、抄寫、採取、任用的意思。

甲　　　　金　　　　篆

句

器
物
器
具

　　句為「鉤」或「勾」的本字。甲骨文、金文的句字，像兩把彎鉤鉤住一個扣環。它的本義為鉤住，又指彎鉤，引申為彎曲之義。句又讀 jù，指一句話，或一句中停頓的地方。

　　句兵　戈戟之類的兵器。

　　句枉　彎曲。

　　句讀　讀，通「逗」。句和逗指文章中的停頓之處。

jiū

丩

彡彡

篆

器
物
器
具

　　古文字的丩字，像二物相鉤相纏，表示勾連、糾纏。
在古文字中，表示勾連的「句」（「鉤」或「勾」的本字）
和表示纏繞的「糾」都從丩，都是丩的派生字。

jiŭ

久

篆

久乃「灸」的本字。灸是一種原始的治病方法，即用
燃過的艾草頭來燙灼患者的皮膚。久字從臥人，像人病臥
床上，末畫像以物灼人背後。久字後借為長久之久，故另
造「灸」字以表原義。

久仰 仰慕已久。初次見面時的客套語。

久違 久別。後多用作久別重逢時的套語。

久病成醫 人病的時間久了，熟悉病理藥性，就像醫
生一樣。

久旱逢甘雨 形容盼望已久，終於如願。

　　傘是一種擋雨或遮太陽的用具,用布、油紙、塑料等
製成,中間有柄,可以張合。傘字出現的時代比較晚。在
小篆和稍後的隸書中無傘字。楷書的傘字,是一把張開的
傘的形象:上面是傘蓋,傘蓋下面是傘骨和傘柄。可以
說,傘是楷書構造中的象形字。

下冊

趣味

謝光輝

 著

中華書局

xué

穴

篆

　　人類最早的地面建築是一種半地下式的土室，即在平地上先挖出一個大土坑，然後以坑壁為牆，再用茅草在坑頂上搭成斜的屋頂。古文字的穴字，正是這種原始土室的形象描繪。因此，穴本指這種半地下式的土室，引申指坑穴、洞穴，又泛指孔洞。凡從穴的字，大都與坑穴或孔洞有關，如窟、窖、窩、竇、窗等。

chuān

穿

穿

篆

　　穿字從牙從穴，表示（老鼠等）用牙齒穿孔打洞。穿
的本義為穿孔、打洞，又指洞孔，引申為鑿通、破、透之
義，又指穿過、通過、貫通，又引申為穿戴。

　　穿窬（yú）　穿壁翻牆。指偷竊行為。

　　穿鑿　鑿通，又指牽強附會，把沒有某種意思的說成
有某種意思。

　　穿雲裂石　形容聲音高揚激昂。

甲　　　金　　　篆

　　各是一個會意字。甲骨文、金文的各字，下面的口代表先民居住的土室，上面的倒「止」表示有人從外走向土室。各字的本義為至、來、到，讀 gé；後來借用為指示代詞，表示不止一個、每一個，讀 gè，如各自、各種等。

　　各行其是　各自按照自己認為對的去做。

　　各得其所　每一個人或事物都得到合適的安置。

　　甲骨文、金文的出字，像一隻腳從土室中向外邁出，
表示人從屋中走出。因此，出字的本義是外出，引申為發
出、產生、出現、顯露等義。

qù

去

甲　　金　　篆

器物
建築

　　甲骨文的去字，從大從口，大像遠去的人，口像先民
居住的土室。金文去字增加了止，強化行動的意味。去本
義為離開、離去，如去國（指離開本國、遠走他鄉）；引
申為去掉、棄除之義，如去偽存真（去除虛偽的、表面
的，保存真實的、本質的）。現在的去，與古代用法正好
相反。如「我去北京」，是我到北京去的意思，而不是離
開北京。

　　去處　可去的地方，又指場所、地方。

　　去就　指去留，進退。

fù

復

甲　　篆

　　先民經歷了由山中穴居到平原半穴居的過程。這種半穴居，是於平地挖坑，上覆以茅草斜頂，人居坑中，而坑的兩側鑿有供人上下出入的台階。甲骨文的復字，其上部即像這種兩側帶台階的半穴居土室的俯視圖，下部是止（趾），表示人出入居室。復的本義為往返、返回。《說文解字》：「復，行故道也。」

甲　　　金　　　篆

　　六为「广」的本字。甲骨文和金文的六像一座結構
簡陋的屋子。所以，六的本義為草廬。這是一種建於田
間或郊野作為臨時居所的房子。由於讀音相近的關係，
六借用為數詞，故另造一個從广盧聲的「廬」字來表示
它的本義。

　　六合　指上下和東西南北四方，代指天下或宇宙。

　　六親　指父、母、兄、弟、妻、子。又泛指親屬。

　　六神無主　形容驚慌或着急而沒有主意。六神，指
心、肺、肝、腎、脾、膽六臟之神。

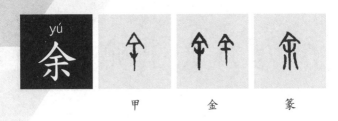

　　甲骨文的余字，上部為屋頂，下面為櫟架和支柱，整個字形就是一側面的房屋構架圖。因此，余字的本義是房舍，後借用為第一人稱代詞。

金　　　篆

　　古文字的舍字，上部像屋頂樑柱構架的側視之形，下
部的口代表牆，其本義當為房屋，在古代專指客館，後泛
指居室。此外，舍還是一個謙稱，用於指稱自己親屬中年
齡比自己小的人，如舍弟、舍妹等。

　　舍次　　行軍途中宿營。

　　舍間　　謙稱自己的家。也稱「舍下」。

　　舍親　　謙稱自己的親戚。

yǎn

廣 广

篆

　　古代居民的住房建築形式，經歷了一個漫長的發展過
程。人類先是由巢居穴居發展到半穴居，然後完全在地面
建造房屋。而由於建築水平的限制，地面建築初期的房子
往往還要部分依靠山崖來保證穩固。小篆的廣字像一簡易
的屋宇，屋子的一面以山壁為牆（俗稱「山牆」），其本
義為依山崖建造的房屋，讀 yǎn。在後代漢字中，凡從廣
的字大都與房屋有關，如府、盧、庭、庫、序、底、庖
等。現此字表示寬廣，其原義已不為人所知了。

lú

盧

篆

　　火在先民生活中扮演着非常重要的角色。一室之內，
火塘往往位於中央，火塘上置爐，一家人晝則圍爐而食，
夜則圍爐而睡。盧字從廣從盧，廣指屋宇，盧即「爐」的
本字。盧字像室中有火爐，這正是先民生活的真實情形。
因此盧本指房屋、民舍，後又指郊野臨時接待賓客或守墓
的房子。

　　盧井　古代井田制，八家共一井，故稱八家的盧舍為
「盧井」。

　　盧舍　簡陋的小屋。

　　盧帳　帳棚，帳幕做的房子。

　　盧墓　古禮，遇君父、尊長之喪，就在墓旁築小屋居
住守孝，稱「盧墓」。

miào

廟

廟

篆

　　古代社會，敬神崇祖。凡祖先神佛，皆供奉而拜祭之。廟字從广從朝，广指屋宇，朝是朝拜、敬奉之意，因此廟的本義為宗廟，即供祀祖宗神位的屋宇殿堂。又指神廟、寺廟，即供祀神佛的地方。《說文解字》：「廟，尊先祖貌也。從广，朝聲。」則朝又兼作聲符。

　　廟社　宗廟社稷，代指國家朝廷。

　　廟堂　宗廟明堂。古代帝王遇大事，告於宗廟，議於明堂，因此以廟堂指代朝廷。

　　廟會　舊時在寺廟內或其附近定期舉行的集市。也稱「廟市」。

tíng

篆

器物 建築

庭字從广從廷，广指屋宇，廷是群臣朝見君王之所，故其本義為朝堂，即朝廷的宮殿，泛指廳堂，又指正房前的院子。《說文解字》：「庭，宮中也。從广，廷聲。」則以廷為聲符。段玉裁注云：「宮者，室也。室之中曰庭。」朱駿聲《說文通訓定聲》：「堂、寢、正室皆曰庭。」

庭除　庭院。除，指台階。

庭院　正房前的院子，泛指院子。

庭園　有花木的庭院或附屬於住宅的花園。

jiā
家

甲　　金　　篆

　　干欄式建築是遠古人類採用的一種建築形式。這種建築的最大特點是上層住人，下層可以圈養牲畜。家字從宀從豕，是屋中有豬的意思。人畜雜居，正是干欄式建築的特點。而有房屋，畜牲畜，是一個家庭的基本特徵。所以家的本義是家室、家庭，又指家族。

　　家常　指家庭日常生活。

　　家喻戶曉　家家戶戶都知道。

甲　　　金　　　篆

qǐn

寝

　　古文字的寢字，像有人手持掃帚在室內打掃；楷書的寢字還增加了爿，爿即「牀」的初文，表示這是人睡覺的房子。因此，寢的本義為臥室、寢室，即人睡覺的地方；引申為躺臥、睡覺、休息；進一步引申為停止、停息之義。此外，寢由臥室之義，引申為君王的宮室，又指帝王的陵墓。

　　寢具　臥具。

　　寢兵　停息干戈。

　　寢殿　帝王陵墓的正殿。也指帝王的寢宮。

sù

宿　　甲　　金　　篆

器物 建築

　　甲骨文的宿字，像一個人跪坐在草席上，或躺在室內的一條席子上，正在歇息、睡覺。宿的本義為歇息、住宿、過夜。因住宿都在夜晚，所以又把一夜稱為「一宿 (xiǔ)」。宿還有隔夜的意思，如宿雨（昨夜之雨）、宿醉等；引申為早先、平素之義，如宿債（舊債）、宿願（一向的心願）等。

　　宿世　佛教指過去的一世，即前生。

　　宿將　老將，指老成持重、久經戰爭的將領。

586

甲	金	篆	ān 安

　　古文字的安字，像一個女子安然坐於室中。古人用女子靜坐家中操持家務表示沒有戰爭、沒有災禍，生活過得很平安、很舒適。所以安字的本義為安定、安全、安逸，引申為習慣、滿足。此外，安還可用作動詞，有安置、安放的意思。

　　安土重遷　安於本土，不願輕易遷移。

　　安身立命　指精神和生活有寄托。

　　安居樂業　安於所居，樂於本業。也作「安家樂業」「安土樂業」。

dìng

定

甲　　　金　　　篆

器
物

建
築

　　定字從宀從正，宀代表房子，而正在古文字中多用為
征伐之征，表示足跡所到的地方。足跡進入室內，表示人
回到家中，回到家中即是平安無事，所以定字的本義為安
定、平安，又有停留、停止之義。定後來還引申為決定、
確定等義。

　　定局　確定不移的局面、形勢。局，本指棋盤，引
申為局面、大局。

　　定奪　裁決可否。

　　定論　確定不移的原則或論斷。

金　　　　篆

　　客字從宀從各，宀是房屋的形象，各則有自外而來的
意思（各又兼作聲符）。所以，客本指來賓、客人，又指
旅居他鄉的人。此外，客還指專門從事某種活動的人，如
俠客、劍客、墨客等。

客子　旅居異地的人。

客官　指在別的諸侯國做官。又是對顧客的敬稱。

客思　懷念家鄉的心情。

客氣　對人謙讓有禮貌。

bīn

賓

甲　　　　金　　　　篆

　　甲骨文的賓字，像家中有人或有人從外面走進屋內，
表示有客人來到。金文賓字增加貝，表示賓客往來必有財
物相贈。賓字本指外來的客人，如來賓、外賓；用作動
詞，為歸順、服從之義。

　　賓從　指賓客及其僕從，又有歸順、服從之義。

　　賓館　賓客居住的館舍。

　　賓至如歸　形容主人招待周到，客人來到這裏就像回
到家裏一樣舒服方便。

金　　　篆

　　金文的寡字，從宀從頁，頁為人形，表示房子裏面只有一個人。所以寡的本義為單獨、孤獨。古代婦人喪夫叫「寡」。寡還有少、缺少的意思，與「多」相對。

寡人　寡德之人。古代王侯自謙之辭。

寡合　不易跟人合得來。

寡居　指婦人在丈夫死後獨居。

寡斷　辦事不果斷。

寡不敵眾　人少難以抵擋眾敵。

kòu

寇

金　　　篆

　　金文的寇字，像一個人手持棍棒在室內擊打另一個人
的樣子，表示有人入室盜竊。所以，寇字的本義為劫掠、
侵犯，引申指盜匪或入侵者。

sòng

宋

甲　　　金　　　篆

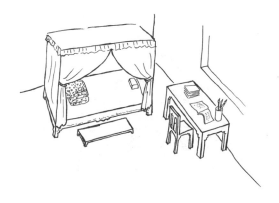

器
物
建
築

　　宋字從宀從木，表示室中有床幾等家用木器，故其本義為居室。《說文解字》：「宋，居也。從宀從木。」木者，床几之屬，人所以依以居也。後世宋多用為國名、朝代名和姓氏，而其本義晦而不顯，逐漸不為人所知了。

　　宋斤魯削　斤，砍木頭用的曲柄斧。削，刮削用的曲刀。古代宋國造的斤和魯國造的削均為精良刃具，故後世即以「宋斤魯削」作為精良工具的代稱。

　　宕字由宀、石會意，其本義當為石洞，即《說文解字》所謂的「洞屋」，又專指採石的礦洞。宕後世假借為「蕩」，因此有流動、放縱、拖延等義。

　　宕戶　採石工。

　　宕子　遊子，在外流浪的人，即「蕩子」。

　　宕冥　渺遠的天空。又指昏暗。

huán

寰

篆

器物
建築

古代盛行「天圓地方」之說，認為天就像一個半球形的穹廬屋頂，故稱天下為寰宇。寰字從宀從睘，宀指屋宇，睘即圓圈，本指天下廣大的地域，如寰海、人寰、寰球等；又特指王者封畿之內，即古代京城周圍千里以內之地。《說文解字》新附：「寰，王者封畿內縣也。從宀，睘聲。」則睘又兼作聲符。

寰中　猶宇內，天下。

寰內　京城周圍千里以內。

寰宇　猶天下，指國家全境。

寰球　整個地球，全世界。也作「環球」。

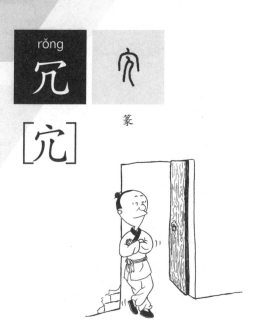

rǒng

冗

[冗]

篆

　　小篆冗字從人從宀，像人在室內。《説文解字》：「冗〔冗〕，散也。從宀，人在屋下，無田事。」即不事耕種，閑散在家，故其本義為閑散，引申為多餘、庸劣、瑣碎繁雜等義。

　　冗員　沒有專職的官員，後多指無事可辦的閑散人員。

　　冗散　多餘閑散。

　　冗筆　敗筆，不必要的筆墨。

　　冗雜　繁多雜亂。

金　　　篆

器物
建築

　　官字從宀從自，自指眾人，在金文中用為師旅之「師」，因此官字的本義為官署、官府，即眾集眾人辦理公事的所在。後引申為官職、官吏，又引申為公有之義。

　　官場　指政界。

　　官話　舊指以北京話為基礎的標準語。因在官場中通用，故名。

　　官官相護　做官的彼此回護。

guǎn

館

館 篆

[舘]

　　古代官員、差吏因公事外出，沿途由官辦的驛館負
責食宿接待。館字從食從官（官又兼作聲符），官即官
舍，從食則表示提供食宿，因此館字本指專供郵差或官員
往還食宿的驛站。《說文解字》：「館，客舍也。從食，官
聲。《周禮》：五十里有市，市有館，館有積，以待朝聘
之客。」後泛指一般的旅店、客舍，又用作公共房舍的通
稱。因此凡官署、學塾、書房、商坊、展覽處所等都可命
名為館，如學館、商館、博物館、美術館、紀念館等。

　　館驛　供行旅食宿的旅舍驛站。

qiú

囚

甲　　　　篆

　　囚字從囗從人，像一個人被關在土牢中。它的本義為
拘禁、囚禁，又指囚犯、犯人，引申指戰俘。

　　囚拘　像犯人一樣受拘束。

　　囚首喪面　髮不梳如囚犯，臉不洗如居喪。形容蓬頭
垢面的樣子。

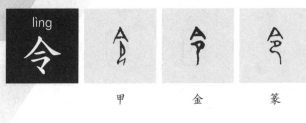

令 líng

甲　　金　　篆

器
物
建
築

　　古文字的令字，像一人跪坐屋中，表示在屋中發號施令。令的本義為發令、號令、指使，又指命令、指令，引申為善、美好之義。

　　令愛　尊稱對方的女兒。又作「令嬡」。

　　令箭　古代軍隊中發佈命令時用作憑據的東西，形狀像箭。

　　令行禁止　有令必行，有禁必止。形容法令森嚴。

金　　　篆

　　甲骨文命字與令字字形相同，像一人在屋中發號施令
的樣子；金文增加口，表示從口中發出命令。因此，命字
的本義為差使、命令。在上古時代，奴隸主的一聲命令，
就決定了奴隸的命運甚至生命，所以命又有生命、命運
之義。

xiǎng
享 甲 金 篆

器
物
建
築

　　甲骨文、金文的享字，像一座簡單的廟宇建築。廟宇
是供奉祭品、舉行祭祀活動的地方，故享有供獻之義，即
把祭品獻給祖先神靈；又通「饗」，指鬼神享用祭品；引
申為享受、享用以及宴饗等義。

　　享年　敬辭，稱死去的人活的歲數。

　　享國　帝王在位年數。

　　享樂　享受生活的安樂。多用作貶義。

zōng

宗

甲　　　金　　　篆

　　宗字從宀從示，宀是屋宇之形，示則代表祭祀之事。因此，宗本指供奉祖先、舉行祭祀活動的祠堂、宗廟，引申為祖宗、宗主、宗族，又引申為派別。宗用作動詞，則有尊崇之義。

　　宗祠　同一宗族用來祭祀共同祖先的祠堂、家廟。

　　宗派　宗族的支派。又指學術、政治、藝術、宗教等的派別。

　　宗教　佛教以佛所說為教，以佛弟子所說為宗，合稱宗教，指佛教的教義。現泛指對神道的信仰。

gōng
宮

甲　　　　金　　　　篆

器
物
建
築

　　宮字從宀從呂，宀是屋宇之形，呂則表示房屋眾多、宮室相連。因此，宮的本義當為比較大的房屋建築或建築群。後世的宮，專指帝王所居住的房屋或地方；宗廟、佛寺、道觀等大型建築或建築群也稱為「宮」。此外，宮也可泛指一般的房屋。

　　宮室　古時對房屋的通稱。

　　宮殿　泛指帝王居住的高大華麗的房屋。

　　宮廷　帝王居住的地方。又指朝堂，即帝王接受大臣參拜並與大臣一起議政的地方。

kǔn

壼

篆

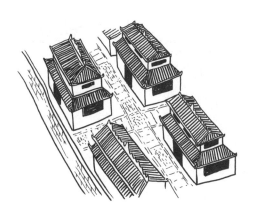

　　小篆的壼字，其下部像宮中的圍牆和夾道，其上部像帶有裝飾物的屋頂，本指宮廷道路，引申為宮內、宮禁。《説文解字》：「壼，宮中道。從囗，象宮垣道上之形。《詩》曰：『室家之壼。』」

　　壼政　宮中的政事。

　　壼奥　壼，宮巷；奥，室隅。本指屋內深處，後用來比喻事理精微深奥。

　　壼闈　內宮，帝王、後妃居住的地方。

pàn

泮 泮

篆

　　泮即泮宮，是古代諸侯舉行鄉射所設的學宮。其基本格局為圓形，東西門以南有水環繞，形如半璧。泮字由半、水會意，表示泮宮之水池形如半璧。半又兼作聲符。

　　泮水　泮宮之水。泮宮之南有池，形如半璧，故稱泮水。

gāo

高

甲　　金　　篆

　　甲骨文、金文的高字，像樓閣層疊的樣子：上面是斜頂的屋簷，下面為樓台，裏面的口則表示進入樓台的門。以樓閣的高聳來表示上下距離大，這就是高字的本義。引申為高遠、高深以及加高、提高等義；又指年老，如高齡；再進一步引申為抽象的高尚、高明、高潔等義。

　　高門　高大之門，指富貴之家。

　　高手　在某方面技能突出的人。

　　高堂　高大的殿堂。又指父母。

　　高屋建瓴　從高的屋層向下倒水。建，傾倒；瓴，水瓶。比喻居高臨下，勢不可擋。現指對事物把握全面，了解透徹。

jīng 京	京	京	京
	甲	金	篆

　　甲骨文、金文的京字，像建築在高土台上的宮室，其
本義為高岡，即人為堆砌的高大土丘，並含有高、大之
義。因為古代都城和君王的宮室大都建在高處，所以又把
首都和王室所在地稱為「京」，如京城、京輦（皇帝坐的
車子叫輦，所以京城也叫「京輦」）、京畿（國都和國都
附近的地方）、京室等。

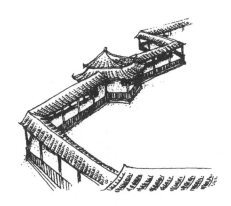

甲　　　　金　　　　篆

　　良是「廊」的本字。甲骨文的良字，中間的口代表屋室，上下兩頭的曲折通道則是連接屋與屋的迴廊。所以，良字的本義是迴廊。此字後來多用為良好、善良等義，其本義則由「廊」字來表示。

　　良玉不瑑（zhuàn）　指美玉不待雕刻而成文。比喻本質好，不靠外表修飾。

　　良辰美景　美好的時光，宜人的景色。

　　良金美玉　比喻美好的事物。

cāng 倉	倉	倉倉	倉
	甲	金	篆

器物 建築

　　古文字的倉字，是一間房子的形象：上面是屋頂，中間的戶代表門，下面的口是指台基。倉本指貯藏穀物的倉房。古代糧倉，圓的叫「囷」，方的叫「倉」。現在則統稱為糧倉。在古代，倉和庫也是有嚴格區別的，存放糧食的叫「倉」，存放其他物品的稱為「庫」，絕不相混。

　　倉皇　匆忙、慌張。

金　　　　篆

器物　建築

　　庫字從廣從車，像車在屋內的樣子，它本指儲藏兵甲
戰車的屋舍。後泛指儲藏財物的屋舍，如書庫、金庫等。

庫藏　庫中儲藏。

庫存　指庫中現存的現金或物資。

lǐn
廩

甲

金

篆

器

物

建

築

　　古代的糧倉為了防潮，常常用大石塊架起來。甲骨
文的廩字，像在兩塊大石之間架木搭成的倉庫；金文和
小篆廩字加宀或禾、廣，表示它是儲藏禾穀的房間。所
以，廩字的本義是糧倉，引申指糧食，又有儲藏、儲積
之義。

　　廩粟　倉中的糧食。

甲　　　　金　　　　篆

sè

嗇

　　甲骨文的嗇字，從來（「麥」的本字）從㐭（「廩」的本字），或作二禾在廩外，或三禾在田上，表示收割禾麥準備入倉，其本義為收割穀物，當即「穡」的本字。後又引申為愛惜、節省、慳吝等義。

　　嗇夫　農夫；古代官吏名。

　　嗇神　愛惜精神。

qūn

篆

　　囷是古代的圓形穀倉。囷字從禾在囗中，表示儲藏禾
穀於糧倉之中。《說文解字》：「囷，廩之圜者。從禾在
囗中。」

　　囷倉　糧倉。圓的叫囷，方的叫倉。也作「囷鹿」。
　　囷囷　曲折迴旋的樣子。

甲　　金　　篆

　　甲骨文、金文的邑字，上部的方框或圓形代表城池，
下面一個席地而坐的人形，表示居住。所以邑字本指人們
聚居的地方，後來泛指一般的城市。古代大城稱「都」，
小城叫「邑」。邑又指大夫的封地。漢字中凡從邑的字大
多與城市或地名有關，如都、郭、邕、郊、郡、鄂、鄒、
鄧等。

615

guō

郭

甲　　　金　　　篆

　　甲骨文的郭字，像一座城池的鳥瞰圖：中間的方框
或圓形代表城牆，城牆上有哨亭。到小篆時另加邑旁，
強調郭乃人口聚居的都邑。所以，郭本指城牆，又特指
外城。引申為物體的四周或外部輪廓，這個意義後來寫
作「廓」。

yōng

邕

金　　　篆

邕是指四面有水環繞的都邑。《說文解字》：「邕，四
方有水，自邕城池者。」古文字的邕字，從邑從川，即表
示四方之水環衞城邑。四方有水環衞，外敵不侵，得以平
安無憂，因此又引申為安寧、和睦之義。

邕邕　雁叫聲。又指和睦。

邕熙　指和平盛世。

邕穆　和睦。

bǐ

鄙　　甲　　金　　篆

　　甲骨文的鄙字，下部為廩，表示糧倉，上部的口代表
人口聚居的村邑；小篆鄙字加邑。所以，鄙本指村邑，即
有糧草囤積的人口聚居地。特指邊遠的小邑，與「都」相
對。邊邑僻遠，不比都城，因此鄙又有鄙陋、低下、粗野
等義，又引申出小看、輕視的意思。

　　鄙人　邊鄙之人。又指鄙陋之人，用作自謙之辭。

　　鄙俚　粗俗。

　　鄙薄　卑下，微薄。又指嫌惡、輕視。

甲　　　　金　　　　篆

器
物
建
築

　　甲骨文的向字，像一座房子的牆壁上開着一扇窗，它本指朝北的窗。從這個本義又引申為方向、朝向、面對等義。此外，向還有從前、往昔、舊時的意思。

　　向壁虛構　比喻沒有事實根據，憑空虛構或捏造。

篆

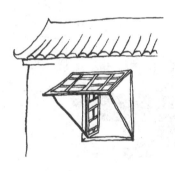

窗，即窗戶，指房屋牆壁上通氣透光的裝置。小篆的
窗字，像一扇釘有窗櫺的窗戶；或從穴，表示房屋之窗。

mén

門

甲　　　金　　　篆

　　門是建築物的出入口。甲骨文的門字，有門框，有門
楣，有一對門扇，是一個完整的門形。金文門字去掉門
楣，但仍保留着兩扇門的原形。漢字中凡從門的字，大都
與門有關，如閉、間、閑、閘、闖等。

　　門戶　指門，引申為出入的必經之地。又指家門、門
第以及派別。

　　門生　指學生、弟子。

　　門可羅雀　大門前可以張網捕雀。形容賓客稀少，十
分冷落。

　　門庭若市　形容來往出入的人多。

| 甲 | 金 | 篆 |

　　戶，指單扇的門。一扇為戶，兩扇為門。甲骨文的戶
字，正像一個門扇的形狀。它本指門扇；又泛指門窗，如
門戶、窗戶；引申指人家、住戶，一家人稱為一戶。漢字
中凡從戶之字，都與門、窗和房屋有關，如啟、扉、扇、
扁、所、房等。

　　戶口　住戶和人口。計家為戶，計人為口。又指戶
籍，即登記居民戶口的簿冊。

　　戶牖（yǒu）　指門窗。

　　戶樞不蠹　門的轉軸不會被蟲蛀蝕。比喻經常運動的
東西不易腐蝕，可以經久不壞。

biǎn

扁

篆

扁字由戶、冊會意，戶即門戶，冊為簡冊，是用來
記錄文字的，因此扁本指門上的文字題署，即門扁。《說
文解字》：「扁，署也。從戶、冊。戶冊者，署門戶之文
也。」門扁多採用寬薄的木板做成，因此扁後來引申為物
體寬薄的樣子，其本義漸失，於是另造「匾」字來表示
它的本義。

扁表 贈匾加以表彰。

扁額 即匾額。以大字題額，懸掛在門頭、堂室、亭
園等處。舊時多刻木為之。

xián

閑

金　　篆

器物　建築

　　閑字從木從門，表示以木條編為門牆，本指柵欄，又指馬廄，引申為範圍，如《論語‧子張》：「大德不逾閑，小德出入可也。」現在的閑字，多用為安靜、閑暇之義。

　　閑雅　文雅。又作「嫻雅」。

　　閑適　清閑安逸。

　　古代沒有門鎖，在門的內側安裝一條橫木來把兩扇門拴住。閂字從一從門，一代表橫木，門內的橫木即是門閂。所以閂字的本義為門閂。

bì

閉　　呉閉閉　　閉

金　　　　篆

　　閉字的本義為關門。金文的閉字，從門，門中的「十」字，像用來關門的鍵鎖；小篆誤把「十」寫為「才」，故《説文解字》云：「閉，闔門也。從門、才，所以距（距）門也。」此外，閉還專指閂門的孔，也指鎖筒（或鎖套）。由關門之義，又引申為關閉、壅塞、阻絕等義。

　　閉月羞花　鮮花皎月為人羞閉。極言女子容貌之美。

　　閉門造車　比喻脱離實際，憑主觀想象處事。

jiān

間

金　　篆

　　古文字的間字從月從門，表示兩扇門中間有空隙，月光可以透入，其本義為門縫，引申為中間、空隙。間又讀jiàn，有間隔、離間、干犯等義。

　　間不容發　兩者中間甚至沒有容納一根頭髮的空隙，比喻相距極近。

　　間架　本指房屋的結構形式，借指漢字書寫的筆畫結構，也指文章的佈局。

shǎn

閃

篆

器
物

建築

　　閃字從人從門，像有人從門縫中探頭偷看的樣子，其
本義為偷窺。由門中偷窺，引申出忽隱忽現或驟然一現之
義，如閃光、閃電、閃念等；又指突然迅速的動作，如躲
閃、閃避、閃擊等。

　　閃失　意外的損失、事故。

| 甲 | 金 | 篆 | qǐ
啟 |

　　甲骨文的啟字，像人用手打開一扇門，表示開門、打開，引申為開發、開拓、啟發等義。啟發別人要用言辭，金文的啟字加一個口旁，表示說話，所以啟字又有說話、陳述之義，如啟事。

kāi

開 閒 閒

古 篆

　　古文的開字，像用雙手把門打開，其本義為開門，引申為打開、開通、開放、開發、開辟、分開等義，又引申為開創、開始、開展、張設、啟發等義。

　　開門見山　比喻說話或寫文章直截了當，一開頭就進入正題。

　　開誠布公　待人處事，坦白無私。

　　開源節流　比喻在財政經濟上增加收入，節省開支。

金　　篆

　　古代沒有門鎖，在門的內側安裝一根可以活動的橫木，來把兩扇門閂在一起。金文的關字，正像門內加閂之形，其本義即為門閂。門閂是用來閉門的，所以關字有關閉、閉合、封閉之義，又指關口、關隘、關卡。此外，關還可以指事物中起轉折關聯作用的部分，如機關、關節、關鍵等；又含有關聯、牽連之義。

　　關津　指水陸要道關卡。

　　關涉　牽連、聯繫。

wǎ

瓦

篆

　　瓦是指鋪在屋頂上用來遮雨的建築材料。小篆的瓦
字,像屋頂上兩塊瓦片俯蓋仰承相交接的樣子,其本義當
為瓦片。瓦片由泥土燒成,因此凡由泥土燒成的粗劣的陶
器皆稱「瓦器」。漢字中凡從瓦之字大都與陶瓷器具或陶
瓷制作有關,如甕、瓶、甌、瓷、甄等。

　　瓦合　比喻勉強湊合,又指臨時湊合。

　　瓦解冰消　比喻完全失敗或崩潰,如同瓦片碎裂、冰
雪消融一樣。

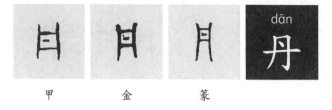

甲　　　金　　　篆

　　丹是一種可以製成紅色顏料的礦石。甲骨文的丹字，像井中有一點，井為採石的礦井，其中一點表示從礦井中採挖出來的礦石。丹的本義為丹砂（又稱朱砂），因丹砂可以製成紅色顏料，所以丹又有紅色的意思，如丹唇（紅唇）、丹霞（紅霞）。

　　丹青　丹砂和青䨼（huò），兩種可製作顏料的礦石，泛指繪畫用的顏色，又指繪畫藝術。古代丹冊紀勳，青史紀事，所以丹青又是史籍的代稱。

　　丹心　紅心，指忠誠、赤誠之心。

　　丹田　道家稱人身臍下三寸為丹田。

jǐng

井

井　　井　井　　井

甲　　　　金　　　　篆

　　甲骨文的井字，像井口用木石構成的井欄，其本義就
是水井。而形似水井的事物皆可稱井，如天井、礦井等。
古代制度，同一鄉里八家共一井，後來井引申指鄉里、人
口聚居地，如市井、井里等。井字還含有整齊、有條理之
義，如井井有條、秩序井然等。

　　井蛙　井底之蛙，比喻見識狹隘的人。

　　井中視星　從井裏看天上的星星，比喻見識狹隘。

甲　　　金　　　篆

　　牛是一種反芻動物，力大性善，可用於載物或耕地，
是人類最早馴養的六畜之一。古文字的牛字，是一顆牛頭
的簡化圖形，重點突出了牛角、牛耳的特徵。漢字中凡從
牛之字都與牛或類似牛的動物有關，如牝、牡、牟、牧、
犀、犁、犢等。

　　牛鬼蛇神　　牛頭鬼、蛇身神，比喻虛幻荒誕，又比喻
社會上的醜惡事物或形形色色的壞人。

　　牛刀小試　　比喻有很大的本領，先在小事情上施展
一下。

móu

牟

牟

篆

自然
動物

　　小篆的牟字，下部是牛，上部像牛口中出氣的樣子，
表示牛在叫。所以牟的本義為牛叫。《說文解字》：「牟，
牛鳴也。從牛，象其聲氣從口出。」牟常通「謀」，用於
謀取之義，其本義則由「哞」表示。

　　牟利　謀取利益。

mǔ

牡

甲　　　金　　　篆

　　甲骨文的牡字，一邊為牛，一邊是雄性動物生殖器的形象，所以牡的本義為公牛。牡又是雄性動物的統稱。在甲骨文中還有表示公羊、公鹿、公豬的字形，後世則統稱為「牡」，如牡馬、牡羊等。

láo

牢

甲	金	篆

自然動物

　　甲骨文的牢字，像一頭牛（或羊、馬）被關在圈欄之中；小篆的牢字則在圈欄出口加一橫表示圈門。牢指關養在圈欄內的牲畜，也指關養牲畜的圈欄，如亡羊補牢；引申為關押犯人的監獄，如監牢、牢獄等。此外，牢還可用作形容詞，有堅固之義，如牢靠、牢不可破等。

qiān

牽

篆

　　小篆的牽字，下部是牛，上部的玄代表牽牛的繩子，中間的橫杠代表牛的鼻栓，表示用繩牽牛。《説文解字》：「牽，引前也。從牛，象引牛之縻也，玄聲。」可見牽是會意兼形聲字。牽的本義為牽引、挽、拉，引申為牽涉、關聯、牽制等義。

　　牽連　互有關聯。

　　牽強　勉強。

　　牽掣　引曳、束縛。又指牽制。

　　牽腸掛肚　比喻非常操心惦念。

牧　　牧牧　　牧　　牧

甲　　金　　篆

自
然
動
物

　　牧字像人手持牧鞭（或樹枝）趕牛，表示放牛。放牛
為牧，放馬、放羊、放豬等均可稱「牧」，所以牧字的本
義為放養牲畜，引申指放養牲畜的人。在古代，統治者
把老百姓視同牛馬，而以牧人自居，所以管理和統治老
百姓也稱為「牧民」。一些地方州郡的最高長官也被稱為
「牧」或「牧伯」。

wù

物

　　甲骨文的物字，從刀從牛，是以刀殺牛的意思，刀上的兩點是殺牛時沾在刀上的血滴。物字本指殺牛，後又特指雜色牛，引申為一切事物和事物的內容實質，如萬物、言之有物等。

　　物色　原指牲畜的毛色，又指形貌，引申為按一定的標準去挑選、訪求。

　　物議　指眾人的議論或批評。

告

甲	金	篆

告字從牛從口，其本義為牛叫。牛叫為告，其造字方法與吠、鳴（吠為狗叫，鳴為鳥叫）等字一樣。告後來引申為報告、告訴、告發、請求等義。

告示 曉示、通知，又指舊時官府的佈告，如安民告示等。

告密 揭發別人的秘密。

告急 遇急難向人求救。

甲　　金　　篆

bàn
半

　　古文字的半字從八從牛，八是分開的意思，表示把一頭牛分成兩部分。半的本義為一半；引申為在 …… 中間，如半夜；又比喻數量少，如一星半點；還有不完全的意思，如半成品、半透明等。

　　半斤八兩　舊制一斤合十六兩，半斤等於八兩。比喻彼此一樣，不分上下。含貶義。

　　半推半就　心裏願意，表面上卻假作推辭，不肯痛快答應。

自
然
動
物

犛

自
然

動
物

　　犛，即犛牛，又稱「氂牛」，全身有黑褐色或棕色、白色長毛，腿短身健，蹄質堅實，是我國青藏高原地區的主要力畜。犛字由毛、牛會意，突出了犛牛多毛、長毛的特徵。

zhì

甲　　　　篆

　　廌即獬（xiè）廌，又作「獬豸」，是古代傳說中一種
能判斷疑難案件的神獸。《說文解字》：「廌，解（獬）廌，
獸也，似山牛，一角。古者決訟，令觸不直。象形。」甲
骨文的廌字，即像一頭有角有尾的走獸。從廌之字，多與
法律訟獄有關，如法律之「法（灋）」。

quǎn

犬

| 甲 | 金 | 篆 |

　　犬即現在所説的狗。它是人類最早馴養的家畜之一，古人主要靠它來打獵。在甲骨文和金文中，犬和豕的字形比較接近，區別只在於腹和尾：豕為肥腹、垂尾；犬是瘦腹、翹尾。從犬之字大都與狗及其行為有關，如狩、狂、莽、猛、獵等。

　　犬子　古人對自己兒子的謙稱。

　　犬牙交錯　形容交界線很曲折，像狗牙那樣參差不齊，相互交錯。

　　犬馬　古代臣子在君王面前的卑稱，又用作效忠之辭，指自己會像犬馬順從主人一樣效忠君王。

fèi

吠

篆

吠字從犬從口，是個會意字。《説文解字》：「吠，犬
鳴也。」它的本義即為狗叫。

吠雪　嶺南不常下雪，故狗見之而吠，是少見多怪的
意思。

吠形吠聲　《潛夫論·賢難》：「一犬吠形，百犬吠
聲。」指一條狗叫，群犬聞聲跟着叫。比喻不明察事情的
真偽而盲目附和。

chòu

臭

甲　篆

　　臭的本義為嗅，即聞氣味。臭字由自（「鼻」的本字）和犬組成。狗的嗅覺特別靈敏，因此用狗鼻子來表示嗅味之義。有氣味才能用鼻子來嗅，因此臭又有氣味之義，如無聲無臭（沒有聲音和氣味，比喻沒有名聲，不被人知道）、其臭如蘭（表示某種東西的氣味像蘭花一樣幽香宜人）等。以上這些意義讀xiù。現在，臭字通常讀chòu，專指腐爛難聞的氣味，如糞臭、腐臭等。而它的本義由「嗅」來表示。

自然動物

篆

自
然
動
物

　　古文字的莽字，像一隻狗在林木草莽之中，表示獵犬在草木叢中追逐獵物。莽本指叢生的草木，也指草木叢生的地方，引申為粗率、不精細之義。

　　莽蒼　形容原野景色迷茫。也指原野。

　　莽原　草長得很茂盛的原野。

　　莽撞　魯莽冒失。

fú
伏

金　篆

自
然
動
物

　　金文的伏字，像一隻狗趴在人的腳邊，其本義為趴下、俯伏，引申為藏匿、埋伏，又引申為屈服、降服、制服。

伏兵　埋伏待敵的部隊。

伏擊　用埋伏的兵力突然襲擊敵人。

伏罪　承認自己的罪過。又作「服罪」。

伏筆　文章裏為後文埋伏的線索。

甲　　　　篆

　　突字從穴從犬，表示狗從洞孔中猛然衝出，其本義為
急速外衝，引申為衝撞、穿掘，又引申為凸出。突由急速
外衝之義，又引申為時間上的突然、猝然之義。

　　突出　衝出，穿過。又指鼓凸出來或顯露出來。

　　突兀　指物體高高聳起。又指事情突然發生，出乎
意料。

　　突如其來　事情突然發生，出乎意料。

651

shòu

獸

甲　　金　　篆

自
然
動
物

　　獸的本義為狩獵、打獵。甲骨文的獸字，由單（一種杈形狩獵工具）和犬（狗）組成，表示一種採用捕獵工具以及由獵犬協助來捕獲野獸的活動，後來專指狩獵所獲的動物，又泛指所有野生的動物，即野獸。而獸字的本義由「狩」字來表示。

yàn

厭

金　　篆

金文的厭字，從犬從口從肉，即表示狗飽吃肉食，有飽、滿足之義，當即「饜」的本字。後引申為憎惡、嫌棄之義，故別造「饜」字以表示它的本義。

厭飫（yù）　飲食飽足。同「饜飫」。

厭世　悲觀消極，厭惡人間生活。

篆

《說文解字》：「戾，曲也。從犬出戶下。戾者，身曲戾也。」這裏所說的戶，即所謂「卑戶」，是指專供狗出入的小洞。湖湘一帶的習俗，凡造房，必於大門之旁穿牆為洞，以便夜間關門後狗能由此進出。狗洞低矮，狗出入其間，必屈曲其身。故戾字從犬在戶下，有屈曲之義，引申為扭曲、乖張、違逆以及兇惡、暴行等義。

戾蟲 指老虎。老虎性情暴戾，故名。

mò

默

篆

　　默字從犬從黑（黑又兼作聲符），黑指黑暗、暗中，
其本義為狗暗中突襲人。《說文解字》：「默，犬暫逐人也。
從犬，黑聲。讀若墨。」暗中突襲，則默不作聲，因此默
又指沉默，即不說話，不作聲，引申為幽靜之義，又引申
為黑暗、暗中。

　　默契　暗相契合，指雙方的意思沒明白說出來而又彼
此一致。現在比喻心靈相通，配合得很好。

篆

自
然
動
物

　　猝字從犬從卒，卒有急遽之義，因此猝本指狗突然
竄出襲擊人，引申為突然、出乎意料之義。《說文解字》：
「猝，犬從艸（草）暴出逐人也。從犬，卒聲。」則猝又屬
形聲字，卒兼作聲符。

　　猝然　突然。

　　猝不及防　事出突然，來不及防備。

biāo
犬犬犬

篆

　　狗是一種善於奔跑的動物。猋字從三犬，像群犬競相
奔跑，本用來形容狗奔跑的樣子，引申為迅疾之義。

猋迅　飛走，迅疾如風。

猋忽　像旋風一樣飄忽不定。又指疾風。

猋風　旋風，疾風。

馬 mǎ

　　馬是一種哺乳動物，善跑耐重，是人類最早馴養的六畜之一。甲骨文的馬字，像一側立的頭、身、足、尾俱全的馬。金文的馬字主要突出馬眼和馬鬃。漢字中凡從馬之字大多與馬屬動物及其動作、功能有關，如馳、駒、騰、驕、驢等。

　　馬到成功　戰馬所至，立即成功。形容迅速地取得勝利。

　　馬首是瞻　作戰時看主將馬頭所向以統一進退。比喻跟隨某人行動，聽從指揮。

　　馬革裹屍　用馬皮把屍體包裹起來。指軍人戰死沙場。

甲　　　篆

奇是「騎」的本字。甲骨文的奇字，像一個人跨坐在馬背上，其中的馬形極其簡略。小篆的奇字訛變為從大從可。奇的本義為騎馬，後來多用為怪異、奇特之義，而其本義則由「騎」字來表示。

奇觀　指雄偉美麗而又罕見的景象或出奇少見的事情。

奇跡　想象不到的不平凡的事情。

chuǎng

闖 闖

篆

自
然
動
物

　　闖字從馬從門，表示馬從門中猛衝而過，其本義為向
前猛衝，含有一往無前和無所顧忌的意味。此外，闖字還
有經歷、歷練之義。

　　闖蕩　指離家在外謀生。

　　闖將　勇於衝鋒陷陣的將領。

甲　　　金　　　篆

　　甲骨文的馭字從馬從又，像人揮手趕馬。金文的馭字從馬從更（「鞭」的本字，像人手持皮鞭），像人手持馬鞭驅馬前行。小篆的馭字構形方法與甲骨文相同。馭的本義為驅馬、駕駛馬車，引申為駕馭、控制、統治之義。

　　馭宇　指帝王統治天下。同「御宇」。

jiāo

驕

驕

篆

　　驕字由馬、喬會意，喬又兼作聲符。喬有高義，因此驕本指高大的馬，又形容馬高大、健壯的樣子。《說文解字》：「驕，馬高六尺為驕。從馬，喬聲。《詩》曰：『我馬唯驕。』一曰野馬。」此外，驕還引申為高傲、傲慢、驕逸不馴之義。

驕子　嬌貴、寵愛之子。

驕傲　自以為了不起，看不起別人。又指自豪。

驕橫（hèng）　驕傲專橫。

驕縱　驕傲放縱。

驕奢淫逸　驕橫奢侈，荒淫無度。

bó

駁

篆

　　駁字由馬、爻會意，爻像筆畫交錯的樣子，表示馬毛雜色交錯，因此駁的本義為馬毛色雜亂不純，引申為混雜、不純之義，又用作辯駁之義。

　　駁議　就他人所論，辯駁其非。

駢

駢

篆

　　駢字由并、馬會意，表示兩馬共駕一車，本指共駕
一車的兩匹馬，引申為並列、對偶、關聯之義。《說文解
字》：「駢，駕二馬也。從馬，并聲。」可知并既是義符，
也是聲符。

　　駢文　一種以雙句為主、講究對仗、辭藻華麗的文
體，是與「散文」相對而言的。

　　駢儷　駢文多用偶句，講求對仗，也稱「駢儷」。

cān

驂

篆

　　驂本指共駕一輛車的三匹馬，又特指駕在車前兩側的馬。驂由參、馬會意，參同「三」，表示三匹馬共駕一車。《說文解字》：「驂，駕三馬也。從馬，參聲。」則參又兼作聲符。

　　驂服　駕車的馬。居中駕轅者稱服，兩旁者稱驂。

　　驂乘　乘車時陪坐在右邊的人。

馬四 篆

金　篆

古代檔次較高的馬車常由四匹馬來拉。駟字由四、馬會意，其本義指一車所套的四匹馬，也指由四匹馬所駕的馬車。《說文解字》：「駟，一乘（shèng）也。從馬，四聲。」一乘即一輛。駟從四，四既是義符，又代表讀音，因此駟字從結構上來說，是會意兼形聲字。

駟介　四馬披甲所駕的戰車。

駟乘　四人共乘一車。

駟馬高車　套着四匹馬的高蓋車。形容有權勢的人出行時的闊綽場面。

駟之過隙　比喻光陰飛逝。

駟不及舌　言已出口，駟馬難追。謂出言說話當慎重，不可隨意更改。

yáng

羊

甲　　　金　　　篆

　　羊是古代六畜之一。羊字是一個象形字，和牛字一樣，它所描繪的不是羊的整體形象，而是局部特徵。甲骨文和金文的羊字，是簡化了的羊頭形象，特別突出彎卷的羊角，使人一見便知是羊而不是別的動物。

羊車　　羊拉的小車，又指宮內所乘小車。

羊角　　比喻旋風。

羊酒　　羊和酒。饋贈用的禮物，也用作祭品。

shàn

善

金　　　　篆

　　善為「膳」的本字。古人將羊肉視為美味，因此金文
的善字從羊從二言，表示眾口誇讚羊肉美味。善字由美味
引申為美好之義，故後世另造「膳」字來表示它的本義。
羊性情溫和馴順，因此善又有善良、慈善之義，與「惡」
相對。善用作動詞，則有喜好、愛惜、親善、擅長等義。

　　善本　珍貴難得的古書刻本、寫本。

　　善事　好事，慈善的事情。

　　善始善終　自始至終都很完美。後泛指做事有頭有
尾，辦事認真。

甲　　　篆

　　甲骨文的養字，從羊從攴，像人手持放羊鏟（或鞭子）驅趕羊群，其本義為放牧。小篆的養字從羊從食，羊又代表讀音，所以養是會意兼形聲字，表示以食物飼養。養字後來又引申為生養、培養、療養、教養等義。

　　養生　攝養身心，以期保健延年。

　　養老　古禮，對老而賢者按時饋贈酒食，以敬禮之，謂之養老。

　　養志　涵養高尚的志趣、情操。

gāo

羔

甲　　　金　　　篆

　　甲骨文的羔字從羊從火，表示用火烤羊。烤羊一般是
整隻地烤，而所烤的整羊往往都是小羊，所以羔字通
常指小羊。

　　羔羊　小羊，又比喻天真無知、缺少社會經歷的人或
弱小者。

　　羔裘　用小羊皮做的袍服。古代諸侯以羔裘作為
朝服。

甲　　金　　篆

　　古文字的羞字，從羊從又，表示用手捧羊進獻。羞字的本義為進獻食品，又指美味的食物。後來，用作食物之義的羞多寫作「饈」，如珍饈、庶饈等，而羞字借用為害羞、恥辱、愧怍等義。

　　羞膳　進食。又指美味的食物。又作「饈膳」。

　　羞澀　因羞愧而舉動拘束。

gēng

羹

篆

篆

　　小篆的羹字，從羔從鬲，兩邊的曲線代表鬲的器壁，表示將羊羔放入鬲中烹煮，本指用羊羔加水熬煮出的肉汁，後泛指用來調味的肉湯，亦指一般的菜汁。《說文解字》：「羹，五味盉羹也。」或訛省為從羔從美，因此楷書寫作羹。

　　羹臛（huò）　菜羹和肉羹。肉羹曰臛。

膻

甲　　　篆

[羴]

[羶]

　　甲骨文的膻字，由四羊、三羊或二羊會意，表示羊群
聚集，有一種羊特有的腥臊氣味。因此膻本指羊的臊氣，
也泛指像羊臊味的腥臊之氣。《説文解字》：「膻〔羴〕，羊
臭也。」小篆膻字或作從羊亶聲或從肉（月）亶聲，則屬
後起的形聲字。

　　膻葷　指肉食和氣味濃烈誘人的食品。

　　膻行　使人仰慕的德行。言其德行為人慕悅，如膻葷
之悅人。

金　　　篆

　　咩的本字為「芊」。芊字從羊，像聲氣上出，表示羊叫，其構字方法與「牟」字相同。芊在後來專用作楚國貴族的姓，讀 mǐ，故另造咩字來表示它的本義。

甲　　　金　　　篆

豕 shǐ

　　豬是人類最早飼養的家畜之一。甲骨文的豕字，長嘴短腿，肚腹肥圓，尾下垂，正是豬的形象描繪。不過在古代，豕和豬是略有區別的：豕指大豬，而豬指小豬。

　　豕牢　豬圈，又指廁所。

　　豕突　像野豬一樣奔突竄擾，比喻賊寇到處侵犯。

hùn

圂

甲　　金　　篆

　　圂字從囗從豕，是個會意字。甲骨文的圂字，像把豬關養在欄舍之中，它的本義為豬圈。由於古代的豬圈和廁所通常是連在一起的，所以圂又可以指廁所。

彘

甲　　　金　　　篆

　　甲骨文的彘字，從矢從豕，像一支箭射中一頭大野
豬。家豬馴善，而野豬力大兇猛，不用弓矢是很難捕獲
的。所以彘本指野豬，後來指一般的成年大豬。

zhú

逐

甲　　　金　　　篆

　　甲骨文的逐字，像一隻豬（或鹿、兔）在前奔逃，有
人在後追趕，其本義為追趕。引申為驅逐、放逐，後有競
爭、追求之義。

　　逐北　追逐敗走的敵兵。

　　逐客　戰國時指驅逐列國入境的遊說之士，後來指被
朝廷貶謫的人。

　　逐鹿　指在國家分裂紛亂時，眾人爭奪天下政權。語
出《史記・淮陰侯列傳》：「秦失其鹿，天下共逐之，於是
高材疾足者先得焉。」

　　甲骨文的敢字，像人雙手持獵叉迎面刺擊野豬（豕）。
金文的敢字簡省為以手（又）搏豕，但豕形變得簡略
難辨。持叉刺豕有進取的意味，故《說文解字》稱：
「敢，進取也。」又因為野豬是一種兇猛的野獸，敢於搏
取，需要有很大的膽量和勇氣，所以敢又有大膽勇猛的
意思。

豢

甲　　　篆

　　甲骨文的豢字，像人兩手抱着一隻豬（豕），有的豬腹中有子，表示把母豬生下來的豬崽抱去飼養，其本義為飼養牲畜。《說文解字》：「豢，以穀圈養豕也。從豕，关聲。」則以豢為形聲字。

　　豢養　飼養牲畜，以供食用，比喻收買、收養並利用。

　　豢圈　飼養牛馬之處。

　　豢龍　傳說虞舜時有一個人叫董父，能畜龍，有功，舜帝賜姓曰豢龍氏。

甲　　　金　　　篆

tún

豚

　　豚字由肉（月）、豕會意，本指專供食用的肉豬。作
為食物的肉豬，豬齡越小則肉味越鮮美，因此豚又特指小
豬、幼豬，俗稱「乳豬」。金文和小篆的豚字或從又，是
用手抓豬的意思，表明豚不是兇猛的野豬，而是幼小的家
畜，可以徒手抓捕宰殺。

　　豚子　自稱其子的謙辭，猶「犬子」，也作「豚兒」。

　　豚蹄穰田　以豬蹄敬神，祈求豐年，比喻所花費的極
少而所希望的過多。

dùn

遁

遯

篆

[逯]

遁字由辵（辶）、豚會意，豚又兼作聲符。豚泛指豬，遁表示豬逃走，其本義為逃遁。《說文解字》:「遁〔遯〕，逃也。從辵從豚。」此字後世多用為逃避、隱避等義。

遁世　隱居，避世。

遁辭　支吾搪塞的話。也作「遁詞」。

甲　　　篆　　　sì

兕

自
然
動
物

　　兕是一種類似犀牛的野獸。它外形像牛，頭上有一隻青黑色的獨角，又稱獨角獸。甲骨文的兕字，像一頭頭上長角的動物；小篆的兕字，則主要強調其頭形的怪異。

　　兕觥　古代一種帶角獸頭形器蓋的酒器。最初用木頭制成，後用青銅鑄造。盛行於商代和西周前期。

xiàng

象

甲　　　　金　　　　篆

自然
動物

　　甲骨文和早期金文的象字，是大象的側視圖形，主要突出了它長長的鼻子、寬厚的身軀，筆畫簡單而形態生動。象字後來多假借為形狀之義，又泛指事物的外表形態，如形象、景象、星象、氣象、現象等。

　　象形　古代漢字構造方法的「六書」之一，指刻畫實物形狀的一種造字方法。

684

自
然
動物

　　古代中原一帶氣候溫和，生活着許多今天的熱帶和亞熱帶動物。大象就是其中之一。大象身強體壯，力大無比，而且性情溫和，是人類勞動的好幫手。甲骨文的為字，像一個人用手牽着大象的鼻子，其本義為馴象，即驅使大象幫人幹活，因此，為有幹活、做等意思。這個字由甲骨文到金文，又由小篆變成隸書、楷書，再演變成今天的簡化字，原來的形象和意思一點兒也看不出來了。

néng

能

金　　　篆

　　能是「熊」的本字。金文的能字，巨口弓背，粗爪短
尾，正是熊的典型特徵。所以，能的本義即為熊。因為熊
以力大著稱，因此能引申出能力、才能等義。後代能字多
用其引申義，於是在能下加「火」（楷書變為四點），另
造一個「熊」字來表示它的本義。

　　能吏　有才能的官吏。又稱能臣、能士。

　　能幹　有才能，會辦事。

　　能者多勞　能幹的人做事多。多用為讚譽的話。

金　　篆

zhì

豸

　　古文字的豸字，像一隻長脊有尾、張開大口的動物，其本義為長脊獸，當即虎、豹、豺、狼等兇猛的食肉動物的通稱。《說文解字》：「豸，獸長脊，行豸豸然，欲有所司（伺）殺形。」而在後世，豸多用為無腳爬蟲的通稱。《爾雅·釋蟲》：「有足謂之蟲，無足謂之豸。」因為無足之蟲體形大多較長，如蛇、蚯蚓之類，所以稱無足蟲為「豸」，正是豸字「長脊」之義的引申。

虎

| 甲 | 金 | 篆 |

　　虎是一種猛獸，通稱老虎。甲骨文的虎字，形象地勾畫出老虎的基本特徵：大口利齒，爪尾有力，身有條紋。金文、小篆的字形，漸趨簡化和抽象，其象形意味也就逐漸消失了。虎古今詞義變化不大，都作老虎講；因老虎特別兇猛，又引申為勇猛、威武之義，如虎將、虎威、虎賁（指勇士）等。

nüè

虐

金　　　篆

　　小篆的虐字，像老虎傷人之形。老虎傷人極其殘暴狠
毒，因此虐有殘暴之義，又引申為災害。

虐政　暴政。

虐待　以殘暴狠毒的手段對待人。

虐疾　暴疾。

biāo

彪

篆

自
然
動
物

　　彪字從虎從彡，彡像斑紋，因此彪字本指虎身上的斑紋，也用作虎的別稱。引申為文采，有光彩鮮明之義。又指體格魁偉、身材高大。

　　彪炳　文采煥發；照耀。

　　彪形大漢　身材特別高大威武的男子。

hǔ

唬

金　　篆

　　唬字從虎從口，本指虎吼，讀 xiāo。後多指虛張聲
勢、誇大事實嚇唬人，讀 hǔ。

　　唬唬　象聲詞。可形容風雷聲等。

豹 bào

甲　篆

　　豹是一種哺乳動物,像虎而體型較小,身上有很多斑點,性凶猛,能上樹,常見的有金錢豹、雲豹等。甲骨文的豹字,像一利齒巨口的猛獸,與虎字字形相近,不過在獸身上有幾個圓圈,代表豹皮上的斑點。小篆的豹字則變為從豸勺聲的形聲字。

　　豹略　古代兵書《六韜》中有《豹韜》篇,又有兵書《三略》,因稱用兵之術為豹略,也作「豹韜」。

　　豹騎　騎兵。言其勇猛。

　　豹變　像豹子的花紋那樣變化。比喻潤飾事業,或遷善去惡。又比喻人地位升高,由貧賤而顯貴。

| 甲 | 金 | 篆 | lù 鹿 |

鹿是鹿科動物的總稱，其特點是四肢細長，雄性生有枝角。甲骨文和金文的鹿字，生動地表現出鹿的這些特徵：枝杈狀的角、長頸細腿，正是雄鹿的形象。在漢字中，凡從鹿的字大都與鹿這類動物有關，如麟、麝、麋等。

鹿死誰手 鹿，比喻政權。不知政權會落在誰的手裏，後也指在競爭中不知誰是最後的勝利者。

麗

甲　　　金　　　篆

自
然
動
物

　　甲骨文、金文的麗字，是一隻鹿的形象，特別突出鹿頭上一對漂亮的鹿角。所以，麗的本義是一對、一雙。這個意思，後來多寫作「儷」。此外，麗還有漂亮、華麗的意思。

麗人　美人。

麗質　美麗的姿質。

			麓
甲	金	篆	

麓字是個會意兼形聲字,本義為山腳。鹿喜歡陰涼潮濕的環境,最理想的棲息地在山腳林間。甲骨文的麓字從林從鹿,像鹿在林中,鹿又代表麓的讀音。古文字的麓字,或從林鹿聲,是一個完完全全的形聲字。

自然
動物

chén

塵

篆

自然
動物

　　小篆的塵，從土從三鹿，表示群鹿奔騰，塵土飛揚。
塵字本指飛揚的塵土，又泛指極細微的沙土。簡體塵字從
小從土，小土為塵，也是個會意字。

　　塵世　俗世，人間。

　　塵垢　塵埃和汙垢，比喻微末卑汙的事物。

　　塵囂　世間的紛擾、喧囂。

甲　　　篆

麋是一種鹿科動物。《急就篇》中有「狸兔飛鼬狼麋
麚」，顏師古注：「麋似鹿而大，冬至則解角，目上有眉，
因以為名也。」甲骨文的麋字，就像這種無角而目上有眉
的鹿，不但突出眉形，且以眉為聲。眉、米音近，後世麋
字以米代眉，變成了從鹿米聲的形聲字。

麋沸　比喻形勢混亂不安。

麋鹿　一種鹿科動物，俗稱「四不像」。

tù

兔

| 甲 | 金 | 篆 |

　　兔是一種長耳短尾、肢體短小的小動物。甲骨文的兔字，簡單而概括地表現了兔子的這些基本特徵。

　　兔死狐悲　因同類的死亡而感到悲傷，比喻物傷其類。

　　兔起鶻（hú）落　像兔子躍起，像鶻鳥俯衝，極言行動敏捷。也比喻書畫家用筆矯健敏捷。

yì

逸

金　　　篆

逸字從兔從辵（辶），表示野兔奔跑。兔子膽小而又善於奔逃，因此逸字本義為奔跑、逃亡。由奔跑義引申為超絕之義，由逃亡義引申為逃避、隱退、散失等義，又引申為安閑、無所用心。《說文解字》：「逸，失也。從辵、兔。兔謾誔善逃也。」

逸士　隱居之士。

逸群　超群。

逸史　指散失於民間的、正史以外的歷史記載。

逸興　清閑脫俗的興致。

yuān

冤

篆

　　冤字從兔在一下，表示兔子在籠罩覆蓋之下身體屈縮
不展，其本義為屈折，引申為枉曲、冤屈之義。

　　冤抑　冤屈。

　　冤家　仇人。又指似恨而實愛、給自己帶來苦惱而又
捨不得離開的人。

shǔ

鼠

篆

　　鼠，俗稱老鼠，又叫耗子，身小尾長，門齒特別發達。小篆的鼠字，是一隻老鼠的形象，特別突出了它的牙齒、腳爪和尾巴的特徵。從鼠之字，大都表示類似老鼠的小動物，如鼬、鼬、鼺等。

　　鼠竄　像老鼠那樣驚慌地逃走。

　　鼠目寸光　比喻眼光短，見識淺。

cuàn

竄
鼠

篆

竄字從鼠在穴中，表示老鼠藏匿在洞穴中，其本義為逃匿、隱藏、掩蓋，引申為逃跑、放逐、驅逐等，又引申為改易、變動。

竄逐 流放。

竄逃 逃跑。

竄改 隨意改動（成語、古書、文件等）。

竄端匿跡 指掩蓋事情的真相。

liè

金　　　　篆

　　古文字的鼠字，像老鼠頭上毛髮豎立，本指動物頭頸
上較粗硬的毛。《説文解字》：「鼠，毛鼠也。象髮在囟上，
及毛髮鼠鼠之形。」

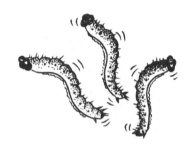

　　蟲是昆蟲類的通稱，指昆蟲和類似昆蟲的動物。甲骨
文、金文的蟲字，像一種長身盤曲、三角頭的動物，實際
上是蛇的象形，讀 huǐ。小篆用三個蟲疊在一起來表示種
類繁多的蟲。蟲也可泛指昆蟲之外的其他動物。漢字中凡
從蟲的字，大都與昆蟲等動物有關，如蛇、蜀、蠶、蚊、
蜂、蟬等。

　　蟲豸　泛指蟲類小動物。又用作斥罵之詞，比喻下
賤者。

　　蟲雞　「雞蟲得失」的省語，比喻微小的、無關緊要
的得失。

甲　　　金　　　篆

　　相傳古代有一種人工培養的毒蟲，可以放入飲食中毒人，使人神志惑亂，不能自主。甲骨文的蠱字，像器皿中有蟲子。蠱字本當指這種人工培養的毒蟲，又指人腹中的寄生蟲；引申為誘惑、迷惑之義。

　　蠱毒　毒害。

　　蠱惑　迷惑，誘惑。

　　蠱媚　以姿態美色惑人。

dù

蠹

篆

　　蠹是一種蛀蝕木質的蛀蟲。《說文解字》:「蠹,木中蟲。」引申為敗壞、蛀蝕、損害之義,又比喻侵奪或損耗財物的人。小篆蠹字從木從蝕,表示蛀蟲寄生木中;又作從蝕橐聲,則變會意為形聲。

　　蠹簡　被蠹蝕的書籍。也作「蠹冊」。

　　蠹書蟲　比喻埋頭苦讀的人。含有食古不化、不合時宜之意。

自
然
動
物

甲　　金　　篆

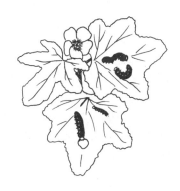

自
然
動物

　　蜀為「蠋」的本字。甲骨文的蜀字，像一隻眼部突
出、身體盤曲的蟲子，本指一種蛾類的幼蟲。《說文解
字》：「蜀，葵中蠶也。」在後世典籍中，蜀多借用為古族
名、國名和地名，其本義反而不為人所知，故另造從蟲的
「蠋」字來表示它。

　　蜀漢　三國時劉備稱帝於蜀，國號漢，自稱繼漢室正
統。舊史為區別於前漢後漢，稱之為蜀漢，又稱季漢。

　　蜀犬吠日　四川的狗衝着太陽叫，比喻少見多怪。

cán

蠶
蟲

甲　　篆

　　蠶是蠶蛾科和天蠶蛾科昆蟲的通稱。幼蟲能吐絲結繭，繭絲可用作紡織纖維。甲骨文的蠶字，像肥胖的桑蠶幼蟲。小篆的蠶字從虫朁聲，則變象形而為形聲結構。

蠶工　有關桑蠶的事務。

蠶女　養蠶的婦女。

蠶月　忙於蠶事之月，即農曆三月。

蠶食　蠶食桑葉，比喻逐漸侵吞。

蠶頭燕尾　形容隸書筆畫起筆凝重，結筆輕疾。

自然
動物

jiǎn

繭

篆

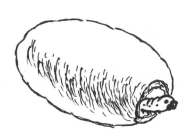

　　繭是指某些昆蟲的幼蟲在變成蛹之前吐絲做成的殼，
如蠶繭。小篆的繭字，其外形像繭殼，裏面從蟲從糸，表
示繭殼乃是由幼蟲吐絲做成的，而幼蟲居於蠶殼之中。
《説文解字》：「繭，蠶衣也。」

　　繭眉　猶言蛾眉，形容婦女眉毛秀美。

　　繭紙　用繭絲製作的紙。

　　繭絲牛毛　形容細密。

自然
動物

　　蝕字由蟲、食會意，食又兼作聲符。蝕本指蟲類咬食
草葉或蛀食樹木，引申為吃、吞食之義，泛指損失、損
傷、虧耗等。

　　蝕本　虧本，賠本。

　　蜿是形容蛇類爬行的樣子。蜿字從蟲從宛，宛又兼作聲符。從蟲表示類屬，蛇屬於爬蟲類，而宛有曲折宛轉之義。蛇類爬行蠕動，宛轉曲折是其最明顯的動態特徵。由此又引申為彎曲延伸之義。

　　蜿蜒　形容山脈、道路等彎曲延伸的樣子。

　　蜷字由蟲、卷會意，卷又兼作聲符。卷有拳曲、蜷縮的意思，因此蜷本指蟲類蜷曲成團的樣子。《廣韻》：「蜷，蟲形詰屈。」又引申為蜷曲、屈曲之義。

　　蜷伏　彎着身體臥倒。

　　蜷曲　肢體等彎曲。

篆

　　蝙即蝙蝠，又名仙鼠、飛鼠，哺乳動物。形狀似鼠，
前後肢有薄膜與身體相連，夜間飛翔，捕食蚊、蟻等小
昆蟲。蝙蝠有如翼的薄膜，看起來外形扁薄，因此蝙字
由扁、蟲會意，表明它是一種外形扁薄的動物。《說文解
字》：「蝙，蝙蝠也。從蟲，扁聲。」則扁又兼作聲符。

蟬　　　𧒒　　　蟬

甲　　　篆

　　蟬是一種昆蟲，俗稱「知了」，種類很多。雄蟲的腹部有發音器，能連續不斷發出尖銳的聲音。甲骨文的蟬是個象形字，像蟬的背部俯視之形；小篆則變為從蟲單聲的形聲字。《說文解字》：「蟬，以旁（膀）鳴者。從蟲，單聲。」過去認為蟬是靠翅膀振動發出聲音的，故稱蟬為「以旁鳴者」。

　　蟬紗　薄如蟬翼的紗綢。

　　蟬蛻　蟬所蛻之殼，又名「蟬衣」，可入藥。又比喻解脫。

　　蟬聯　連續不斷（多指連任某個職位或連續保持某種稱號）。

yíng

螢

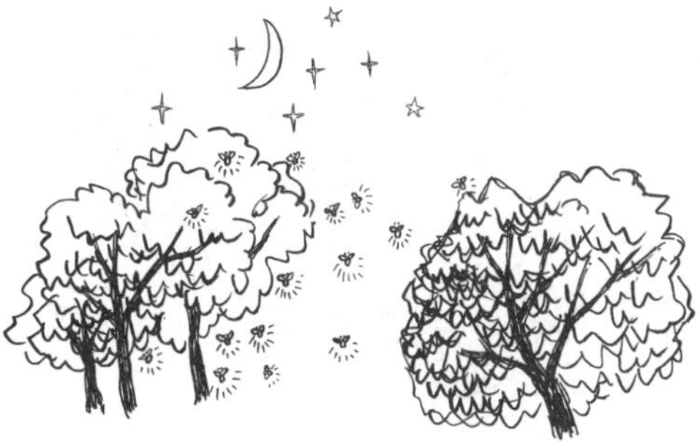

螢是一種飛蟲的名稱，俗稱「螢火蟲」。它的腹部末端有發光器，夜間閃爍發出微弱的熒光。螢字從蟲從熒省，熒又兼作聲符。熒指微光，表示螢是一種能發出微弱光亮的昆蟲。

螢雪　晉代的車胤以囊盛螢，孫康冬夜映雪，取光照以讀書。後比喻貧士苦讀。

萬
wàn

甲　　　　金　　　　篆

　　甲骨文的萬字，像一隻巨螯屈尾的蠍子，其本義是蠍子。此字後來借用為數詞，十百為千，十千為萬；又極言數量之多，如萬物、萬象等；又引申為極其、非常、絕對等義，如萬全、萬無一失等。

　　萬一　萬分之一。又用作連詞，表示假設。

　　萬般　各種各樣。又用作副詞，表示極其、非常。

　　萬萬　數詞，萬萬為一億。或極言數量之多。又用為副詞，表示絕對，斷然。

蛛

金　　　篆

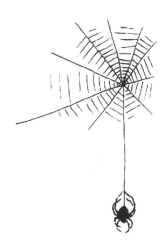

　　蛛，即蜘蛛，是一種節肢動物。它的尾部能分泌黏液，用來結網捕食昆蟲。軀體較小而腿腳細長是蜘蛛的顯著特徵。金文的蛛字，正像一隻腿腳細長的蜘蛛，上部是朱，代表蛛字的讀音。小篆蛛字從黽朱聲或從蟲朱聲，完全是個形聲字。

　　蛛絲馬跡　比喻隱約可尋的線索，依稀可辨的跡象。

tā

它

甲　　金　　篆

　　甲骨文的它字，像一條長身盤曲、頭呈三角形的毒蛇，其本義即為蛇。由於它字後來借用為指稱事物的代詞，其本來的意義逐漸消失，於是新造「蛇」字來表示它的本義。

自
然
動
物

bā

巴

卩

篆

自
然
動物

　　巴即巴蛇，是古代傳説中一種能吞食大象的巨蛇。如
《山海經》記載：「巴蛇食象，三歲而出其骨。」小篆的巴
字，好像一條口部奇大的巨蛇。此字後多用作國名和地
名，又有貼近、靠近、急切盼望等義。

　　巴蜀　巴郡和蜀郡，包括今四川省全境。

　　巴結　盡力報效。又指奉承、討好。

　　巴不得　希望之極。

龍

| 甲 | 金 | 篆 |

　　龍是中國古代傳說中一種善於變化、能興雲佈雨的神異動物,為鱗蟲之長。甲骨文、金文中的龍字,巨口長身有角,正是人們想象中的這種神異動物的形象。古代以龍為皇帝及皇家的象徵,又比喻神異非常之人。

　　龍行虎步　形容人昂首闊步氣勢威武的樣子。又指帝王儀態威武。

　　龍盤虎踞　形容地形雄偉險要。

　　龍鳳　舊指帝王之相。又比喻賢才。

　　龍虎　形容帝王氣派。又比喻英雄豪傑。

kuí

甲　　　金　　　篆

自
然
動
物

　　夔是古代傳說中的一種山怪。《說文解字》:「夔,神
魖也。如龍,一足。」商周時代青銅禮器上多雕鑄其形以
為紋飾,也是似龍而只有一隻腳的形象。而古文字的夔字
字形近似「夒」(即猱,指一種猿類動物),只是比夒多
了角,又突出其一足的特徵而已。因此人們想象中的夔這
種山怪的形象,可能經歷了由猿到似龍過程。

721

猱的本字為「夒」。《說文解字》:「夒,貪獸也。一曰母猴,似人。」猱實則是長臂猿的一種。甲骨文的猱字,像一側蹲的動物,有耳有尾,手長腳長,略似人形,當屬猿類無疑。

甲　　　篆

自
然
動
物

　　甲骨文的黽字，像巨首、大腹、四足的蛙。小篆黽
字字形訛省，漸失其形。黽是蛙類的總稱；又特指金線
蛙，似青蛙，大腹，也稱「土鴨」。漢字中凡從黽之字，
多屬蛙、龜之類，如黿、鼈、鼇等。又讀 mǐn，表示努
力、勉力。

　　黽勉　努力，盡力。

龜

| 甲 | 金 | 篆 |

　　龜是兩棲的爬行動物，俗稱烏龜或水龜。龜身圓而
扁，腹背皆有硬甲，四肢和頭尾均能縮入甲內。甲骨文、
金文的龜字，表現的是烏龜俯視和側視的形象，其本義即
為烏龜。

　　龜玉　龜甲和寶玉，都是古代極其貴重的東西，皆為
國之重器。後因以龜玉指國運。

　　龜齡　相傳龜壽百歲以上，因此用來比喻高齡。

yú

魚

甲　　　　金　　　　篆

自
然

動
物

　　魚是一種水生的脊椎動物，有鱗有鰭，用鰓呼吸。甲
骨文、金文的魚字，完全是一條魚的形象，其本義即為魚
類。漢字中凡從魚之字皆與魚類有關，如鯉、鯊、鮮等。

魚水　　比喻人與人之間關係融洽，像魚和水不可分離。

魚目混珠　　拿魚的眼睛來冒充珍珠。比喻以假亂真。

yú
漁

甲　　　　金　　　　篆

　　自古至今，人類捕魚的方法主要有三種：一是下水徒手捉魚，二是張網捕魚，三是垂竿而釣。這三種捕魚方法在甲骨文、金文的漁字字形中都有形象的反映。所以漁字的本義為捕魚，後引申為掠奪、騙取之義。

　　漁獵　捕魚打獵。又比喻泛覽博涉。

　　漁利　用不正當手段謀取利益。

甲　　　金　　　篆

　　甲骨文、金文的魯字，從魚從口，像魚在器皿之中，表示把魚烹熟盛在盤碟之中，作為美味的菜肴。因此，魯字有嘉、美之義。後來，魯字被借用來表示莽撞、遲鈍等義，而當「嘉」講的本義反而罕為人知了。

　　魯鈍　笨拙，遲鈍。

　　魯國　周朝的諸侯國。

　　魯魚亥豕　在古文字中，魯和魚、亥和豕字形相近，容易寫錯，後世即以「魯魚亥豕」來代指書籍傳抄或刊刻中的文字錯誤。

gǔn

鯀

金　　　篆

　　鯀是古代人名，相傳為夏禹之父，封崇伯，因治理洪水無功，被舜帝流放羽山。金文的鯀字，像人手持釣竿釣魚。說明鯀應該是一個熟悉水情漁業的人，因此舜帝才會派他去治水。

shā

鯊

　　古代的鯊，是指生活在溪澗中的一種小魚，常吹沙覓食。鯊字從魚從沙，即體現出這種魚在泥沙中覓食的習性。而現在人們常說的鯊魚，是指生活在海洋中的一種龐大兇猛的魚類，與鯊字本義無關。

jiān

鰜

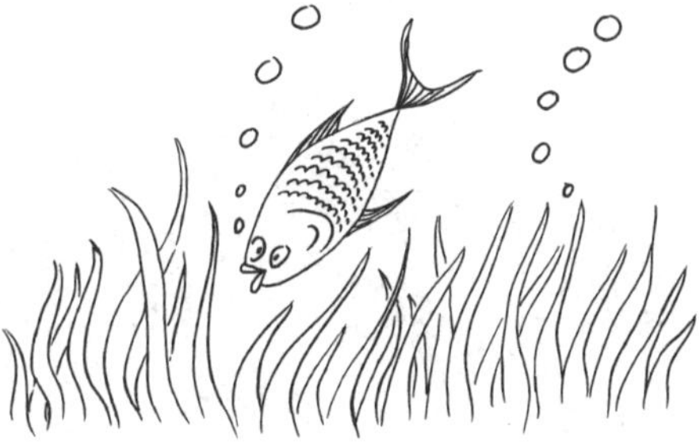

鰜，魚名，即比目魚，一名鰈。鰜魚的特異之處在於，它的雙眼一般都長在身體的同一側，故鰜字從魚從兼，特別強調這種魚身體一側兼有二目，即所謂「比目」。兼又兼作聲符。

| 甲 | 金 | 篆 | chēng
稱 |

　　甲骨文、金文中的稱字，像人用手提起一條魚的樣子。它的本義為提、舉，引申為稱量，又引申為舉薦、頌揚、聲言。又讀 chèn，表示相當、符合。

稱兵　舉兵、興兵。

稱贊　稱譽贊揚。

稱舉　舉薦、稱道。

稱心　符合心意。

gòu

遘 甲 金 篆

　　遘是一個會意字。甲骨文的遘字，像兩條魚在水中相遇，魚嘴相交，表示相遇、相交的意思。所以，遘的本義為相逢、遭遇。此字又加止或辵（辶），是為了強調行為動作。

　　遘禍　遭受禍患。

　　遘閔　遭遇父母之喪。

自
然
動
物

鳥

甲　　金　　篆

　　鳥是所有飛禽的總稱。甲骨文、金文的鳥字，正像一隻頭、尾、足俱全的鳥。在漢字中，凡以鳥為部首的字大都與禽類及其行為有關，如雞、鶯、鴨、鵝、鳴等。

　　鳥瞰　指從高處俯視下面的景物，引申為對事物的概括性看法。

　　鳥道　指險絕的山路，僅通飛鳥。如李白《蜀道難》：「西當太白有鳥道，可以橫絕峨眉巔。」

　　鳥篆　篆體古文字，形如鳥跡，故稱。

　　鳥盡弓藏　鳥盡則弓無所用，比喻事成而功臣被害。

隹 zhuī

甲　　金　　篆

自
然
動
物

　　甲骨文、金文的隹字，像一頭、身、翅、足俱全的鳥，其特徵是尾部較短。按照《說文解字》的說法，「隹」是短尾巴鳥的總稱，而「鳥」是長尾巴鳥的總稱。在漢字中，凡從隹的字都與鳥類有關，如焦、集、雉、雕、雀等。

金　　　　篆

　　金文的烏字，像一隻大嘴朝天、有眼無睛的鳥。烏為鳥名，指烏鴉。由於烏鴉性喜夜啼，所以特別突出它的嘴；又因為它全身黑色，與眼珠的黑點渾同一色，故只見眼白不見眼珠，所以金文的烏字，字形有眼無睛。此外，烏又是黑色的代稱。

　　烏衣　黑衣，古時賤者之服。

　　烏鳥情　指烏鳥反哺之情，比喻奉養父母的情懷。

　　烏有先生　虛擬的人名，本無其人。

　　烏合之眾　像烏鴉一樣聚合的群眾，指無組織紀律的一群人。

　　烏煙瘴氣　比喻環境嘈雜、秩序混亂或社會黑暗。

yàn

燕

甲　篆

　　甲骨文的燕字，像張開翅膀飛翔的燕子，其本義即為燕子。古代燕與宴、晏讀音相同，因此燕字可借用為「宴」，有宴飲之義；又可借用為「晏」，有安逸、和樂等義。

　　燕雀　燕和雀皆為小鳥，不善高飛遠翔。比喻胸無大志且無足輕重的小人物。

　　燕遊　宴飲遊樂。燕，通「宴」。

　　燕爾新婚　新婚和樂。燕，通「晏」。

que

雀

甲　　　篆

自然 動物

　　雀是指一種體形較小的鳥，常見的有麻雀、山雀等。古文字的雀字，從小從佳（短尾鳥之總稱），專指那些體形小、尾巴短的鳥。又泛指小鳥。

　　雀息　屏住呼吸，不敢發出聲音。

　　雀躍　高興得像雀兒一樣跳躍。

fèng

鳳

甲

篆

　　鳳是傳說中的瑞鳥，是鳥中之王。甲骨文的鳳字，像
一隻長尾巴的鳥。此鳥頭上有冠，尾羽上有華麗的圖案，
其實就是孔雀的形象；有的鳳字還加上聲符凡。小篆的鳳
字是一個從鳥凡聲的形聲字。因為鳳是人們心目中的神
瑞之物，所以鳳具有美好、祥瑞的含義，如稱盛德為「鳳
德」，稱美麗的文辭為「鳳藻」，稱文才薈萃之地為「鳳
穴」，而皇帝或仙人所乘之車為「鳳車」，皇帝居住的京
城叫「鳳城」等。

　　鳳凰　傳說中的鳥名，雄曰鳳，雌曰凰，現在則統稱
為鳳凰。

雞

甲　　金　　篆

[鷄]

自然
動物

　　雞是一種家禽。甲骨文、金文的雞，是一個象形字，像一隻頭、冠、嘴、眼、身、翅、尾、足俱全的雞；小篆以後，雞字變成一個從隹（或鳥）奚聲的形聲字；簡化的雞字從又從鳥，則離其原來的形象越來越遠了。

　　雞肋　雞的肋骨，吃起來肉不多，但扔了又可惜，比喻那些乏味又不忍舍棄之物。

　　雞口牛後　比喻寧在局面小的地方自主，不願在局面大的地方受人支配。

　　雞犬升天　相傳漢朝淮南王劉安修煉成仙後，剩下的丹藥散在庭院裏，雞和狗吃了也都升了天。後來比喻一個人做了大官，同他有關係的人也都跟着得勢。

瞿
qú

瞿

篆

瞿字從隹從二目，本指鷹隼一類鷙鳥眼大而明銳的樣子。所以《說文解字》云：「瞿，鷹隼之視也。」人受驚會不由自主睜大眼睛，因此瞿也指人驚恐回顧的樣子，又引申為驚愕、驚悸的意思，讀 jù。後用作姓氏，讀 qú。

翟

　　翟字本是一個象形字。金文的翟字，像一隻頭上長着
一撮雞冠形羽毛的鳥。小篆從羽從隹，變成會意字。翟本
指長尾巴的野雞；引申指野雞的尾毛，古代將其用作服飾
或舞具。翟又通「狄」，指古代北方地區的民族。又用作
姓氏，讀 zhái。

　　翟茀（fú）　古代貴族婦女所乘的車，以雉羽作障蔽，
稱翟茀。

雉　𫜩　雞　雉

甲　　　篆

自
然
動
物

　　雉字從矢從隹，是個會意字，表示用箭射鳥，又指獵取到的禽類。古代射獵的禽類中以野雞為最多，所以到後來雉就專指野雞。此外，雉還借用為計算城牆面積的單位名稱，以長三丈高一丈為一雉；又引申指城牆。

　　雉堞　泛指城牆。

甲　　　　金　　　　篆

自
然
動
物

舊本是一種鳥的名稱，這種鳥又稱鴟鴞（chīxiāo），即貓頭鷹。據說鴟鴞非常兇猛，常常侵佔其他鳥的窩巢，獵食幼鳥。甲骨文、金文的舊字，像一隻鳥足踏鳥巢，正是鴟鴞毀巢取子的形象。此字後來多用為陳舊之義，與「新」相對；其本義則逐漸消失。

舊觀　原來的樣子。

舊居　從前曾經住過的地方。

舊調重彈　比喻把陳舊的理論、主張重新搬出來。又作「老調重彈」。

yì 隿

隿

篆

　　古人射獵禽鳥，往往在箭尾繫繩，以防射傷的禽鳥帶箭逃脫，難以尋覓。這種方法，稱為「弋射」。隿字從弋從隹，其本義即為弋射飛鳥。《說文解字》：「隿，繳射飛鳥也。從隹，弋聲。」則弋又兼作聲符。

chú

雛

甲　　　篆

　　雛是一個典型的形聲字，其本義為小雞。《説文解字》：「雛，雞子也。從隹，芻聲。」由小雞引申為幼鳥，也泛指初生的動物。

　　雛鳳　幼鳳，比喻有才華的子弟。

huò 獲	隻	雙雙	獲
	甲	金	篆

　　獲本指打獵時捕獲的禽獸,用作動詞,表示出獵而有所得,引申為俘獲、收獲、得到等義。甲骨文、金文的獲字,從又從隹,像捕鳥在手之形,與解釋為「鳥一枚」的「隻」字同形,屬會意字。小篆獲字變成從犬蒦聲的形聲字。

que

鵲

[䧿]

金　篆

　　喜鵲嘴尖、尾長、叫聲嘈雜。民間傳說聽見它叫將有喜事來臨，所以稱為喜鵲。金文和小篆的鵲字，像一隻張嘴的鳥，主要是強調喜鵲叫聲響亮嘈雜的特點。後來另造從佳（或鳥）昔聲的䧿（或鵲）字來代替它。

梟

梟

篆

　　梟，鳥名，也作「鴞」，俗稱貓頭鷹。舊時傳說貓頭鷹吃自己的生母，人們認為它是一種不孝之鳥；而且它形象兇猛，因此用來比喻惡人。舊俗：夏至之日，捕捉梟鳥，裂解肢體，將鳥頭懸掛樹上，以示除災。故《說文解字》云：「梟，不孝鳥也。日至，捕鳥磔之。從鳥頭在木上。」後世梟字多引申為兇狠、專橫、豪雄等義。

　　梟首　古代酷刑，斬頭並懸掛示眾。

　　梟雄　強橫而有野心的人物。

甲　　　金　　　篆

　　鳴字從口從鳥，本義為鳥叫；後來野獸、蟲類的叫，都可稱為「鳴」，如蟬鳴、驢鳴、鹿鳴等；後引申為敲響、發出響聲等義，如鳴鼓、鳴鐘、鳴槍、鳴炮、孤掌難鳴（一個巴掌拍不響，比喻一個人力量薄弱，難以成事）。

xí

習 習 習

甲　篆

　　甲骨文的習字從羽從日，羽即羽毛，代表鳥的翅膀，表示鳥兒在日光下練習飛翔。《説文解字》：「習，數飛也。」所以，習本指鳥兒練習飛翔，泛指學習、練習、復習，引申為通曉、熟悉之義，又指慣常、習慣。

　　習氣　長期以來逐漸形成的壞習慣或壞作風。

　　習性　長期在某種自然條件或社會環境下所養成的特性。

　　習用　經常用，慣用。

　　習非成是　對於某些錯的事情習慣了，反而認為是對的。

| 甲 | 金 | 篆 | huò 霍 |

古文字的霍字像眾鳥在雨中飛翔，本指鳥兒飛動的聲音；又可作為一般象聲詞，如磨刀霍霍。又引申出迅疾、渙散等義，如霍然而愈（疾病迅速好轉）、電光霍霍（電光閃動迅疾）等。後來把輕散財物稱為「揮霍」，就是取其渙散之義。

fèn

奮

金　　　篆

　　金文的奮字，從隹從衣從田，其中的衣象徵鳥兒的翅
膀，表示鳥兒在田間振翅飛翔。奮的本義為鳥兒張開翅膀
飛翔，引申為舉起、搖動、鼓動，又引申為振作、發揚。

奮飛　鳥振翅高飛，比喻人奮發有為。

奮勇　鼓動勇氣。

奮臂　高舉手臂，振臂而起。

奮不顧身　勇往直前，不顧己身之安危。

jin

進

甲　　　金　　　篆

　　進字是個會意字。甲骨文的進字,從隹從止,隹即鳥,止即趾,表示行走,所以進是鳥行走或飛行的意思。金文進字又增加一個表示行動的符號彳,就更加突出前進之義。進的本義為前行,即向前移動,與「退」相對;又指進入,與「出」相對。此外,進又有推薦、呈進之義。

　　進退維谷　進退兩難。谷,比喻困難的境地。

fēi

飛

篆

自
然

動
物

　　小篆的飛字，像鳥兒張開翅膀在空中飛翔的樣子，
它的本義即為飛翔。引申言之，凡物在天空飄蕩，都叫
「飛」，如飛蓬、飛雪。飛還可以用來形容快速、急促。

　　飛揚　　飛舞，飄揚。又比喻精神振奮，意志昂揚。

　　飛揚跋扈　指驕橫恣肆，不守法度。

　　飛短流長　指流言蜚語，說短道長，造謠中傷。

fēi

金　　篆

非

　　金文的非字，像兩隻反向的鳥翅。鳥兒張翅飛翔則兩翅必相背，因此非的本義為違背，引申為責難、詆毀。非又指過失、不對，引申為不、不是。

非凡　不平凡，不尋常。

非同小可　指事關重大，不可輕視。

自
然
動
物

　　古文字的集字，像鳥飛落在樹枝上，表示棲息。鳥類棲息，大多成群結隊，因此金文和小篆的集字有時寫三個隹，表示許多鳥停在樹上，表達聚集、集合之義。

zào

甲　　　篆

　　喿為「噪」的本字。喿字從木上三口，表示很多鳥在
樹上張口噪叫，本義為鳥群噪鳴，引申為吵鬧。此字
後加口旁而為「噪」，於是又產生了一個從口、喿聲的形
聲字。

chóu

讎

金　　　　篆

　　讎字是個會意字。金文讎字是面對面的兩隻鳥，中間的言表示兩鳥啼叫。讎的本義為對答、應答，引申為相對、對等、相當之義，又引申指對手、仇敵。此外，讎字還有應驗、校對之義。

　　讎問　指辯駁問難。

　　讎校　校對文字。

　　讎隙　仇恨、嫌隙。

隻

甲　　金　　篆

　　作為量詞的隻字，在甲骨文、金文和小篆中，均像一手抓住一隻鳥的樣子，其本義為一隻、一個。後來引申為單、單數，與「雙」相對。如《宋史》：「肅宗而下，咸隻日臨朝，雙日不坐（從唐肅宗李亨之後，都是單日上朝，雙日就不坐朝問政）。」

自然 動物

雙　雙

篆

　　一隻為隻，兩隻為雙。一手捉住兩隻鳥，這就是古文字的雙字。所以，雙的本義是兩個、一對，引申為偶數，與「單」相對。

　　雙關　用詞造句時表面上是一個意思，而暗中還隱藏着另一個意思。

　　雙管齊下　原指畫畫時兩管筆同時並用，比喻兩方面同時進行。

　　雙飛雙宿　比喻夫妻或情侶同居同行。

jiāo

焦

自然 動物

金文的焦字從隹從火，像用火烤鳥。小篆從三隹在火上，則表示烤了很多鳥。焦的本義為烤鳥，引申為物體經火烤而呈乾枯狀態，又泛指乾枯、乾燥，還可以表示人心裏煩躁、煩憂。

焦土　指焚燒後的土地。泛指乾枯的土地。

焦心　心情憂急。

焦渴　乾渴。又比喻心情急切。

焦金流石　金屬燒焦，石頭熔化，極言陽光酷烈。

焦頭爛額　救火時燒焦頭、灼傷額。比喻處境十分狼狽窘迫。

yí

彝

甲　　　金　　　篆

　　甲骨文、金文的彝字，像一個人雙手抓住一只反縛雙翅的雞，雞頭旁兩點代表殺雞時濺出的血滴，表示殺雞取血祭祀。彝的本義為殺雞祭祀，又泛指祭器，又專指古代一種盛酒的器具。此外，彝還有法度、常規的意思。

　　彝器　古代青銅祭器，如鐘鼎尊俎之類。

　　彝倫　天地人之常道。

羽 yǔ

甲　　篆

　　甲骨文的羽字，像鳥類羽翼，本指禽類翅膀上的毛，所以由羽字組成的字大都與羽毛或翅膀有關，如習、翎、翔、翻、翼等。羽又是鳥類的代稱，如奇禽異羽。羽還可以代指箭矢，因為古代箭尾綁有羽毛，使箭在飛行時定向。如負羽從軍，就是背負着箭矢去參軍打仗。

yì

翼

甲　　　金　　　篆

　　翼本來是個象形字。甲骨文、金文的翼字，像鳥的羽翅，或作雙翅翻飛之狀，其本義即為鳥的翅膀。晚期金文及小篆的翼字，又加上羽或飛作為義符。鳥翅生在身體兩側，因此翼指物體的兩側部分，如機翼，又指戰地的兩側或左右兩軍。此外，翼還可用作動詞，有遮蔽、輔助等義。

　　翼翼　小心謹慎的樣子。

　　翼衞　護衞。

　　翼蔽　隱蔽，掩護。

　　翼戴　輔佐擁戴。

xī

翕

篆

翕字由合、羽會意，表示鳥兒收攏翅膀，其本義為閉合，引申為收縮、斂息以及合、聚、和順等義。

翕動 （嘴唇等）一張一合地動。

翕張 一合一開。

翕忽 迅疾的樣子。

翕然 一致的樣子。

fān

番

金　　篆

番為「蹯」的本字。金文番字從釆從田，釆像野獸的腳掌印，表示野獸在田間留下的足跡。番的本義為獸足，引申為更替、輪值之義，又用作量詞，相當於「次」。舊時漢族蔑視外族，稱少數民族或外國為「番邦」，即野蠻之邦。

番地　舊時指我國西部邊遠地區。

番役　輪番服役。又指緝捕罪犯的差役，也稱「番子」。

金　　　　篆

自
然
動
物

　　金文的皮字，像用手（又）剝取獸皮，其本義即為
獸皮，又指經過加工脫去毛的獸皮，即皮革。皮還可泛指
一切物體的表面層，如樹皮、地皮等，引申為表面、膚淺
等義，如皮相（指膚淺的認識或只看表面）等。

　　皮之不存，毛將焉附　連皮都沒有了，毛依附在哪兒
呢？比喻事物失去了藉以生存的基礎，就不能存在。

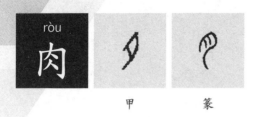

肉 ròu

甲　　篆

　　古文字的肉字，像一塊帶肋骨的牲肉，其本義為動物
的肉，又引申為植物果實可以食用的部分，如棗肉、筍
肉、龍眼肉等。漢字中凡以肉（月）為偏旁的字大都與人
和動物的肌體有關，如腸、股、腳、腰、臉等。

yǒu

有

甲　　　金　　　篆

　　古文字的有字，從又從肉（月），像人手持肉塊，表
示持有。有的本義為佔有、取得，與「無」相對，引申為
存在。

　　有口皆碑　人人滿口稱頌，像記載功德的石碑。

　　有備無患　事先有準備，可以避免禍患。

zhi

炙

篆

　　小篆的炙字，從肉在火上，表示用火烤肉。它的本義
為燒烤，又指烤熟的肉。

　　炙手可熱　火焰灼手。比喻權勢和氣焰很盛。

　　炙冰使燥　用火烤冰，想使它乾燥。比喻所行與所求
相反。

pàng

胖

篆

　　胖字由半、肉（月）會意，本指古代祭祀時用的半邊
牲肉，這個意義讀 pàn。半邊牲肉是一大塊，因此胖字又
指大肉。《說文解字》：「胖，半體肉也。一曰廣肉。從半
從肉，半亦聲。」則半又兼作聲符。後世多用為肥大之義，
與「瘦」相對。

甲　　篆

　　骨，即骨骼，指人或動物肢體中堅硬的組織部分。甲骨文的骨字，像一堆剔去肉的骨頭；小篆骨字加肉（月）旁，強調它是身體的一部分。漢字中凡從骨的字都與骨骼有關，如骷、骰、骼、髀、髓等。

　　骨幹　支撐人或動物形體的骨架，比喻在整體中起主要作用的人或事物。

　　骨肉　比喻緊密相連、不可分割的關係。又指至親，如父母兄弟子女等。

　　骨格　指人的品質、風格。又指詩文的骨架和格式。

甲　　　　篆

歹本指剔去肉的殘骨，在古文字中寫作「歺」，讀è。甲骨文的歹字，正像殘骨之形，有的還在殘骨旁加點表示骨上剔剩的碎肉。在漢字中，凡從歹的字，均與細碎、殘敗、枯朽、死亡、疾病、災禍等義有關，如殘、殫、殄、殊、殲、殤、死、殯、殃等。後世讀dǎi的同形字「歹」，表示的是一個從蒙古語中借來的詞，意為惡、壞，與「好」相對，如歹人、歹毒等。

甲　　　金　　　篆

自
然
動
物

　　甲骨文和金文的角字，像獸角之形，其本義即為獸角，如牛角、羊角、鹿角等。牛羊之類的角，是護身和決鬥的一種武器，所以把比武和決鬥定勝負稱為「角力」。此外，角在上古時曾充當飲酒的容器，後來用作計量單位，所以以角為偏旁的字多與酒器和量器有關，如觚、觴、斛等。角表示競爭、戲劇角色時，讀 jué。

　　角逐　　爭奪，競爭。

　　角色　　演員扮演的劇中人物。

甲	金	篆	jiě 解

　　甲骨文的解字，像兩手分開牛角，其本義為剖開、分解肢體，如庖丁解牛；引申為解開、消散、分裂、脫去、排除等義；進一步引申，還有分析、解釋、理解、曉悟等義。此外，解字又是一個多音字：表示押送之義的解應讀 jiè；而作為姓氏的解，則應讀 xiè。

　　解人　見事高明能通曉人意者。

　　解決　排難解紛，做出決斷。

　　解放　除罪釋放。現在指解除束縛，得到自由。

　　解衣推食　贈人衣食，指關心別人生活。

　　解（jiè）元　科舉時，鄉試第一名稱為解元，也稱解首。因鄉試本稱解試，故名。

máo

毛

金　篆

　　金文的毛字，像人或動物的毛髮。它本指人和動物身
上的毛髮，泛指動植物的表皮上所生的叢狀物，引申為粗
糙的、未加工的。從毛的字大都與毛髮有關，如氈、毫、
毯等。

毛皮　帶毛的獸皮，可製衣、帽、褥子等。

毛糙　粗糙，不細致。

毛茸茸　形容動植物細毛叢生的樣子。

毛骨悚然　形容很害怕的樣子。

篆

　　氂是個會意兼形聲字。氂字由犛（省牛）、毛會意，犛即犛牛。氂本指犛牛的尾巴，也泛指其他獸尾。《説文解字》：「氂，犛牛尾也。從犛省從毛。」毛又兼作聲符。氂多引申指長毛，又引申為毛織物，還可與犛通用，專指尾毛細長的犛牛。

zhú

竹

𥫗
金

竹
篆

自
然
植
物

　　竹，即竹子，是一種多年生的禾本科常綠植物。金文
的竹字，像兩枝下垂的竹枝。在古書中，竹還可以代指竹
簡和竹製管樂器，如笙簫之類。

　　竹帛　竹指竹簡，帛指白絹。古代還未使用紙張之
時，多以竹簡和絹帛為書寫材料。後用以指書冊、史籍。

gān

竿

篆

　　竿即竹竿。竿字由竹、干會意，干又兼作聲符。干是
指物體的主體部分，而竹竿即是截取竹子的主幹而成的。
《説文解字》：「竿，竹梃也。從竹，干聲。」段玉裁注：
「梃之言挺也，謂直也。」竹竿挺直，故又稱竹梃。其用途
頗多，可以用作抬物的竹杠，也可以用作撐船的長篙。

策 𥬒 𥷚

金　　篆

　　策的本義為馬鞭。小篆的策字，從竹從束（束又兼
作聲符），表示這種鞭馬的工具最初是由竹條或棘條做成
的。策由馬鞭引申為鞭打、駕馭、督促、勉勵等義。此
外，策又指古時用於計算的小籌條。這種籌條可以用來占
卦，與蓍草的作用相當。金文的策字或作從竹從片從斤，
表示這是用利器削製而成的小竹片。策用於計算，因此又
有謀算、謀劃、謀略等義。同時，策還可以通「冊」，指
簡冊。

　　策士　謀士。

　　策劃　籌謀，計劃。

　　策府　古代帝王藏書之所。同「冊府」。

　　策應　指兩部分軍隊配合協同作戰。

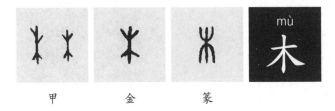

| 甲 | 金 | 篆 | mù
木 |

　　木是一個象形字，字形像一棵小樹，上有枝，下有根，中間是樹幹。所以，木的本義為樹，是木本植物的通稱；現在多用於指木材、木料，如木馬、木工、木屐、木偶等。在漢字中，凡以木為偏旁的字，大都與樹木有關，如本、末、果、析等。

林

| 甲 | 金 | 篆 |

　　林字由兩個木組成，表示樹木眾多，其本義是成片的樹木。引申為人或事物的會聚叢集。如帆檣林立、儒林、藝林、民族之林、書林等。

　　林泉　山林與泉石，指幽靜宜於隱居之地。

　　林莽　指草木茂盛的地方。

　　林林總總　林林，紛紜眾多的樣子。形容事物繁多。

sēn

森

甲　　　篆

森字由三個木組成，是樹木眾多、叢林茂密的意思。林木茂密，往往給人一種陰沉、幽暗、肅穆之感，所以森又有陰森、森嚴之義。

森林 指叢生的群木，現在通常指大片生長的樹木。

森羅萬象 指紛然羅列的各種事物或現象。

藝

甲　　金　　篆

　　甲骨文、金文的藝字，像一個人雙手捧着一棵樹苗，樹下有土。它的本義為栽樹，泛指種植。種植在古代可以說是一種非常重要的生活技能，所以藝又引申指某種特殊的才能或技術，如藝術、工藝等。

　　藝術　古代泛指各種技術技能。

甲　　金　　篆

xiū

休

　　休字從人從木，像一個人背靠大樹乘涼歇息的樣子，其本義即為歇息，又有停止之義。能夠背靠大樹休息一下，對於在炎炎烈日下從事田間勞動的人來說，無疑是一種美好的享受。因此，休又有美好、吉利、喜樂等義。

　　休養生息　休養，休息調養；生息，人口繁衍。指在戰爭或社會大動蕩後，減輕人民負擔，恢復生產，安定社會秩序。

　　休戚相關　休，喜悦，吉利；戚，憂愁，悲哀。憂喜、禍福彼此相關聯。形容關係密切。

支 zhī

金　篆

支為「枝」的本字。金文的支字，像人手持一條小樹枝（或竹枝）的樣子。支的本義為枝條，引申為分支、支派、支流；用作動詞，有伸出、豎起、支撐、支持、分派、指使等義。

支吾　言語含混閃躲，有應付搪塞的意味。

支使　唆使或指派別人做事。

支配　調度。

金　　　篆

古文字的朱字，像一棵樹，中間的一點或短橫為指示符號，指明樹幹所在的位置。朱本義為樹幹，是「株」的本字。後來朱字多借用來指一種比較鮮豔的紅色，即朱紅，故另造「株」字來表示它的本義。

朱門　紅漆門。古代王侯貴族的住宅大門漆成紅色，表示尊貴，故稱豪門大戶為朱門。

朱批　清代皇帝在奏章上用紅筆寫的批示。

běn
本

金

篆

　　本的本義為樹木的根。從本字的字形看，是在木的根部加上一圓點或短橫，以指明樹根的位置。由此引申出根本、基礎、本體、主體等意義。

　　本末　樹木的根和梢，用以比喻事物的始終、原委或主次、先後。

　　本末倒置　主次顛倒。

　　本質　事物的根本性質。

mò

末

金　　　篆

末的本義為樹梢。從末字的字形看，是在木上加一圓點或短橫，以指明樹梢所在的位置。末由樹梢之義，引申為事物的頂端、尾部，再引申為最終、最後、非根本的、不重要的，再進一步引申為細小的、渺小的、淺薄的等義。

末流　河水的下游，比喻事勢的後來發展狀態，又指衰亂時代的不良風習。

末路　絕路，比喻沒有前途。

末節　小節，小事。

末學　膚淺、無本之學。

自然
植物

甲　　　金　　　篆

自然
植物

　　古文字的未字，像樹木枝葉重疊的樣子，表示枝葉茂盛。此字後來多借用為干支名，表示地支的第八位，其本義不再使用。此外未又可以用作否定副詞，表示沒有、不曾等意義。

　　未來　佛教語。泛指現在以後的時間。

　　未然　還沒有成為事實。

　　未遂　沒有達到（目的）。

　　未雨綢繆　趁着天沒下雨，先修繕房屋門窗。比喻事前準備或預防。

méi

枚

甲　金　篆

自
然
植
物

　　甲骨文、金文的枚字，像人手持刀、斧一類利器砍樹枝，削去旁枝，留下主幹，使成棍狀，因此枚字的本義是小樹幹、小木棍。《說文解字》：「枚，幹也。可為杖。從木從攴。」又用作量詞，相當於「個」「件」。

　　枚卜　古代以占卜法選官，逐一占卜，故也稱選官為「枚卜」。

　　枚舉　一一列舉。

　　柄字從木丙聲，是個形聲字。小篆的柄或從秉。秉有
執持之義，而柄的本義為器物的把手，是便於手執之處，
則由秉、木會意，秉又兼作聲符，屬於會意兼形聲的結
構。柄字由把手之義，引申為根本，又比喻權力；用作動
詞，則有執掌、主持之義，通「秉」，如柄國、柄政等。

　　柄臣　掌權的大臣。

　　柄用　被信任而掌權。

wù

杌

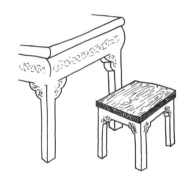

自
然
植
物

　　杌，又稱「杌凳」，俗稱「兀子」，是一種矮小的板凳，下部有腳，上面為一平板。杌字由木、兀會意，兀有頂端平坦之義，表示這是一種頂部為一簡單平面的坐具，以區別於帶靠背的椅子。

　　杌隉　（指局勢、局面、心情等）不安。也作「阢隉」「兀臬」。

chà

杈

自
然
植
物

　　杈字由木、叉會意，叉又兼作聲符。叉是分叉、岔開的意思，因此杈字本指樹幹的分枝或樹枝的分岔，又指叉形的用具，如魚杈、禾杈等。

　　杈子　舊時為了阻攔人馬所設的木架，由一橫木連接數對兩相交叉的豎木。也稱「行馬」，俗稱「拒馬叉子」。

liáng

梁

篆

　　梁字由水、木會意，又加刅作聲符，它的本義是水上的木橋。《說文解字》：「梁，水橋也。從木從水，刅聲。」段玉裁注云：「梁之字，用木跨水，則今之橋也。」又指堰壩、河堤、屋梁檁木以及隆起成長條的事物，如山梁、鼻梁等。

　　梁木　棟梁之材。又比喻肩負重任的人。

　　梁上君子　竊賊的代稱。典出《後漢書·陳寔傳》。

自
然

植
物

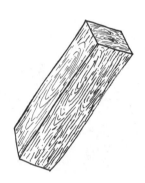

　　楞字由木、四、方會意，表示木塊或木器外形四方有
棱角，其本義即為棱角。同「棱」。

楞層　猙獰、嚴厲的樣子。

楞梨　梨的一種。

zhù

篆

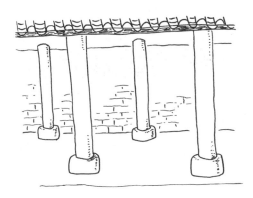

　　古代的房屋多為木構建築，以梁和柱支撐。柱是建築
物中直立的起支撐作用的構件，其作用最為重要，一般都
要選用比較粗大且挺直的木材。柱字由主、木會意，表示
在房屋木構建築中，立柱起主要支撐作用。《說文解字》：
「柱，楹也。從木，主聲。」則主又兼作聲符。

　　柱石　柱子和柱子下面的基石。又比喻擔負重任的人。

　　柱天　撐天，支天。

méi

楣 楣

篆

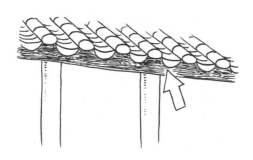

　　楣，即屋簷邊椽木底端的橫板，有時又指門框上邊的橫木（即門楣）。其位置大致相當於人的眉部，故楣字由木、眉會意。《説文解字》：「楣，秦名屋櫏聯也。齊謂之簷，楚謂之梠。從木，眉聲。」則眉又兼作聲符。

自然植物

ruì

枘

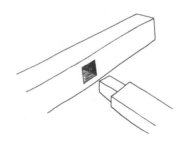

　　枘即榫（sǔn）頭。從結構上分析，枘是一個會意兼
形聲字。它由木、內會意，表示木榫頭可以插入鑿空的卯
眼之內。內又兼作聲符。

　　枘鑿　「方枘圓鑿」的省稱，即以方榫插圓卯，難以
插入，比喻兩不相合，格格不入。也作「鑿枘」。

。zhà

栅

篆

　　栅，即栅欄。古代的栅欄是用豎木條編聯而成，現在的栅欄則多用鐵條。栅字從木從冊，冊像栅欄之形。《說文解字》：「栅，編樹木也。從木從冊，冊亦聲。」則冊又兼作聲符。

甲　　　金　　　篆

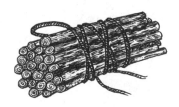

自然　植物

　　困字從木在口中，實即「捆」的本字，表示柴木被綁束，引申為被困，使處於困境險地，又有艱難、窘迫、貧乏、短缺、疲憊等義。

　　困乏　貧困。又指疲倦。

　　困厄　窘迫，貧苦。

　　困學　遇困難而後學，後泛指刻苦求學。

　　困獸猶鬥　被圍困的野獸仍要做最後掙扎，比喻在絕境中還拚命抵抗。多用作貶義。

qī

漆 茶 灆

篆

　　漆的本字為「桼」。小篆的桼字，像樹上有液體
流出，其本義為漆樹，又指用漆樹皮裹的黏液製成的塗
料。《說文解字》：「桼，木汁可以漆物，象形，桼如水滴
而下。」

自
然
植
物

束 是「刺」的本字。甲骨文、金文的束字，像一棵長滿尖刺的樹。它的本義是樹上的刺。《說文解字》:「束，木芒也。」芒，即尖刺。漢字中凡從束之字，都與帶刺的樹木有關，如棗、棘等。

棗，即棗樹，屬喬木，幼枝上有刺，結核果，味甜可食，木質堅硬，是製作器具、雕版等的常用材料。棗字由上下兩個束重疊而成，表示它是帶刺的高大喬木，而非低矮叢生的灌木。

棗本 以棗木刻版印刷的書。

棗梨 指木刻書版。古人以梨木、棗木為雕刻書版的上選材料。又作「梨棗」。

金　　　篆

棘是一種叢生的小棗樹，即酸棗樹。棘字由兩個束並列組成，表示它是一種低矮叢生的帶刺小灌木，而非高大的喬木。此外，棘還泛指山野叢生的帶刺小灌木和帶刺的草本植物。

甲　　　金　　　篆

自然
植物

　　古文字的束字，像用繩索捆紮口袋兩端，有的形體則像捆綁木柴。所以，束字的本義為捆綁，後來又引申為管束、束縛等義。

cháo

巢

甲　　　金　　　篆

　　小篆的巢字，下面是木，木上是鳥巢形，巢上的三曲
則像巢中幼鳥伸出來的頭嘴，表示鳥兒在樹上的窩巢中棲
息。所以巢字的本義是鳥窩，也泛指其他動物的窩，如蜂
巢、蟻巢等。

　　巢穴　鳥獸藏身棲息的地方。穴指洞穴。

西 xī 甲 金 篆

　　甲骨文、金文的西字，像一個鳥巢。小篆的西字，在鳥巢之上添一道像鳥的曲線，表示鳥在巢上。所以，西的本義為鳥巢，又有棲息之義。百鳥歸巢棲息，一般在黃昏太陽落山的時候，因此西又可用作方位詞，指太陽落山的方向——西方，與「東」相對。

　　西風　指秋風。

　　西天　我國佛教徒稱佛祖所在的古天竺為「西天」，即今印度。

甲　　　　金　　　　篆

　　果是一個象形字。甲骨文的果字，像一棵樹上結滿果實的樣子；金文果字的果實減為一個，但果形更大更突出；小篆果字則將果形誤為田，意思就不明顯了。果字本義是樹木所結之實，引申為事物的結局（如結果），又有充實、飽滿以及決斷等義。

　　果報　即因果報應，佛教語。通俗一點講，就是所謂的善有善報，惡有惡報。

　　果腹　吃飽肚子。

　　果斷　有決斷，不遲疑猶豫。

自
然
植
物

某

金　篆

自
然
植
物

　　某為「梅」的本字。《說
文解字》:「某,酸果也。」古
文字的某字,像樹上結果之
形;又有人認為某字從木從
甘,表示果實酸甜。總之,
某本指樹上結的酸果。此字
後來多用為代詞,代指一定
的或不定的人、地、事、物
等,而另造「梅」字來表示
它的本義。

甲　　　　金　　　　篆

　　甲骨文的栗字，像一棵樹的枝上結滿果實，果實的外
殼長滿毛刺。這種長滿毛刺的果實就是栗子，俗稱「板
栗」。栗本指栗子，又指栗樹。因栗子內殼堅硬，外皮毛
刺繁密，因此栗又引申出堅硬、嚴密之義。此外，栗又通
「慄」，指因恐懼或寒冷而發抖。

栗烈　猶凜冽，形容嚴寒。

栗縮　戰栗畏縮。

葉
yè

金　　篆

　　葉是植物的營養器官之一，多呈薄片狀。金文的葉字，上部的三點即像樹枝上的葉片。小篆葉字增加草頭，表明葉子本身具有草本的特質。而簡體的葉字，則是用了一個音近的假借字。

　　葉落歸根　比喻事物有了一定的歸宿，多指客居他鄉的人終究要回到本鄉。

自
然
植
物

金　篆

　　古文字的世字，像樹枝帶葉之形，當即「葉」的初文，引申為世代之義。古人以三十年為一世，父子相繼也為一世，人的一生也稱為一世。

　　世界　原為佛家語，指宇宙。其中世指時間，界指空間。又專指人間。

　　世傳　世世代代相傳下來。

　　世道　指社會狀況。

　　世風　社會風氣。

　　世故　處世經驗。又指處事待人圓滑，不得罪人。

　　世交　上代就有交情的人或人家。又指兩代以上的交情。

　　世面　社會上各方面的情況。

　　世態　指社會上人對人的態度。

　　世襲　指帝位、爵位等世代相傳。

813

ěr

爾

| 甲 | 金 | 篆 |

　　甲骨文及早期金文的爾字，像花枝累垂之形，表示花
朵繁茂，當即「薾」的本字。後借用為第二人稱代詞，相
當於你、你們；又用為如此、這、那等義。

　　爾爾　如此而已。也是應答詞，猶言「是是」。

　　爾曹　猶言你們這些人。

　　爾虞我詐　指互相欺騙，互不信任。虞，欺騙。

duǒ

篆

　　小篆的朵字，從木，上部像樹上的花朵，其本義為花朵，後用作計算花朵的量詞。因人及其他哺乳動物的耳朵形如花朵，故又借用為耳朵之朵。而耳朵位於頭面的兩側，故朵又轉指兩側。

　　朵樓　正樓兩旁的附樓。

　　朵頤　鼓動兩邊的腮頰嚼食的樣子。現在常用來形容痛快淋漓地享受美食的樣子。

sāng
桑

甲　　　　　篆

自
然
植
物

　　桑即桑樹，是一種闊葉喬木，其葉可用來餵蠶。甲骨
文的桑字是個象形字，像一棵枝葉繁茂的樹。小篆的桑
字，樹葉與枝幹分離，葉形又訛變成三個「又」，已失去
象形的意味。

　　桑梓（zǐ）　桑樹和梓樹，代指家鄉。

　　桑榆暮景　落日的餘暉照在桑樹和榆樹樹梢上，比喻
年老的時光。

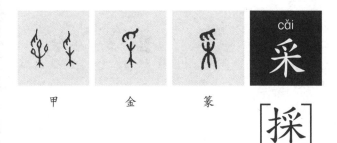

cǎi

采

[採]

甲　　金　　篆

自然

植物

　　采是一個會意字。甲骨文的采字，像一個人用手去採摘樹上果實或樹葉，其本義為摘取，引申為搜羅、收集。金文、小篆的采字從爪從木，略有簡化；而繁體楷書增加手旁，則屬繁化。其實，采字上部的「爪」就是手形，增加手旁，是沒有必要的重複。

　　采風　古代稱民歌為「風」，因稱搜集民間歌謠為「采風」。

huá

華

| 甲 | 金 | 篆 |

　　華為「花」的本字。甲骨文的華字，像一棵樹上繁花盛開。所以，華的本義是樹上開的花，後來泛指草木之花。鮮花盛開，煥發出美麗光彩，象徵着繁榮茂盛，因此華又含有美觀、華麗和繁盛等義。

　　華滋　茂盛。

　　華瞻　指文章富麗多彩。

　　華麗　美麗而有光彩。

　　華而不實　只開花不結果。比喻外表好看，內容空虛；或言過其實。

róng

榮

金　　　篆

　　榮的本義為草木開花，從木、熒。熒即熒的本字，表示鮮花光豔照人，又兼作聲符。榮是花開繁盛的樣子，含有茂盛、興盛的意思，又引申為光榮、榮耀之義。

榮華　草木的花，又指興旺、茂盛，引申為富貴榮耀。

榮枯　草木的盛衰，比喻政治上的得志和失意。

榮譽　光榮的名譽。

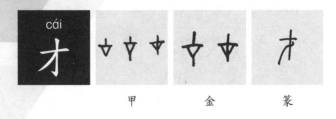

cái

才

甲　　　　金　　　　篆

自
然

植
物

　　甲骨文、金文的才字，像植物從地下冒出，其本義為
草木初生，引申為剛剛開始。《說文解字》：「才，艸（草）
木之初也。」在典籍中，才字多用為才能、才幹、資質、
品質之義，與「材」字相通。

　　才子　古代指德才兼備的人。後指特別有才華的人。

　　才氣　才能氣概。

　　才疏學淺　才能和學問都很淺陋。常用作自謙之辭。

　　才疏意廣　才能謀略疏淺而抱負甚大。也作「志大
才疏」。

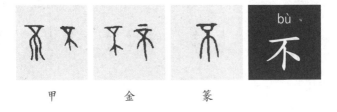

甲　　　金　　　篆　　　bù 不

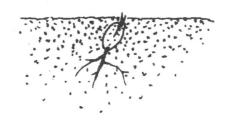

自然植物

　　不為「胚」的本字。甲骨文的不字，上面的一橫表示地面，下面的須狀曲線表示種子萌發時首先向地下生長的胚根。所以，不字本指植物的胚根，後來多借用為否定詞，於是本義逐漸消失。

　　不易之論　內容正確、不可改變的言論。

　　不可救藥　病重到不可救治，比喻人或事物壞到無法挽救的地步。

　　不一而足　不止一種或一次，形容很多。

屯

甲	金	篆

　　甲骨文、金文的屯字，像一顆種子剛剛發出來的小嫩芽，上面的圓圈（或圓點）是種子還未脫去的外殼，所以屯字的本義當為草木初生的嫩芽，讀 zhūn。草木初生，需要脫殼破土，十分艱難，故屯字又有艱難之義。此外，屯又讀 tún，有聚集、駐守等義，如屯戍（聚集兵力，駐守邊防）、屯兵（駐兵，又專指駐守邊疆、從事墾荒的軍隊）。

屯落　指村莊。

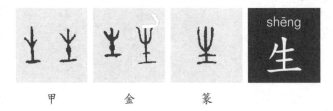

甲	金	篆	sheng 生

　　甲骨文的生字，像地面上剛長出來的一株幼苗，其本義即為植物生長、長出。後泛指一切事物的產生和成長，如出生、生育、發生等；又引申為活的意思，與「死」相對；再引申為生命、生活、生年等義。總之，生字的引申義非常廣泛，可以組成的詞也非常多。

　　生氣　元氣，使萬物生長發育之氣。

fēng

丰

甲

篆

　　甲骨文的丰字，像植物根莖壯碩、枝葉繁茂的樣子，
其本義為草木茂盛，引申為美好的容貌和姿態。小篆丰字
的字形發生了訛變。

　　丰采　風度，神采。

　　丰姿　美好的容貌姿態。

　　丰神　風貌神情。

pìn

朮

篆

　朮字本指剝掉麻稃的皮。其小篆字形即像麻稃、莖
皮分離之形。《說文解字》:「朮,分枲莖皮也。從屮、八,
象枲之皮莖也。」枲是未經剝皮的雄麻,皮韌,纖維質佳;
而朮是經過剝皮的麻。

má

麻

麻
篆

[蔴]

自然
植物

麻是大麻、亞麻、苧麻、黃麻、蕉麻等植物的統稱。麻類莖皮中的植物纖維是紡織的重要原料。小篆的麻字，表示人在敞屋內刮剝麻皮。麻質粗糙，故麻字有不平、不光滑之義。人臉上的痘瘢稱為「麻子」，而感覺酥癢鈍澀曰「發麻」。

麻木　感覺遲鈍不靈。

麻痺　喪失知覺和運動的機能。又指失去警惕，疏忽大意。

麻煩　煩瑣，費事。又指使人費事或增加負擔。

cǎo

草

篆

[艸]

　　草是草本植物的總稱。古文字的草是個象形字，像兩
棵有杆有葉的小草，表示草多叢生。楷書草字為形聲字，
實際上是借用「皂」的本字。漢字中凡從草的字大都與植
物（特別是草本植物）有關，如芝、苗、荊、薪等。

　　草莽　叢生的雜草，泛指荒野。又比喻退居鄉野而不
做官，或比喻盜賊。

　　草菅人命　把人命看得和野草一樣。指任意殘害人命。

　　草稿　指起草後未經改定謄正的文字。

huì

卉

篆

　　卉是各種草的總稱。一般多指供觀賞的草，如花卉、
奇花異卉等。小篆的卉字，像三棵小草，表示草木眾多。

　　卉木　即草木。

　　卉服　用草織的衣服。又稱「卉衣」。

　　卉醴　指花蜜。

			chú
甲	金	篆	芻

甲骨文、金文的芻字，像一隻手抓住兩棵草，表示用
手拔草。它的本義為拔草，又指割草。割草是為了餵牲
口，所以芻又專指餵牲口的草，又指用草料餵牲口，引申
指食草的牲口，如牛羊等。

芻言 草野之人的言談。常用來謙稱自己的言論，又
作「芻議」。

芻秣 飼養牛馬的草料。

芻豢 指牛羊犬豕之類的家畜，牛羊食草為芻，犬豕
食穀為豢。也指供祭祀的犧牲。

miáo

苗

篆

　　苗字是個會意字。小篆的苗字，像草生於田中。苗字本指莊稼，特指未揚花結實之禾，也泛指所有初生的植物。苗字由初生之義，還可引申為事物的預兆、後代等義。

　　苗條　原指植物細長而多姿，現多指婦女身材細長柔美。

　　苗頭　事物的預兆。

　　苗裔　後代。

　　苗而不秀　只出了苗而沒有結穗，比喻本身條件雖好，但沒有成就。

zhuó

茁

篆

自
然
植
物

　　茁字由艸、出會意，本指草木剛長出地面的樣子。
《說文解字》：「茁，艸（草）初生出地貌。從艸，出聲。」
則出又兼作聲符。

　　茁茁　草剛長出的樣子。

　　茁壯　生長旺盛。又指強壯、健壯。

篆

　　蔓是指葛草一類的藤生植物。木本曰藤,草本曰蔓。
蔓字由艸、曼會意,曼有蔓延伸展之義,而蔓延爬伸、連
綿不斷,正是藤生植物的主要特徵。《說文解字》:「蔓,
葛屬。從艸,曼聲。」則曼又兼作聲符。蔓用作動詞,有
蔓延、滋長之義。

　　蔓衍　向外滋長延伸。猶「蔓延」。

　　蔓辭　蕪雜煩冗的文字。

篆

[萍]

　　萍即浮萍，又稱水萍，是一種浮生於水面的植物。萍字從艸從水，表示它是一種水中的草本植物；又從平，是指這種植物的葉片平浮於水面。平又兼作聲符。

　　萍寄　水萍飄浮無根，寄生水面，比喻人行止無定。

　　萍蓬　萍，浮萍；蓬，蓬草。浮萍蓬草皆漂泊不定之物，比喻人行蹤不定。

　　萍蹤　比喻行蹤不定。

　　萍水相逢　浮萍隨水漂泊，聚散不定。比喻向來不認識的人偶然相遇。

菜 cài

篆

　　菜字從艸從采，是指可供采食的植物，本指蔬菜，即充當副食的植物，又指經過烹調的蔬菜、蛋、肉類等用於佐餐的副食。《說文解字》：「菜，艸（草）之可食者，從艸，采聲。」則采又兼作聲符。

菜圃　菜園。

菜色　指人因為主要用菜充飢而營養不良的臉色。

菜蔬　蔬菜。又指家常飯食或宴會所備的各種菜。

金　　　　石　　　　篆

自
然

植
物

　　薦字從艸從廌，表示廌獸吃草，本指動物吃的水草，
引申為草床、草墊，又引申為進、獻、推舉之義。

　　薦享　祭祀時進獻祭品。

　　薦居　逐水草而居。

　　薦賄　進獻財物。

wěi

萎

篆

自
然
植
物

　　萎字的本義是草木乾枯，引申為枯萎、衰頹、衰落等義。草木乾枯，則其花葉委垂，凋落，故萎字由艸、委會意，艸即草，委又兼作聲符。後世也稱喂牛馬的乾草芻秣為萎。《說文解字》：「萎，食（sì）牛也。從艸，委聲。」食牛即餵牛。

　　萎蔫　植物因缺乏水分而莖葉萎縮。

　　萎縮　（身體、草木等）乾枯。又比喻經濟衰退。

　　萎謝　（花草）乾枯凋落。

芯指燈芯，油燈上用來點火燃燒的燈草，多由草、線、紗等做成。芯字從艸從心，表示燈草在火焰的中心。芯字又讀 xìn，指裝在器物中心的撚子之類的東西，如蠟燭的撚子稱為蠟芯兒、爆竹的引線稱為引芯。

gài

蓋

金　　篆

　　蓋字由艸、盍會意，盍有覆蓋、蓋合之義，因此蓋本指用茅草編成的覆蓋物，即苫子；又泛指車蓋、傘蓋以及器皿的蓋子等。蓋用作動詞，則有覆蓋、覆壓之義，引申為壓倒、勝過之義。

　　蓋世　壓倒當世。多指本領高強，無人能敵。

　　蓋棺定論　指人死後，一生的是非功過才有公平的結論。

jiǔ

韭

篆

[韮]

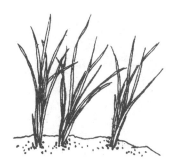

　　韭，即韭菜，草本植物，葉子細長，味美。小篆的韭字，像一棵兩邊開葉整齊的韭菜，下面的一橫代表地面。

guā

瓜

金

篆

自
然
植
物

　　瓜指的是蔓生植物所結的子實，有蔬瓜、果瓜之分。
金文瓜字像藤蔓分叉處懸結一瓜。由於瓜的形狀不易辨
認，所以為了表示瓜，就連帶把瓜蔓也畫了出來。

　　瓜分　比喻像剖瓜一樣分割國土或劃分疆界。

　　瓜葛　瓜和葛都是蔓生植物，比喻輾轉相連的親戚關
係或社會關係，也泛指兩件事互相牽連的關係。

甲　　　　金　　　　篆

　　我國的商代、周代社會已經全面進入了以農業為主的
時代。在甲骨文和金文中出現了大量有關農作物的字，如
禾、黍、來（「麥」的本字）、粟等。其中的禾字，像一
株有根有葉、穀穗下垂的植物。禾是穀類植物的總稱，但
在秦漢以前，禾多指粟，即今之小米，後世則多稱稻為
禾。在漢字中，凡以禾為義符的字，都與農作物或農業活
動有關，如秉、秋、秀、種、租等。

suì

穗

篆

[采]

　　穗，即禾穗，是指稻、麥等禾本科植物聚生在莖的頂端的花或果實。小篆的穗字，從爪在禾上，表示用手摘取禾穗；或作從禾惠聲，則屬後起的形聲字。穗又指用絲線、布條或紙條等紮成的穗狀裝飾品。

自然

植物

dào

稻

金　　　篆

　　稻為五穀之一，是指禾本科植物水稻。水稻所產的
果實即大米。金文的稻字由𣥚（𣥚為衍加義符，無義）、
爪、米、臼組合而成，表示將稻穀放在臼中舂搗成米；後
省為從禾（或米）從舀。舀又兼作聲符。

　　稻粱謀　本指鳥覓食。後比喻人謀求衣食。

委 wěi

甲　　　篆

　　甲骨文的委字，從禾從女。禾像穀穗低垂之形，取其
彎折之義；女像女子跪坐雙手低垂狀，取其柔順之義。因
此，委字的本義為委曲、曲折，引申為衰頹、放棄、推
卸、托付等義。

　　委屈　屈抑不伸。常指有冤屈得不到洗雪，或有才能
無法施展。

　　委婉　曲折婉轉。

甲	金	篆	lái 來

　　甲骨文的來字，像一株根葉杆穗俱全的小麥，它的本義是小麥。此字後來多借用為來往之來，是由彼至此、由遠及近的意思，與「去」相對。而來的本義，則由後起的「麥」字表示。

　　來歷　人或事物的歷史或背景。

　　來由　緣故，原因。

　　來日方長　未來的日子還很長，表示事有可為。

　　來龍去脈　比喻人、物的來歷或事情的前因後果。

自
然
植
物

sù		
粟	𥝱 𥝱	鹵米
	甲	篆

　　甲骨文粟字，像一棵禾穀，在稈葉交接的地方結滿穀粒。古代以粟為黍、稷、秫的總稱，又泛指糧食。今稱粟為穀子，果實去殼後稱小米。此外，粟又泛指顆粒如粟之物，也比喻微小。

粟米　小米。又泛指穀類糧食。

粟飯　粗米飯。

粟錯　細微差錯。

甲　　　金　　　篆

mù
穆

　　甲骨文、金文的穆字，像一棵成熟的禾穀，穗實飽滿下垂。金文又多了三點，表示籽粒成熟後簌簌下落。穆的本義為禾穀，指成熟了的莊稼，引申為溫和、和睦、肅穆、靜默等義。

　　穆然　默然。又指整肅的樣子。

　　穆穆　端莊盛美的樣子。又指肅敬恭謹的樣子。

　　穆如清風　像清風一樣和暢而美好。

甲　　　金　　　篆

　　甲骨文的齊字，像穀穗排列整齊的樣子。齊字的本義
為平整、整齊，引申為相等、同等、一致，又引申為完
備、齊全。

齊心　即同心。

齊名　名望相等。

齊驅　驅馬並進。又指才力相等。

齊頭並進　並駕齊驅。形容步調一致，共同前進。

bǐng

秉。

甲　金　篆

　　古文字的秉字，像一隻手握住禾稈，表示執持、用手拿着，引申為操持、主持、掌握等義，如《詩經·小雅·節南山》：「秉國之均，四方是維（掌握國家政權，維護四方安定）。」

　　秉燭夜遊　夜晚看不見，要手持火把出去遊玩。比喻及時行樂。

jiān

兼

金　　篆

　　古文字的兼字，像一隻手抓住兩棵禾穀。它的本義為
並持、合併，即把兩個或兩個以上的事物或方面合併在一
起；又指兩倍。

兼程　加快速度，一天走兩天的路程。

兼備　同時具備兩個或許多方面，如德才兼備。

兼聽　聽取多方面的意見。

兼收並蓄　把不同的人或事物都吸收進來。

nián

年

甲　　　金　　　篆

自然植物

　　年本指莊稼的收成。五穀熟曰年。如成語「人壽年豐」的年字，就是這個意思。甲骨文、金文的年字，像一個人背負禾穀的樣子，表示收割禾穀。因為古代禾穀一年只有一次收成，因此年引申出「歲」的意思，一年就是一歲，包含春夏秋冬四季十二個月。由年歲之義，又引申為人的年齡、壽命之義。

秋　篆篆　燃

甲　篆

　　秋，即秋天，指農曆的七月至九月。秋天是莊稼成熟
的收獲季節。古代無化肥、農藥，莊稼收割後，往往在田
間就地焚燒禾草，一方面為田地施肥，一方面又可燒死害
蟲。甲骨文的秋字，像鬚、頭、身、翅、足俱全的蝗蟲，
或在蟲下加火，表示燒殺蝗蟲。小篆秋字簡化為從火從
禾，則猶存焚燒禾草的意味。

　　秋收　穀類多秋熟，故以秋為收成之期。

　　秋波　秋天的水波。又形容美目清如秋水。

　　秋毫　鳥獸在秋天新長出的細毛。比喻細微之物。

　　秋風過耳　像秋風從耳邊吹過一樣。比喻與自己無
關，毫不在意。

　　秋毫無犯　不取百姓一分一毫。形容行軍紀律嚴明。

　　黍為穀物名，指黍米，即今之黃米。黃米性黏，可供食用或釀酒。《管子》：「黍者，穀之美者也。」甲骨文黍字像結滿黍穗、果實纍纍的黍子，有的字加水旁，表示可用黍米釀酒。

　　黍酒　用黍米釀造的酒。

　　黍離　《詩經·王風》有《黍離》篇，是東周大夫路過西周的王室宗廟遺址，見宗室故地盡為禾黍覆蓋，彷徨傷感而作。後多用為感慨亡國之詞。

叔

金　　　篆

自然
植物

　　金文的叔字，從又從尗（「菽」的本字），像以手撿拾散落的豆莢、豆子，它的本義即為撿拾、拾取。此字後來多借用為叔伯之「叔」，作為對父親之弟的稱呼，也指與父親平輩而年齡比父親小的男子。叔字的本義反而不大為人所知了。

米 mǐ

甲　　金　　篆

　　米指的是去掉穀殼的穀物，如大米、小米等。甲骨文的米字，像散落的米粒，中間加一橫，主要是為了和沙粒、水滴相區別。米是人類經常食用的糧食，漢字中凡從米的字大都與糧食有關，如秈、粒、粳、糠、粟等。現在的米，還用作長度單位，一米相當於三尺。

　　米珠薪桂　米貴如珍珠，柴貴如桂木，形容物價昂貴，生活困難。

tiào

糶　糶

篆

　　糶字由出、糴（dí）會意，糴是穀物名稱。糶本義為
賣出糧食。《說文解字》：「糶，出穀也。從出從糴，糴亦
聲。」則糴又兼作聲符。

di

篆

糴與糶的意思正好相反，是指買進糧食。糴字由入、
糴會意。《説文解字》：「糴，市穀也。從入從糴。」

粥

金　　篆

自
然
植
物

　　金文的粥字，從米在鬲中，鬲是古代煮食物的炊具，表示米在鬲中熬煮；小篆的粥字從米從鬲，兩邊的曲線代表鬲的器壁，亦表示米在鬲中熬煮。《禮記・檀弓上》：「饘粥之食。」疏曰：「厚曰饘，希（稀）曰粥。」因此粥字的本義是米熬成的稀飯。

　　粥飯僧　只能喝粥吃飯而無一用的和尚。也指飽食終日無所用心之人。

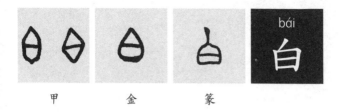

甲　　　金　　　篆

　　白色是五色之一，與「黑」相對。甲骨文、金文的白字，像一橢圓形的稻米粒。脫去穀殼的米粒潔淨瑩白，因此用它來表示白色。引申為潔淨、清楚、明白以及空白等義。用作動詞，還有稟告、陳述之義。

　　白雲蒼狗　比喻世事變幻無常。典出唐杜甫詩《可歎》：「天上浮雲如白衣，斯須改變如蒼狗。」也作「白衣蒼狗」。

　　白黑分明　清濁、是非分明。

　　白駒過隙　比喻光陰迅速。典出《莊子・知北遊》：「人生天地之間，若白駒之過隙，忽然而已。」

　　白頭如新　謂久交而不相知，與新交無異。

　　白璧微瑕　白玉璧上有小斑點，比喻很好的人或事物還有小缺點。

xiāng

香

篆

　　小篆的香字，由黍、甘會意，表示黍米飯香甜可口。香本指食物味道好，引申為氣味好聞，與「臭」相對。《説文解字》：「香，芳也。從黍從甘。《春秋傳》曰：『黍稷馨香。』」此外，香又用作名詞，指香料。

　　香澤　指潤髮用的香油。也指香氣。

　　香車寶馬　指裝飾華美的車馬。

自
然

植
物

| 甲 | 金 | 篆 | qín
秦 |

　　秦是古代諸侯國名。它位於今陝西省境內，擁有八百
裏秦川的肥沃土地，自古以來就是有名的大糧倉。古文字
的秦字，上部像雙手持杵（用以春糧），下面是禾，其本
義當與禾穀收成有關。用作地名和國名，大概也是因為那
裏農業最發達。戰國末年，秦始皇統一中國，建立起中國
歷史上第一個中央集權制的王朝，是為秦朝。此後，秦又
成為外族對中國或中原地區的代稱，如漢朝時西域諸國就
稱中國為秦。

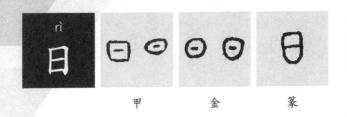

自然
天文

　　日月升降是最常見的天文景觀，月亮有時圓有時缺，太陽則永遠是圓的。古人根據這一現象，造出了字形彎缺的月字和圓滿的日字。金文中的一些日字，就像是一輪圓圓的太陽。但在大多數情況下，日字寫成方形，這主要與刻畫和書寫的習慣有關。總之，日字的本義就是太陽。太陽出來是白天，所以日又有晝、白天的意思，與「夜」相對。日還可以指時間，一日代表一個晝夜。此外，日也可以泛指光陰、時間等。

　　日常　原指太陽永恆存在，現多用來指平日、平常。

　　日程　每日的行程，又指逐日安排的工作程序。

甲　　金　　篆　　dàn
旦

　　旦本來是個形聲字。甲骨文、金文的旦字，上面是日，下面的方框或圓點為「丁」字，代表這個字的讀音。小篆的旦字變成日下一橫，成為一個會意字，表示太陽剛剛從地平線上升起，它的本義是天明、早晨。

　　旦夕　朝暮，從早到晚。又指時間短促。

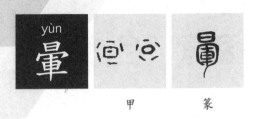

甲　　　篆

　　甲骨文的暈是個會意字，中間是太陽，周圍的幾點代
表光圈。小篆的暈從日軍聲，則變為形聲字。暈本指日月
周圍由於雲氣折射而形成的模糊光圈，引申為眼花、昏眩
之義，如頭暈、暈車、暈船等。

甲　　　　金　　　　篆

　　昃本來是個會意字。甲骨文的昃字，左側的日表示太陽，右側的人形像陽光斜照時投射在地上的人影，表示太陽西斜。金文的昃字從日從夨，夨像人歪着頭的樣子，又表示讀音；從小篆開始昃字從日仄聲。昃的本義是太陽偏西，如《周易》：「日中則昃，月盈則食（太陽過了中午就會偏斜，月亮圓了之後還會殘缺）。」但在商代甲骨文中，昃用作記錄時間的專用字，大概指下午的兩三點鐘。

　　昃食　過了中午才吃飯，表示勤於政事。

bào

暴

篆

自
然
天
文

　　暴為「曝」的本字。小篆的暴字，從日從出從収從米，表示捧出穀物在太陽下曝曬，所以暴的本義為曝曬，又指顯露。因曝曬時陽光猛烈，因此暴又有猛烈之義；引申為兇狠、殘酷、急躁等義。

　　暴行　兇惡殘酷的行為。

　　暴利　用不正當手段在短時間內獲得的巨額利潤。

　　暴露　露天而處，無所隱蔽。又指揭露、宣揚。

　　暴風驟雨　來勢急遽而猛烈的風雨。

朝

金　　篆

　　朝本是一個會意字。金文的朝字，一邊是一條河，另一邊上下是草木，中間是日，像早晨的太陽從河邊的草木間慢慢升起，正是一幅河邊看日出的圖景。它的本義即為早晨。小篆以後，朝字的字形一再發生訛變，原來字形的會意意味蕩然無存。

　　朝（cháo）**廷**　古代宮廷聚眾議事都是在早晨進行，所以就把早晨聚眾議事的地方稱為「朝」「朝廷」。而大臣到朝廷進見君主則稱為「朝見」。

　　朝氣　早上清新的空氣。比喻奮發進取的精神狀態。

　　古文字的莫字，由一日和四木（或草）組成，像太陽
落入草木叢中，表示日落時分，白晝行將結束，夜晚快要
來臨，其本義為傍晚、黃昏，也就是日暮的「暮」的本
字。莫由日落、太陽已盡之義，引申為沒有誰、沒有什
麼；又用作副詞，表示不、不要，如高深莫測。

　　莫須有　未定之詞，猶言或許有。南宋時奸臣秦檜誣
陷岳飛謀反，韓世忠為岳飛抱不平，追問罪證，秦檜答以
「莫須有」。韓世忠憤怒地説：「莫須有三字何以服天下？」
後世稱以不實之詞誣陷他人為「莫須有」。

| 甲 | 金 | 篆 | chūn
春 |

春字是個會意兼形聲字。甲骨文的春字,由日、木(或草)和屯(zhūn)字組成,其中屯既表示春字的讀音,同時又是草木嫩芽的象形,整個字形表達出陽光普照,草木萌生,一派生機勃勃的意味。如唐代劉禹錫詩:「沉舟側畔千帆過,病樹前頭萬木春。」而這種生機勃勃的景象只有在一年之首的春天才能看到,所以春字的本義就是春季,相當於農曆的正月至三月。

春秋 春季和秋季。代指四季。一年只有一個春季一個秋季,所以一個春秋也就是一年。引申為年歲、歲月或年齡等義。

gǎo

杲

篆

　　杲字從日在木上，日出明亮，其本義為光明，引申為明顯、明亮。《説文解字》：「杲，明也。從日在木上。」

　　杲杲　明亮的樣子。《詩經·衞風·伯兮》：「其雨其雨，杲杲出日。」

篆

杳字從日在木下，表示太陽已經落山，天色全黑，其本義為幽暗。《說文解字》：「杳，冥也。從日在木下。」又引申為深遠、不見蹤影之義。

杳杳　深遠幽暗的樣子。

杳冥　高遠不能見的地方。又指幽暗。

杳渺　形容遙遠或深遠。

杳然　形容沉寂。

杳如黃鶴　唐崔顥《黃鶴樓》詩：「黃鶴一去不復返，白雲千載空悠悠。」後用「杳如黃鶴」比喻人或物下落不明。

啓 𣄢 𣄢 𥄂

甲　　　篆

　　啓是雨後天晴的意思，相當於後世的「霽」。甲骨文
的啓字，從日從戶從又，像以手推門，而太陽在其上，表
示開門見日。小篆的啓字訛變為日在下。《說文解字》：
「啓，雨而晝晴也。從日，啓省聲。」則啓也是形聲字。

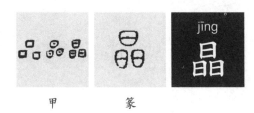

甲　　　篆

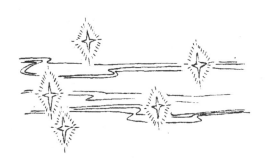

自
然
天
文

　　甲骨文的晶字，像夜空中錯落分佈的三顆小星星。星
星的形狀有的圓，有的方（這是由於刀刻線條易方直不
易圓曲），有的在圓圈中加點，近似日字。所以從小篆開
始，晶字的星形均寫成日。晶本指夜空中眾星閃亮的樣
子，引申為明朗、明淨的意思。

　　晶瑩　明亮透徹。

　　晶輝　明亮的光彩。多指日月星辰之光。

873

xīng

星

甲　　　金　　　篆

　　甲骨文的星字，用五個方塊表示夜空中繁多的星星，
「生」表示讀音。我們用肉眼看，星星在天空中是極細小
的，所以星又指細碎如星之物，如火星兒、一星半點等。

　　星移斗轉　星斗變換位置，表示季節改變，比喻時間
流逝。

　　星羅棋佈　像天上的星星和棋盤的棋子那樣分佈，形
容數量多，分佈廣。

　　星火燎原　星星之火，可以燎原。比喻小事可以釀成
大變，現比喻開始時弱小的新生事物有偉大的發展前途。

金　　　篆

shēn
參

　　參，最初是星宿的名稱。參為
二十八宿之一，即現在的獵戶座，
中間有三顆星連成一線，十分耀眼。
金文的參字，像人頭頂上三顆星星
在閃爍的樣子，表示人在仰觀參宿。
此字後來借用為數詞三，因此在下
面加上三道斜線。又讀 cān，有參
與、參拜等義。

　　參商　參和商都是二十八星宿
之一，但兩者相隔遙遠，不能同時
在天空中出現，故以參商比喻親友
不能會面，或比喻感情不和睦，合
不到一塊。

875

yuè 月

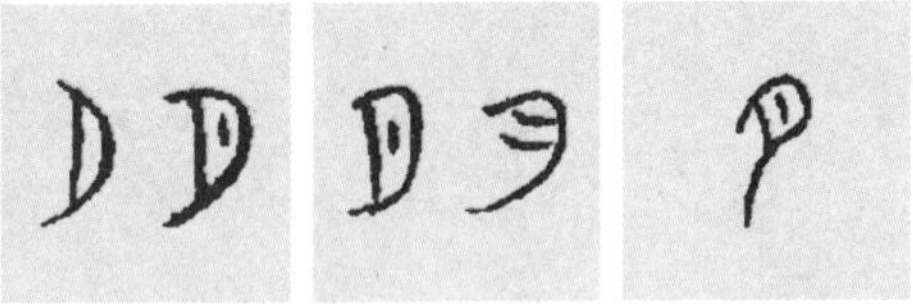

甲　金　篆

天上的月亮，時圓時缺，但圓的時候少，缺的時候多。這種現象非常形象地反映在字形上。甲骨文的月字，缺而不圓，分明是一彎新月的形象。從地球上看，月亮每三十天圓滿一次，所以後來就以月相為參照來計算時日，平均三十天為一個月，一年有十二個月。

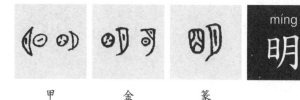

甲　　　　金　　　　篆

　　甲骨文的明字有兩種寫法：一是由日月兩字組成，表示月落日出、日月交替之時，即拂曉時分，此時天色由暗變亮；另一種寫法是由月和一個窗形的結構組成，意思是月光照進窗內，表示光亮。小篆的明字是後一種字形，只是到隸書、楷書階段，兩種字形並存，現在的明字則確定為日月之明了。

xiāo 肖	劣 金	劣 璽	劣 篆

自然
天文

　　肖為「宵」的本字。夜至中宵，月高而小，故金文和古璽的肖字均由小、月會意。小篆月、肉二字字形相近，容易混淆，故小篆的肖字訛變為從肉（月）小聲，其音義亦隨之發生變化。《說文解字》：「肖，骨肉相似也。從肉，小聲。不似其先，故曰不肖也。」表示相似、像這個意義，讀 xiào。

　　肖像　以某一個人為主體的畫像或相片（多指沒有風景陪襯的大幅相片）。

甲　　　金　　　篆

　　夕的本義是夜晚，又指傍晚。夜晚有月亮，所以甲骨文的夕字也是一彎月亮的形象。早期甲骨文的夕字在月形的中間加一點，和無點的月字區分開來；後來月字和夕字發生混淆和顛倒，月字中間有了一點，夕字反而變成了無點之月。

　　夕陽　傍晚的太陽，又比喻人的晚年。如唐代李商隱詩：「夕陽無限好，只是近黃昏。」

sù

夙

甲　　金　　篆

自然 天文

　　甲骨文、金文的夙字，左上是一個月形，表示星月未落，天尚未亮；右下是一個跪着的人形，揚起雙手，正在勞作，即天不亮就起來幹活。所以，夙字的本義為早，又指早晨、淩晨。此外，夙又通「宿」，指舊日、平素。

　　夙夜　早晚，朝夕。

　　夙因　前世的因緣。同「宿因」。

　　夙願　平素的志願。

　　夙興夜寐　早起晚睡。指生活勤勞。

甲　　金　　篆　　hóng 虹

　　虹本是一種自然現象,是由於太陽光線被水汽折射、反射而出現在天空的彩色暈帶。古人認為虹是天上的一種神奇動物,長身、兩首、巨口,常於雨後出現,橫跨天空,低頭吸飲東方的水汽。甲骨文的虹字,正是這種想象中的神物形象。小篆的虹從蟲工聲,則變成形聲字。

　　虹吸　自高處用拱形彎管引水,水先向上再向下流。因管彎似虹,故名虹吸。

　　虹橋　拱橋似虹,故名虹橋。

甲　金　篆

　　甲骨文的氣字，為三條長短不一的橫線，像雲氣繚繞的樣子；金文、小篆的氣字，筆畫曲環縈繞，更像雲氣飄流之狀。氣的本義為雲氣，泛指一切氣體，如空氣、人或其他動物呼吸出入之氣（氣息）；同時，氣還指自然界冷熱陰晴等現象（氣候、氣象）；此外，氣還是一個抽象概念，指人的精神狀態或作風習氣（氣質、氣度）等。

　　氣氛　指一定環境中給人某種強烈感覺的精神表現或景象。

　　氣勢　指人或事物表現出來的某種力量或形勢。

　　氣韻　指書畫、文章等的風格和意境。

甲　　　　篆

　　風是一種空氣流動的現象。它無色無形，不可捉摸，更難以用具體的形象來描摹。在甲骨文中，常借用同音的「鳳」字來表示風。但風、鳳畢竟毫無形義上的關係。小篆風字從蟲凡聲，乃以蟲為義符。蟲在這裏專指老虎，即所謂的「大蟲」。古人有「雲從龍，風從虎」的說法，認為風從虎生，故風字從蟲。

　　風波　比喻糾紛或亂子。

　　風塵　比喻旅途勞累。又比喻紛亂的社會或漂泊江湖的境況。

　　風度　美好的舉止姿態。

　　風光　風景，景象。

　　風格　氣度，作風。又指文藝作品所表現的主要思想特點和藝術特點。

　　風馳電掣　像颶風和閃電那樣迅速。

biāo

飆風

[颮]

篆

自然
天文

　　飆字由猋、風會意，猋是急速、迅疾的意思，故飆本指暴風、狂風，又泛指風。《說文解字》：「飆，扶搖風也。從風，猋聲。」則猋又兼作聲符。

　　飆回　比喻動亂。

　　飆車　傳說中仙人所駕的御風而行之車。

金　　　篆

　　金文的寒字，像一個人住在一間堆滿乾草（乾草用來保暖）的屋子裏以避寒冷，人腳下的兩點代表冰塊，所以寒的本義為寒冷。寒冷能使人顫抖，因此寒字有戰栗恐懼之義，如膽寒、心寒等。此外，寒字還有窮困之義，如貧寒、寒酸等。

　　寒暄　指冬季和夏季，一寒一暄代表一年。又指相見互道天氣冷暖，作為問候應酬之辭。

bīng

冰

甲　　金　　篆

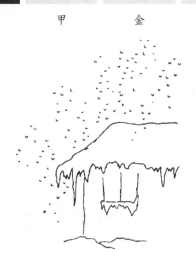

自然
天文

冰是指水在零攝氏度以下凝結成的固體。甲骨文、金文的冰字，像兩塊凝結的棱狀冰塊。或在冰塊旁加「水」字，表示冰塊是由水凝結而成的。

冰心　比喻心地清明純潔，表裏如一。

冰炭　冰冷炭熱，比喻性質相反，互不相容。

冰清玉潔　比喻人品高潔。又比喻官吏辦事清明公正。

冰消瓦解　比喻事物完全消釋或渙散、崩潰。

			yǔ
甲	金	篆	雨

　　甲骨文、金文的雨字，像水滴從天空中降落，其本義為雨水。又指下雨，引申為從天空中散落，讀 yù，如雨雪、雨粟等。漢字中凡從雨的字大都與天氣現象有關，如雷、霧、霜、雪等。

　　雨露　雨和露。又比喻帝王的恩澤。

　　雨散雲飛　比喻離散分別。

甲		金		篆

自然
天文

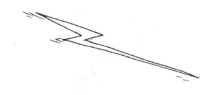

　　申為「電」的本字。甲骨文、金文的申字，像天空閃電所發出的曲折光線。由於閃電多在雨天出現，因此後來的電字增加雨頭，寫作「電」。而申字借用為干支名，表示地支的第九位。此外，申字還有說明、引述之義。

申時　指下午三點到五點。

申報　用書面向上級或有關部門報告。

申請　向上級或有關部門說明理由，提出請求。

diàn

電

金　　篆

　　古文字的電字與申字本來是同一個字，後來分化出電字，從雨從申，申為閃電之形。電的本義為閃電，引申為迅疾之義。現在的電字，則多指電力。

　　電光火石　像閃電的光和敲石所產生的火花一樣稍縱即逝。也比喻人生短暫。

léi
雷

甲　　　金　　　篆

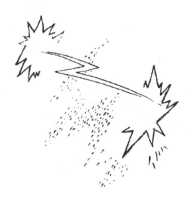

　　甲骨文、金文的雷字，中間彎曲的弧線代表閃電的光
線，閃電周圍的圓形表示響雷所發出的巨大爆裂聲響；而
金文、小篆的雷字增加雨頭，則表示雷電多發生在雨天。
因此，雷本指下雨時空中激電所發出的響聲。

　　雷霆　暴雷、霹靂。也形容威力或發怒的樣子。

　　雷同　打雷時很多東西會引起共鳴，同時響應。比喻
隨聲附和，又指不該相同而相同。

　　雷厲風行　像打雷那樣猛烈，像颶風那樣迅速。比喻
行動快，聲勢猛烈。

雲

甲　　　金　　　篆

　　甲骨文、金文的雲字，像雲氣回旋飄動的樣子，本指
雲氣。雲由空中水汽凝聚而成，積久則落雨，所以小篆的
雲字增加雨頭，表示它與雨有關。

　　雲集　比喻許多人從各處聚集到一起。

　　雲遊　到處遨遊，行蹤不定。

　　雲泥之別　相差像天空的雲和地下的泥。比喻地位、
才能高下懸殊。

　　雲蒸霞蔚　像雲霞升騰聚集起來。形容景物絢爛美
麗、異彩紛呈。

tán

篆

自
然

天
文

曇字從雲在日下,表示雲在太陽下密佈,本指密佈的雲氣,又指多雲。

曇曇 陰雲密佈的樣子。

曇花一現 曇花開放後很快就凋謝。比喻稀有的事物或顯赫一時的人物出現不久就消逝。

甲　　　金　　　篆

　　甲骨文的零字，上從雨，下面的點像大水滴。後來水
滴形訛變成「口」。從雨令聲的形聲字零是後起字。零本
指連續不斷地下雨，又指雨滴；引申為掉落、凋落之義，
又引申為零碎，形容事物細碎散亂。

　　零雨　小而慢之雨。

　　零落　凋謝。又指喪敗、衰亡。

金文的需字，像雨下站着一個人（天），表示人遇雨
不行，等待雨停。小篆需字的「天」訛變為「而」，則由
會意字變成從雨而聲的形聲字。需的本義為等待，引申為
遲疑，後來則多用為需要之義。

需次 舊時候補官吏等待依次補缺，稱為「需次」。

需索 勒索。

lín

甲　　　篆

　　霖的本義為久下不停的雨。《説文解字》:「霖，雨三
日已往。從雨，林聲。」意謂雨下三天以上即為霖。霖字
從雨林聲，從結構上看似乎是單純的形聲字，但甲骨文的
霖字，分明是由雨、林會意，像雨灑林間、樹木間水滴淋
淋，當是一個會意兼形聲字。

　　霖雨　連綿大雨。

　　霖霖　雨連綿不止的樣子。又形容雨聲。

báo

雹

古

篆

　　雹即冰雹，是指空中水蒸氣遇冷凝結成的冰粒或冰塊，常在夏季隨暴雨降落地面。《說文解字》古文的雹字，從雨從晶，晶像冰粒或冰塊之形，表示冰雹隨雨水一起降落。小篆雹字從雨包聲，則變為形聲字。

　　雹霰（xiàn）　冰雹。

xuě

雪

甲　　　篆

　　雪是天空中的水蒸氣遇冷凝結成的一種六角形白色晶
體。甲骨文和小篆的雪字，從雨從彗。從雨，表示雪是由
天空中落下的；彗是掃帚，表示雪落地面，可用掃帚清
掃。因此，雪的字形表現了天上下雪，人們用掃帚清掃地
面的場景。

自
然
天
文

| shuǐ
水 | 甲 | 金 | 篆 |

自然
地理

　　水是一種無色無味的透明液體。甲骨文、金文中的水字，像一條彎曲的水流。中間的曲線代表河道，兩旁的點是水珠水花。所以水的本義為水流或流水；泛指水域，如江河湖海，與「陸」對稱；後來引申指所有的汁液，如藥水、淚水、橘子水等。

　　水火不容　指互不相容、勢不兩立。

　　水乳交融　水和乳汁極易融合，比喻意氣相投，感情融洽。

　　水清無魚　水太清了魚就無法生存，比喻人太精明細察，就不能容人。

　　水滴石穿　水不斷地滴在石頭上，能使石頭穿孔，比喻只要堅持不懈，事情就能成功。

泉

甲　　　篆

　　甲骨文的泉字，像泉水從泉眼中涓涓流出的樣子。其本義為泉水，即從地下流出來的水；又泛指地下水。在古代，泉還可作為錢幣的代稱。

　　泉下　黃泉之下。指人死後埋葬的墓穴。舊時迷信也指陰間。

　　泉布　古代錢幣的別稱。

自
然
地
理

yuán

原

金　　篆

　　原為「源」的本字。金文的原字從廠從泉，表示岩下有泉。小篆原字或從三泉，則表示眾泉匯聚成流。原的本義為水源，引申為最初的（如原始）、本來的（如原地）和未加工的（如原料）等義。此外，原亦可用作動詞，是推究根源的意思；又有原諒、寬恕之義。

　　原因　造成某種結果或引起某件事情發生的條件。

　　原宥（yòu）　原諒。

　　原形畢露　本來面目徹底暴露，多用為貶義。

　　原始要終　探究事物發展的起源和歸宿。

自然
地理

甲	金	篆	gǔ 谷

谷，指的是兩山間的夾道或流水道。甲骨文、金文的谷字，上部像溪流自山澗流出之形，下部的「口」表示谷口，所以谷的本義為山谷。

谷口 山谷出口。

谷地 地面上向一定方向傾斜的低凹地，如山谷、河谷。

chuān

川

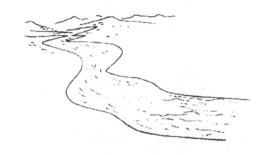

甲　　金　　篆

　　甲骨文的川字像一條彎彎曲曲的河流,兩邊的彎線代表河岸,中間三點是流水。金文、小篆的川字乾脆寫成三條曲線。川字的本義為河流,引申指山間或高原間的平坦而低的地帶。

　　川流不息　水流不停。比喻行人、車船等來往不斷。

甲　　　　金　　　　篆

　　古文字的派字，像河水分流之形。它的本義即為河流的分支、支流，引申為事物的流別，如學派、黨派、宗派等。派還可用作動詞，有差遣、委派的意思。

　　派別　學術、宗教、政黨等內部因主張不同而形成的分支或小團體。

　　派生　從主要事物中分化出來。

　　派遣　差遣，即把人委派到某地從事某項工作。

自
然
地理

　　古文字的衍字，從水（或川）從行（或彳），表示水
在江中流動。它本指水流動的樣子，引申為流行、推演、
擴大、發展、衍生等義。

衍溢　水滿溢。

衍曼　連綿不絕的樣子。

衍義　推演發明的義理。

衍變　演變。

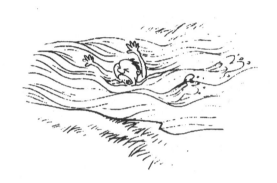

liú

流

金　　　石　　　篆

　　石鼓文、小篆的流字，兩邊為水，中間一個倒
「子」，「子」的頭部是飄散的頭髮，表示一個人順水漂
流。流的本義為流動，即水向下游移動，引申為移動、流
傳、傳佈、傳遞、放逐等義；又指水流、河道，引申為流
派、支流及品級之義。

　　流行　傳佈，盛行。

　　流毒　傳播毒害。

　　流弊　滋生的或相沿而成的弊端。

　　流水不腐　流動的水，汙濁自去，不會腐臭，比喻人
經常運動則不容易得病。

　　流芳百世　美名永久流傳於後世。

州為「洲」的本字。甲骨文、金文的州字，像一條河，中間的圓圈代表河中的沙洲。州字本指水中的陸地，即河流中高出水面的土地。相傳上古時洪水泛濫，後來大禹治水，把天下劃分為九州。於是州字成為古代行政區劃的專用字，而另造了一個「洲」字來表示它的本義。現在作為地名，州、洲用法有別：一般國內地名用州，如廣州、徐州等；世界級地名則用洲，如亞洲、歐洲等。國內地名，如特指水中陸地，仍用洲，如株洲、橘子洲（均在湖南）、沙洲（在江蘇）、鸚鵡洲（在湖北）、桂洲（在廣東）等。

甲　　　　金　　　　篆

hui
回

[迴]

　　古文字的回字，像水回旋之形，其本義為環繞、旋轉，後來多用為掉轉、返回之義，又引申為違背、邪僻等義。

　　回味　食後感覺到的餘味。後也指對往事的回憶或體會。

　　回春　冬去春來，草木重生。後多比喻醫術高明，能治好嚴重的病症。

　　回風　旋風。

　　迴避　避忌，躲避。

　　回護　袒護。

　　迴腸蕩氣　常比喻音樂或文章感人至深。

yuān

淵

甲　　　金　　　篆

　　甲骨文、金文的淵字，像一個水流迴旋的深水潭；有
的在水潭外再加一個水旁，為小篆的淵字所沿用。淵的本
義為深潭，引申為深邃、深遠、深沉等義。

淵博　指學識精深廣博。

淵源　指事物的本源。

淵默　深沉不言。

淵藪（sǒu）　淵為魚所居之處，藪為獸所居之處。比
喻人或事物會聚的地方。

篆

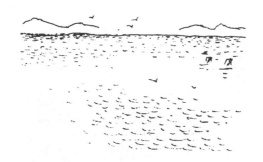

　　淼字由三個水組成，是個會意字，表示水面遼闊、浩無邊際。《說文解字》：「淼，大水也。」淼本指大水茫無邊際的樣子，義與「渺」同。

　　淼茫　水面廣闊遼遠的樣子。又作「渺茫」。

甲　　　金　　　篆

　　昔字的本義是從前、往日、過去，和「今」相對。甲
骨文的昔字，像太陽（日）漂浮在波浪之上，有的則在水
波之下，像是被波浪所淹沒，表示洪水滔天。相傳上古時
期，曾經洪水泛濫，陸地大多被淹沒，人們只好居住在山
上，靠吃野菜樹葉為生，後來大禹治水，才使洪水消退。
人們提起過去，總是會想起那一段洪水成災的日子，於是
就造了昔字。

金　　　篆

自
然
地
理

　　金文的沒字從水從回，回像水中漩渦；小篆加又，表示人沉入水中。所以沒的本義為沉下，又指淹沒，引申為隱沒、隱藏、淪落等義，讀 mò；進一步引申為盡、無之義，讀 méi。又特指死亡。

　　沒人　潛水的人。

　　沒世　死。又指終身，永久。

　　沒落　衰敗，趨向死亡。

　　沒齒不忘　終身不能忘記。

　　沒精打采　精神萎靡不振。

chén

沉

甲　　　金　　　篆

[沈]

　　沈和沉在古代原本是同一個字。甲骨文的沉字，像一頭牛沒於水中。這是古代祭禮的一種儀式，即把牲牛沉於河中以祭山林川澤之神。也有用人作為祭品的。金文、小篆的沉字，即像把人沉於水中。沉本義為沉沒、沒於水中，引申為沉溺、深沉等義。近代沈多讀 shěn，用作姓氏；而以沉來表示原來的意思。

　　沉湎　指沉溺於酒。

　　沉冤　指積久不得昭雪的冤案。

　　沉鬱頓挫　指文章深沉蘊藉，抑揚有致。

金　　篆

　　汲指從井中提水，也泛指打水。《說文解字》：「汲，引水於井也。從水從及，及亦聲。」則汲由及、水會意，及又兼作聲符。又引申為牽引、引導、引薦、提拔等義。

　　汲引　引進，引薦。後比喻提拔。

　　汲古　鑽研古籍。

　　汲綆（gěng）　汲水的繩子。

泅

[汓]

別采 泅泅

甲　　　篆

　　甲骨文的泅字，從子在水中，表示人在水中游泳，其本義為游水、泅渡。小篆泅又作從水囚聲，這是後起的形聲字。

甲　　　　篆

　　甲骨文的浴字，像一個人站在一個大盆子裏面，周圍
水滴四濺，表示人在洗澡。小篆的浴字則從水谷聲，變成
了形聲字。浴的本義為洗澡；引申為修養德性，使身心整
潔，如「浴德」。

　　浴血　全身浸於血泊之中。形容戰鬥激烈，血染全身。

　　汆是一種烹調方法，即把食物放到沸水中稍微一煮，如汆丸子。這是一個較晚近才產生的字，由入、水會意，表示把食物放入沸水中燙熟。

　　汆子　燒水用的薄鐵筒，細長形，可以插入爐子火口裏，使水開得快。

金　　　篆

　　瀕字從涉從頁。金文的瀕字，像人臨近水邊，想要渡
水，其本義為水邊，通「濱」，又有緊靠、臨近等義。

　　瀕臨　緊接，臨近。

　　瀕於　臨近，接近（用於壞的境遇）。

qiǎn
淺

金

篆

　　淺是一個形聲字。《說文解字》:「淺,不深也。從水,
戔聲。」以戔為聲符的字常含有微小之義,如賤為貝之小
者,線為絲之小者,淺為水之小者。淺的本義為水不深,
引申為淺薄、膚淺、狹隘等義。

　　淺陋　指見聞狹隘。

　　淺學　謂學問的造詣不深。多用作謙辭。

　　淺斟低唱　慢慢地喝酒,聽人曼聲歌唱。

yán

沿

篆

　　沿字從水從㕣（㕣又兼作聲符），㕣指坎陷低窪之地，《說文解字》：「㕣，山間陷泥地也。」因此沿的本義當為水邊，即低平的河邊地帶，泛指邊緣。又用作動詞，指順流而下，引申為順着、遵循、因襲等義。

　　沿習　因襲向來的習慣。

　　沿革　指事物發展變革的歷程。沿，沿襲；革，變革。

　　沿襲　依照舊例行事。

　　沿波討源　循着水流尋究源頭，指探討事物的本源。

xuán

漩

漩

篆

自
然
地
理

漩的本字為「淀」。淀字從水從旋省，即由水、旋會意，本指迴旋的水流，又指水流旋轉。《說文解字》：「淀，迴泉也。從水，旋省聲。」則旋又兼作聲符。

漩渦 迴流中心螺旋形的水渦。又比喻愈陷愈深、不可自拔的境地。

huí

洄

篆

洄字由水、回會意，其本義為水流迴旋。《説文解字》：「洄，溯洄也。從水從回。」

洄沿 逆流而上為洄，順流而下為沿。

pù

瀑

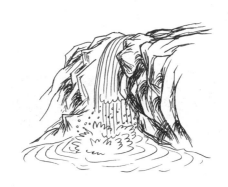

篆

　　瀑字由水、暴會意（暴又兼作聲符），暴是猛烈、急
驟的意思。瀑本指暴雨，又指水沫飛濺，讀 bào。《説文
解字》：「瀑，疾雨也。一曰沫也。」又讀 pù，指瀑布。

　　瀑布　從山壁上突然降落的地方流下的水，遠看好像
掛着的白布，故名。

金　　　篆

　　潮即潮汐，是一種海水定時漲落的現象。具體而言，
晝漲稱潮，夜漲稱汐。潮字由朝、水會意，朝即早晨，因
此潮本指早晨漲起的潮水。小篆的潮字從水從朝省，朝又
兼作聲符，則屬會意兼形聲的結構。此外，潮又指空氣中
的水分，即潮氣。

　　潮汐　由於月球和太陽引力的作用，海洋水面發生的
定時漲落的現象。

　　潮流　潮汐引起的水流運動。又比喻社會變動或發展
的趨勢。

　　潮信　潮水漲落有定時，故稱「潮信」。

XĪ

汐

自然
地理

　　汐字由夕、水會意,夕即夜晚,因此汐本指夜間漲起
的潮水。夕又兼作聲符。

ào

澳

篆

　　澳字由水、奧會意，奧又兼作聲符。奧有凹曲幽深
之義，因此澳是指水邊向內凹曲的地方，即水灣，讀 yù。
《說文解字》：「澳，隈崖也。其內曰澳，其外曰隈。從水，
奧聲。」所謂內澳是指水岸向內彎曲的地方，所謂外隈是
指其外凸部分。澳又讀 ào，專指海邊彎曲可以停船的地
方（多用於地名）。

　　澳門　地名。在珠江口西南，西臨南海，港灣宜於船
隻停泊。後為葡萄牙人強行租借，1999 年回歸祖國。

　　澳閘　攔河建閘的水利工程。

自
然
地理

925

汊

　　汊指分支的小河，或江、湖水的分流處，也稱「汊子」，如汊港、湖汊等。從字形上看，汊屬會意兼形聲的結構：從水從叉，叉有分支、開叉之義，表示水流分叉；叉又兼作聲符。

wān

灣

　　灣字由水、彎會意，彎又兼作聲符。灣本指水流彎曲
的地方，後來海岸向內彎曲宜於泊船的地帶也稱「灣」，
如港灣、渤海灣、廣州灣等。

　　灣洄　河流彎曲處。

澗 澗

篆

自然
地理

　　澗字由間、水會意，間指兩山之間，因此澗字本指夾
在兩山之間的水流，如溪澗、山澗等。《説文解字》:「澗，
山夾水也。從水，間聲。」則間又兼作聲符。

　　澗水　水名。源出河南澠池縣東北白石山，東流經新
安、洛陽，匯入洛河。

金　　　　篆

沙指的是細小的石粒。沙字從水從少，其中少字就是細小沙粒的形象，因此沙字本指水邊或水底的細小石粒，引申指細碎鬆散的物質，如豆沙。

沙汰　淘汰。

沙漠　地面全被沙礫所覆蓋、乾旱缺水的地區。

沙場　平沙曠野。後來多指戰場。

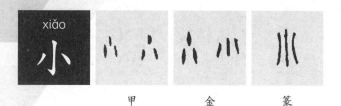

| 甲 | 金 | 篆 |

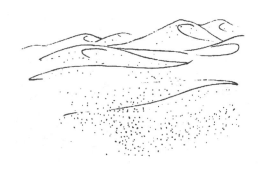

　　小是一個比較抽象的概念。甲骨文、金文的小字，以散落的小點來象徵細小的沙粒，表示微小；小篆字形有所訛變，像用一豎把一物體一分為二，也含有變小之義。小本指體積上的細微；引申為在面積、數量、力量、強度等方面不及一般或不及所比較的對象，與「大」相對。

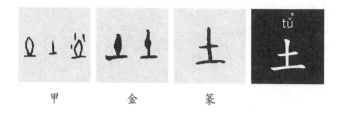

甲　　金　　篆　　tǔ 土

自
然
地
理

　　甲骨文的土字，像地面上隆突起來的一個小土堆，本指土壤，引申指土地、田地，又引申指國土、領土。漢字中凡從土之字都與土壤或土地有關，如城、埋、垣、塞等。

　　土木　指房屋、道路、橋梁等建築工程。

　　土產　指某地出產的富有地方色彩的物品。

　　土著　世代居住本地的人。

　　土崩瓦解　像土倒塌、瓦破碎，比喻潰敗不可收拾。

坪
píng

金　　篆

　　坪字由土、平會意，本指平坦的場地，如操坪、曬穀坪等。又多用於地名，主要指山區或高原上的平地。《説文解字》：「坪，地平也。從土從平，平亦聲。」則平又兼作聲符。

金　　　璽　　　篆

mò
墨

　　古代寫字、作畫用的墨，多以松煙、桐煤加水混合成泥，然後壓製成塊狀，加水研磨，即成墨汁。而墨字由黑、土會意，其本義即為黑色顏料。

墨寶　珍貴的書法原本。

墨跡　指手書的原本。

墨本　碑帖的拓本。

墨客　舊時對文人的別稱。因文人要用筆墨寫文章，故稱。

墨守　戰國時墨翟善於守城，因稱牢固防守為墨翟之守。後多比喻固執成見，不肯改進。也作「墨守成規」。

sāi

塞

甲　　　金　　　篆

自
然
地
理

　　小篆的塞字，像用雙手將土石之類的東西填堵房屋縫
隙，故其本義為填堵、窒塞，引申為阻隔，讀 sāi 或 sè；
又指邊界險要之處，讀 sài。

　　塞北　長城以北，又泛指我國北邊地區。

　　塞（sè）責　盡職，後專指敷衍了事。

mái

埋

甲　　　　　篆

　　甲骨文的埋字，像把牛、羊或鹿、犬等牲畜掩埋於土
坑中，本指埋牲。埋牲是古代祭祀活動中的一種儀式，引
申而言之，則任何東西藏於土中都可以叫「埋」。此外，
埋還有填塞、隱沒等義。

　　埋名　隱藏姓名，不為人知。後稱故意不使人知為隱
姓埋名。

　　埋伏　潛伏，隱藏。多用於軍事行動。

　　埋頭　比喻專心不旁顧。

　　埋（mán）怨　抱怨，責備。

qiū
丘

甲　　　金　　　篆

　　甲骨文丘字的字形與山字非常接近，區別只在於，山
有三個山峰，而丘只有兩個。丘字本指小山，通常指土質
的、小而低矮的山；引申指高出平地的土堆，如墳丘、丘
墓等。

　　丘陵　連綿成片的小山。

甲	金	篆	yáo 堯

　　古文字的堯字，從土（或一土，或二土、三土不等）
在人上，表示土堆高出人頭。所以，堯字本指高大的土
丘，引申為高。此字後來成為傳說中古帝陶唐的專用名
號，又用作姓氏，其本義則改用「嶢」字來表示。

　　堯舜　唐堯和虞舜，遠古部落聯盟時代的兩位首領，
古史相傳為聖明之君。堯、舜並舉，後來成為稱頌帝王的
套語。

　　堯天舜日　相傳堯、舜時天下太平，因以堯天舜日比
喻太平盛世。

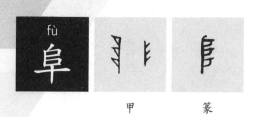

fù

阜

甲　　篆

　　阜，指土山、丘陵。甲骨文的阜字，像陡坡上的階梯，表示山體高大，須有階梯方能登降。阜的本義為高大的土丘，引申為高大、肥大之義，又引申為多，特指財物殷盛。

阜陵　高大的土丘、山崗、丘陵。

阜康　富足康樂。

líng

陵

　　甲骨文的陵字，從阜從大，像人沿着斜坡上的階梯登上土山。因此，陵字本指登山，又專指土山；而由登山之義引申為上、升、超越、淩駕、欺壓等義。

　　陵夷　由高丘變為平地，比喻衰落。

　　陵穀　指高低地形的變動，後比喻世事的變化。

jǐng

阱

甲　篆

[窜]

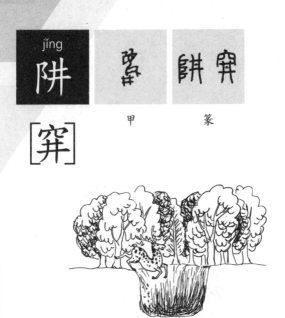

　　阱即陷阱，是一種防禦或捕捉野獸的陷坑。甲骨文的
阱字，像麋鹿落入陷阱之中，其本義即為陷阱。小篆的阱
字或從阜從井（井又兼作聲符），從井表示掘土為坑，坑
形似井；從阜則表示其為土坑，以區別於水井。《說文解
字》:「阱，陷也。從阜從井，井亦聲。」小篆或從穴，則
表示其為坑穴。

甲　　金　　篆

　　古文字的陽字，從阜昜聲，是個形聲字。陽本指山之
南面，水之北岸，即日光經常能照到的地方；引申指太
陽、日光；又引申為凸出的、表面的、外露的等義，與
「陰」相對。

陽光　日光。

陽奉陰違　表面順從而暗中違背。

shān

山

甲　　金　　篆

　　山是指陸地上隆起高聳的部分。甲骨文的山字，正像
一座由多個高聳山峰組成的山嶺。在漢字中，凡由山組成
的字大都與山嶺及其形態有關，如嵩、崇、峻、巍等。

　　山河　高山大河，指自然形勝。又是疆域、國土的
代稱。

　　山明水秀　形容風景優美。

　　山高水長　比喻人品節操高潔，影響深遠。

　　山盟海誓　盟誓堅定，如山海之長久。多指男女真誠
相愛。

dǎo

島

篆

　　島，指的是海洋中被水環繞、面積比大陸小的陸地，
也指江河湖泊中被水環繞的陸地。島字從山從鳥，是個會
意字，表示水中有山可供鳥棲止；同時鳥又代表島字的讀
音，因此島字又是一個從山鳥聲的形聲字。

　　島嶼　島的總稱。

　　島國　全部領土由島嶼組成的國家。

嵩 sōng

嵩

自然 地理

　　嵩字從山從高，是個會意字。它的本義為高山，引申為高大的樣子。後來這個意思用「崇」字表示，而嵩成為嵩山的專名。嵩山在今河南省境內，又稱嵩嶽、嵩高，是五嶽中的中嶽。

　　嵩巒　高聳的峰巒。

　　嵩華　中嶽嵩山與西嶽華山合稱「嵩華」。

　　嵩呼　相傳漢元封元年春，漢武帝登嵩山，吏卒聽到三次高呼萬歲的聲音。後指臣下祝頌皇帝高呼萬歲。

古　　　　　篆

　　《説文解字》古文的嶽字，從山，上像山峰連綿起伏，其本義是高大的山，後專指泰山（東嶽）、華山（西嶽）、衡山（南嶽）、恆山（北嶽）、嵩山（中嶽）五嶽，又用為姓氏。小篆嶽寫作「嶽」。《説文解字》：「嶽，東岱、南霍、西華、北恆、中泰室，王者之所以巡狩所至。從山，獄聲。」屬形聲結構。

yán

嵒

　嵒字從山從品，品像山崖坎穴或岩石連屬纍疊的樣子。嵒本指山崖，與「崖」「岩」同義。後用來形容山崖高峻的樣子。

　嵒嵒　高峻的樣子。

屼字由山、兀會意，兀有光禿之義，因此屼的本義為
山禿，即山高而無樹木。

嶠 嶠

篆

　　嶠是個會意兼形聲字，由山、喬會意，喬又兼作聲符。喬有高義，因此嶠本義為山峰高聳，又指尖而高的山峰。《爾雅‧釋山》：「山小而高，岑；銳而高，嶠。」

　　嶠南　即嶺南。

　　峽字由山、夾會意，夾又兼作聲符。峽指夾在兩山之間的地方，即峽谷，又指兩山夾水處。

石 shí

<table>
<tr><td>甲</td><td>金</td><td>篆</td></tr>
</table>

　　古文字的石字，像山崖下有一塊石頭，它的本義即為崖石、石頭，泛指各種石料。因石性堅硬，所以凡從石的字大都與石頭及其堅硬的屬性有關，如礦、硬、研、確、碑等。

　　石破天驚　極言震動之甚。後常比喻文章議論出人意表。

　　石沉大海　比喻杳無音信，事情沒有一點下文。

篆

　　磊字由三個石字組成，像眾多石塊壘積在一起，本指眾石壘積的樣子，又引申為高大的樣子。

　　磊塊　石塊。又指壘石高低不平，比喻心中的阻梗或不平。

　　磊落　指石塊錯落分明，引申為人灑脱不拘，直率開朗。

zhuó

斫

甲　　　　篆

斫字從石從斤，是個會意字。甲骨文的斫字，像人手持斧斤砍擊岩石的樣子。斫字的本義為砍擊，泛指削、切等，又引申為攻擊。斫還可用作名詞，指斧刃。

斫營　偷襲敵營。

斫鱠　將魚肉切成薄片。

金　　　篆

　　金文的段字，像手持錐鑿在山崖下敲擊石塊，兩小點
代表打碎的石屑。它的本義為打石，引申為捶擊，所以凡
以段為偏旁的字，如鍛，大多有捶擊之義。而段氏祖先大
概最早也是以打石（或打鐵）為職業的。現在的段字，多
借用來指布帛的一截，泛指長度或事物、時間的一部分，
如片段、段落、分段等。

金　　　篆

厂字像山崖、石岸，或加聲符干，當即「岸」的本字。

tián

甲　　　金　　　篆

自
然
地
理

　　田字的字形古今變化不大，均像一片阡陌縱橫的田地，其本義為農田，即供耕種的土地，如稻田、麥田等。有的地區稱水田為田，旱田為地。漢字中凡從田的字大都與田地或耕種有關，如疇、畛、畔、畦等。

　　田父　老農。

　　田舍　田地和房舍。又泛指村舍、農家。

quǎn
畎

古 篆

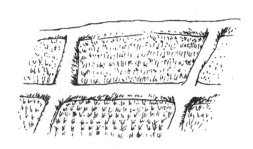

《說文解字》古文的畎字，從田從川，本指田間的小水溝。古制，六畎為一畝，因此畎又代指田畝。此外，畎還可以指山谷。用作動詞，又有疏通之義。小篆畎字從田犬聲，則屬形聲字。

畎畝 田地，田間。

畎澮 田間的水溝。

畋 畋 畋 畋

tián

甲　　　　篆

　　甲骨文的畋字，像人手持工具在田間勞動，其本義為
平田、耕種。《說文解字》：「畋，平田也。從攴、田。《周
書》曰：『畋爾田。』」又指打獵。

　　畋獵　打獵。

自
然
地
理

zhōu				
周	田	串	串	周

甲　　　　金　　　　篆

自
然
地
理

　　甲骨文的周字，像一塊整齊的田地，中間四點代表田
中密植的農作物，其本義應為農田。因周民族發源於今陝
西岐山一帶，那裏是當時農業生產最發達的地區，周代又
是以農業立國，所以就以「周」作為國名。在實際語言
運用中，周的意義很多，但基本的含義為周圍、環繞、曲
折等。而這些基本含義，又都是從農田疆界的意義引申出
來的。

行

甲　　金　　篆

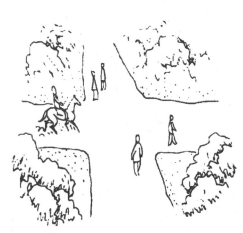

　　甲骨文、金文的行字，像兩條縱橫交叉的大路，本指道路，又指行走、步行。行由道路這個本義，引申出行列、行業等義，讀 háng；而由行走之義，又引申出流動、傳佈、經歷、行為、使用等義，讀 xíng。

　　行當　行業。特指職業、工作。

　　行李　出行時隨身攜帶的衣裝及用品。

　　行政　古代指執掌政權，管理政務。

　　行雲流水　比喻純任自然，毫無拘束。

甲	金	篆

　　甲骨文、金文的封字，像植樹於土堆之上或用手培土植樹的樣子，其本義為培土植樹，又有聚土成墳的意思。古人封土植樹的目的是劃分田界和疆域，所以封還有疆界、界域之義。古代帝王把土地或爵位賜給臣子就叫封，而諸侯或大夫所分得的土地就稱為封地、封邑。封字由疆界之義又引申為密閉、拘限之義，如封閉、封鎖、查封等。

　　封建　古代天子把爵位、土地賜給諸侯，讓他們在特定的區域內建立邦國，是為封建。現代所說的「封建」，指封建主義社會形態。

　　封疆　指疆界。明清時稱總督、巡撫等地方軍政長官為封疆大吏、封疆大臣。

　　封疆畫界　築土為台，以標誌疆境，叫封疆；在封疆之內又建牆垣，以劃分界域，叫畫界。

甲　　　金　　　篆

自
然
地
理

　　甲骨文、金文的疆字,像兩塊相連的田地,有的中間
有界線,左邊的弓是用來丈量土地的。因此,疆字的本義
為丈量土地,劃分田界,引申為田界、國界、邊界。

　　疆界　國界、地界。

　　疆場　戰場。

　　疆域　國家領土。

shè 社	 甲	 金	 篆

　　共工氏是傳說中古代部落聯盟的一位軍事首領。他英勇善戰，曾經雄霸九州。他有一個兒子，名叫句龍，善於平治水土，人們尊稱為后土，敬為社神。所謂社，即土地之神。甲骨文以土為社，後加示旁，表示祭祀土神。社又指祭祀土神之所，即社宮、社廟，俗稱「土地廟」。同時，它還指古代基層行政單位，相當於「里」。《說文解字》：「社，地主也。從示、土。《春秋》傳曰：共工之子句龍為社神。《周禮》：二十五家為社，各樹其土所宜之木。」立社種樹，作為社的標誌，故金文社字或在「土」上加「木」。

　　社會　古代祭祀社神之日，裏社舉行的賽會。後泛指節日演藝集會。又指志趣相同者結合的團體，也泛指人類群體。

　　社稷　土神和穀神。歷代王朝立國必先立社稷，因以社稷為國家政權的標誌。

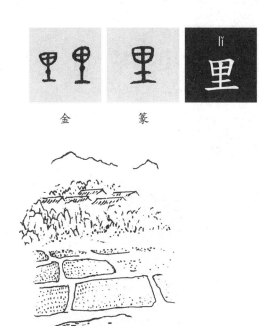

金　篆

里字是個會意字。里字從田從土，田指水田，土指旱地。古代農業社會，有田有地才能生產，才能生活居住。所以里本指人聚居的地方，即鄉里；引申為居民單位，如先秦時「五家為鄰，五鄰為里」，也就是說二十五家為一里。此外，里又用作長度單位，古代以一百五十丈為一里。

里正　古時鄉里掌管戶口和賦稅的基層官員。

里居　指辭官居於鄉里。

里閭（lú）　里巷、鄉里。

里落　村落。

yě
野

甲　　　金　　　篆

林林 林林 埜埜 埜埜 野

[埜]

　　甲骨文、金文的野字，從土從林，本指山林曠野之
地；小篆的野字從里予聲，變為形聲字，但含義不變。
野字本指郊原、田野，又指邊邑、邊鄙；引申指民間，
與朝廷相對。野又指野生的動物或植物，引申指人的行
為野蠻、粗魯。

　　野史　舊時指私家編撰的史書。又作「稗（bài）史」。
　　野性　放縱不拘、難於馴服的本性。又指樂居田野的
性情。

yòu

囿

甲　　　金　　　篆

　　囿本來是個會意字。從甲骨文的字形看，囿字像一個
四周有圍牆、裏面栽種草木的園林。由於書寫繁難，從金
文開始，這個字就變成了從囗有聲的形聲字。囿本指有圍
牆的園林，後來專指古代帝王放養禽獸的林苑（漢代以後
多稱為「苑」）。由有圍牆的園林之義，囿又引申出局限、
見識不廣等義。

pǔ

圃

金　　　篆

　　圃本指菜園。金文的圃是個會意字，從囗表示四面有
圍牆；而圃中有草苗之形，表示這是種植果木瓜菜之所。
小篆的圃字變為從囗甫聲的形聲字。《說文解字》：「圃，
種菜曰圃。從囗，甫聲。」

甲　　　　篆

　　火是物體燃燒時所發出的光和焰。甲骨文的火字，像
火苗正在燃燒的樣子，其本義即為火焰。漢字中凡從火的
字大都與火及其作用有關，如炎、炙、焚、然、焦、烹、
煮等。

　　火候　指燒火的火力大小和時間長短，又比喻修養程
度的深淺。

　　火急　非常緊急。

　　火氣　中醫指引起發炎、紅腫、煩躁等症狀的病因。
現多指怒氣、暴躁的脾氣。

　　火上加油　比喻使人更加憤怒或使事態更加嚴重。

　　火樹銀花　形容燦爛的燈火或煙火。

yán

炎

| 甲 | 金 | 篆 |

自然
地理

　　古文字的炎字，像上下兩把大火，火光沖天，表示火勢旺盛。因此，炎的本義是火盛，引申為熱、極熱（指天氣）。

　　炎荒　指南方炎熱荒遠之地。

　　炎炎　形容陽光強烈。

　　炎涼　熱和冷，用天氣的變化比喻人情的變化無常，對待不同地位的人或親熱攀附，或冷淡疏遠。

燎

　　燎是古代的一種祭祀方法，即焚柴以祭天地山川。甲骨文、金文的燎字，像木柴交積之形，或從火，四周加點，像火星爆裂。燎的本義為焚燒，引申為烘烤，又指火炬、火燭等。

　　燎祭　燃火以祭天地山川。

　　燎原　火燒原野。比喻氣勢強盛，不可阻擋。

　　燎炬　火把，火炬。

自
然
地
理

　　原始社會農業落後，實行刀耕火種之法，開墾田地時往往用火燒山林。甲骨文的焚字，上面是林，下面是熊熊燃燒的火焰，又像一個人手持火把在引火燒林。所以，焚字的本義為火燒山林，引申為引火燃燒、燒毀等義。

zāi

災

甲　　金　　篆

　　人類所遭受的苦難，莫大於水、火所造成的禍害，人們稱之為「災」，如水災、火災。除此之外，還有其他的災害，如蟲災、風災等。甲骨文的災字，有的從宀從火，表示房屋失火；有的從水，表示洪水為患；有的加一「才」字，表示該字讀音。金文的災字則合水、火為一體。所以災本指人類所遭受的禍害、苦難。這個意義，從古至今都沒有改變。

　　災荒　指自然變化給人帶來的損害（多指荒年）。

　　災難　天災人禍所造成的嚴重損害和痛苦。

自然
地理

庶

甲　　　金　　　篆

　　在古代炊具發明之前，人們為了吃到熟食，除用火直接燒烤外，還採用燒熱的石塊來烙熟食物，或把燒熱的石塊投入盛水的器皿中以煮熟食物。甲骨文、金文的庶字，從石從火，表示以火燒石而煮。因此，庶的本義為煮。後來庶字多用為眾庶之「庶」，指庶民、老百姓，又有眾多之義。庶的本義，則用「煮」字來表示。

　　庶民　老百姓，平民，眾人。

　　庶務　繁雜瑣碎的各種事務。

　　庶類　萬物，萬類。

tàn

炭

篆

　　小篆的炭字，上面是山崖形，下面從火，表示在山中燒木成炭。炭的本義為木炭；又指石炭，即煤。

huī

灰

甲　　　　篆

灰，指的是物質燃燒後剩下的粉末狀的東西。甲骨文的灰字，像人手持木棍撥弄火灰之形。灰本指火灰，如木灰、石灰等；引申指塵土；又指介於白色和黑色之間的一種顏色，灰色，它是一種比較暗淡的顏色。

灰塵　塵土。

灰燼　物品燃燒後的灰和燒剩的東西。

灰暗　暗淡，不鮮明。

灰飛煙滅　像灰土和輕煙一樣消失。

自
然
地理

974

甲　　金　　篆

　　古文字的赤字，由大、火會意，其本義即為大火。火焰赤紅，因此赤引申指紅色。《說文解字》：「赤，南方色也。從大從火。」按古代五行學說，南方屬火，其色為赤，因此許慎釋赤為「南方色」。此外，赤字還有空淨、赤裸等義。

赤子　指初生的嬰兒，比喻心地純潔。

赤貧　極貧，家無一物。

赤條條　形容光着身體，一絲不掛，毫無遮掩。

赤膽忠心　形容十分忠誠。

zhǔ

主　坐

篆

　　主即「炷」的本字。小篆的主字，像一盞油燈，上面的一點代表燈芯上燃燒的火苗。所以，主的本義為燈芯。主字後來多用為主人、家長以及主持、掌管等義，故另造「炷」表示它的本義。

　　主上　臣下對國君或帝王的稱呼。

　　主宰　主管，支配。

　　主張　見解，主意。

　　主顧　顧客。

自然
地理

甲　　金　　篆

　　光通常是指火、電等放射出來的,使人感到明亮、能看見物體的那種物質,如太陽光、燈光等,引申為明亮、光滑之義。古文字光字,像人頭頂上有一團火,表示火種常在、光明永存。

　　光芒　向四面放射的強烈光線。

　　光景　時光景物。又指境況、狀況、情景。

　　光風霽月　雨過天晴時風清月朗的景象,比喻開闊的胸襟和坦白的心地。

　　光怪陸離　形容現象奇異、色彩繁雜。

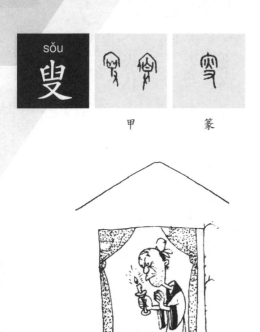

　　叟為「搜」的本字。甲骨文的叟字，像人在室內手持
火把照明，表示搜索、尋找。所以，叟的本義為搜索、尋
找。此字後來借指老人，故另造「搜」字表示它的本義。

甲　　篆

焱字從三火，表示火勢旺盛、火花飛濺，本指火花、火焰。《說文解字》：「焱，火華也。從三火。」

焱焱　光彩閃爍的樣子。

焱悠　火花飄舞的樣子。

金　　篆

　　古代野外圍獵，常焚火驅趕野獸。燹字從火從二豕，表示放火焚燒草木，而野豬四出逃竄，本指野火，又指兵燹，即戰亂帶來的焚燒破壞。

篆

　　然字從火從肰（rán），肰字又由犬、肉（月）會意，指狗肉，故然字本指用火燒烤狗肉，泛指燃燒，當即「燃」的本字。然在後世多用作連詞、副詞以及形容詞的詞尾，有如此、是、對、不過、但是等義。

自
然
地
理

cuàn

爨　爨

篆

自
然
地
理

　　爨是一個非常繁複的會意字。《説文解字》:「爨,齊謂之炊爨。臼象持甑,冖為灶口,廾推林內火。」整個字形像一幅灶間炊爨圖:一雙手在灶下添柴燒火,一雙手在灶上持甑做飯,因此爨的本義為燒火做飯,又指灶。後又用作族名和姓氏。

　　爨下　指灶下燃剩的良木。用蔡邕焦尾琴的典故,比喻幸免於難者。

　　爨室　廚房。

　　爨桂炊玉　言薪柴難得如桂木,米價昂貴似玉。形容物價昂貴,生活艱難。

róu

燥

篆

　　燥字由火、柔會意,是指用火烘烤使木材變柔軟,以
便扭曲或伸直,其本義即為用火烘竹木使彎曲或伸直。
《說文解字》:「燥,屈申(伸)木也。從火、柔,柔亦
聲。」則柔又兼作聲符。

shān

煽

煽

篆

　　煽字由扇、火會意，表示煽風助燃，其本義為煽火，引申為熾盛，又引申為鼓動、煽惑。《說文解字》新附：「煽，熾盛也。從火，扇聲。」則扇又兼作聲符。

　　煽動　鼓動（別人去做壞事）。

　　煽惑　鼓動誘惑（別人去做壞事）。

　　煽風點火　比喻鼓動別人鬧事。

xī

熄

篆

自然
地理

　　熄字由火、息會意，息又兼作聲符。息有停息之義，因此熄本指火滅或熄滅火種，引申出消亡等義；息又有生息之義，因此熄又指蓄留生火的火種，與前義恰好相反。《說文解字》：「熄，畜（蓄）火也。從火，息聲。亦曰滅火。」

　　熄滅　停止燃燒。

wèi

尉

金　　　篆

自
然
地
理

　　尉即「熨」的本字，原本是指古代中醫的一種治病方法，即用燒熱的砭石燙熨病人的身體以達到治病的目的。金文的尉字，像人持砭石燙熨病人背部之形，從火則表示用火燒熱砭石。尉字後世多借用為官名，讀 wèi；又借用為姓氏，讀 yù；故另造從火的「熨」字來表示它的本義。

金　　　篆

　　金文的熒字，像兩個交叉的火把，本指火把或燈燭的
光亮，又指光亮閃爍的樣子，引申指微光，又引申為眩惑
之義。

　　熒熒　小火。又指微光閃爍的樣子，用來形容燈燭
光、月光等。

　　熒暉　光明的樣子。

　　熒惑　古代指火星。

金 jīn

涂 涂 涂 金 金 金

金　　　　　篆

自
然
地
理

　　金字字形看似簡單，卻是一個很複雜的結構。早期金文的金字由三個部分組成：左邊的兩點代表兩個冶煉出來的銅塊；右邊由今和王組成，王是一種類似於斧的金屬兵器，表示可以用銅塊來鑄造兵器，而今充當聲符。因此金本指銅，又泛指銅鐵一類的金屬，後來專指黃金。古代金屬常用來鑄造錢幣，因此金又代指金錢、貨幣，又比喻貴重、尊貴。

　　金文　古代銅器上鑄或刻的文字，通常指殷周秦漢銅器上的文字，也叫鐘鼎文。

　　金玉　泛指珍寶，比喻華美貴重。

xīn

鑫

　　鑫字從三金，取多金之意，金代表財富，因此鑫本指財富興盛。此字多用於人名或商業字號名稱，以表達人們對財富興盛的一種期待。

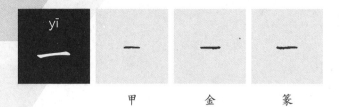

| yī | | | |
| 甲 | 金 | 篆 |

其他

　　先民由於生活上的需要，產生了數字觀念，畫一橫代表一樁事物，二橫代表兩樁，如此積畫，可至於三、四。就像結繩計數一樣，一個結代表一十，兩個結代表二十。一字用法很多，但主要有兩種：一種是當最小的正整數用，如一人、一馬、一槍等；另一種是當專一講，如一心一意。

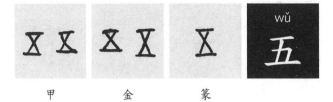

| 甲 | 金 | 篆 | wǔ
五 |

　　古文字的五字，像二物交錯之形，其本義為交錯。後借用來表示數詞五。

　　五行　古代稱構成各種物質的五種元素，即水、火、木、金、土。

　　五音　指宮、商、角、徵、羽五音，也叫「五聲」。

　　五經　儒家的五部經典，即《周易》《尚書》《詩經》《禮記》《春秋》。

　　五嶽　即中嶽嵩山、東嶽泰山、西嶽華山、南嶽衡山、北嶽恆山。

　　五花八門　五花，即五行陣；八門，即八門陣。本是古代兵法中的陣名，後比喻事物花樣繁多，變化莫測。

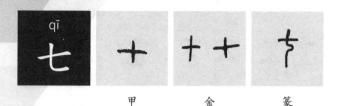

qī			
七	十	十	七
	甲	金	篆

　　七為「切」的本字。古文字的七字,是在一橫畫中間加一豎畫,表示從中切斷。後來借用為數字,於是在七字的基礎上再加刀旁,作為切斷之義的專字。

　　七步　相傳三國魏曹植能在七步之內作出一首詩來,後常用七步比喻人才思敏捷。也作「七步成詩」。

　　七情　人的七種感情,即喜、怒、哀、懼、愛、惡、欲。

　　七律　詩體名,即七言律詩。

　　七絕　詩體名,即七言絕句。

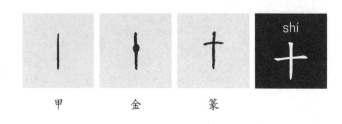

甲　　金　　篆

　　古代計數，最初是採用實物和結繩的辦法：凡個位數一二三四等，可以用實物（如小木棍）纍積表示；而整十用結繩來表示，在一根繩上打一個結表示一十，兩個結為二十（廿），三個結是三十（卅）。金文的十字為一直畫，中間作一圓點，正是結繩計數的形象描繪。十為數詞，是一個整數，大寫作「拾」。

　　十分　是「完全」「已達極度」的意思。如孔平仲詩：「庭下金齡菊，花開已十分（庭院中的金菊花已完全開放）。」

　　十九　十分之九，泛指絕大多數。

　　十全十美　指一個人或一件事物十分完美，毫無欠缺。

tū

凸

其他

　　凸字像一物的中間部分比四周高出些許，其本義為高出、突出，與「凹」相對。

　　凸現　很突出地表現出來。

āo

凹

凹字像一物的中間部分窪陷下去，有低窪、低於周圍
之義。

凹心硯　中心凹下去的硯台。

其他

　　尖字上小下大，表示物體下粗而上銳，本指物體細小而銳利的末端，也有銳利、新穎等義。

尖酸　指為人刁鑽、刻薄。

尖刻　（說話）尖酸刻薄。

尖端　尖銳的末梢。又指頂點。

尖新　新穎，新奇。

尖兵　行軍時承擔警戒任務的分隊。又比喻工作上走在前面開創道路的人。

尖擔兩頭脫　兩頭尖的扁擔無法挑東西。比喻兩頭落空。

　　歪是個會意字，由不、正會意，其本義為歪斜、偏側，與「正」相對。引申為不正當、不正派。

　　歪曲　故意改變（事實或內容）。

　　歪打正着　比喻方法本來不恰當，卻僥幸得到滿意的結果。

　　歪門邪道　不正當的途徑，壞點子。

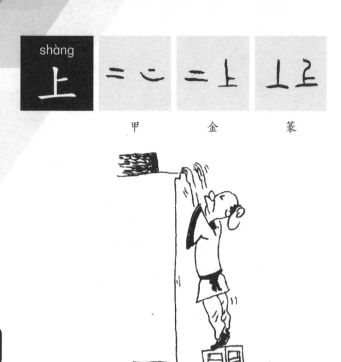

上是一個指事字。甲骨文、金文的上字，是在一長橫（或弧線）的上方加一短畫，表示位置在上。所以，上本指高處、上面；引申指等級或品質在上的，如上等、上級、上品；又指次序或時間在前的，如上冊、上半年。上還可用作動詞，有由低處向高處升登的意思，如上山、上樓；又有由此處向彼處前進的意思，如上街。

其他

　　下和上一樣，也是指事字。甲骨文、金文的下字，是在一長橫（或弧線）下加一短畫，表示位置在下。下本指低處、下面，與「上」相對；引申指等級或品質在下的、次序或時間在後的等義。下也可用作動詞，表示由高處向低處下降。

　　卡是個後起的會意字，由上、下二字組成，上、下共用一橫畫。卡本指物體夾在中間，不能上下活動，又指用手緊緊箍住，或把人、財物等留住不放。

　　卡子　夾東西的器具。又指為收稅或警備而設置的檢查站或崗哨。

音序檢字表

yáng	陽	941	yì	逸	699	yú	舁	194
yǎng	卬	033	yì	裔	559	yú	俞	393
yǎng	養	669	yì	劓	302	yú	漁	726
yāo	夭	050	yì	翼	764	yú	輿	387
yāo	要	070	yīn	因	425	yǔ	羽	763
yáo	堯	937	yīn	音	171	yǔ	雨	887
yáo	窯	469	yīn	殷	102	yǔ	圉	329
yǎo	杳	871	yīn	喑	153	yù	玉	396
yǎo	舀	343	yǐn	尹	437	yù	馭	661
yě	野	964	yǐn	引	319	yù	育	087
yè	業	436	yǐn	飲	160	yù	獄	170
yè	葉	812	yìn	印	217	yù	浴	915
yè	頁	104	yīng	嬰	413	yù	御	035
yī	一	990	yíng	熒	987	yuān	冤	700
yī	衣	549	yíng	瑩	403	yuān	淵	908
yī	依	560	yíng	螢	715	yuán	元	002
yí	夷	063	yōng	邕	617	yuán	員	472
yí	頤	111	yǒng	永	016	yuán	爰	190
yí	疑	235	yǒng	甬	435	yuán	原	900
yí	彝	762	yòng	用	509	yuē	曰	162
yì	乂	354	yōu	憂	256	yuè	月	876
yì	弋	565	yóu	游	382	yuè	樂	430
yì	藝	784	yǒu	友	184	yuè	刖	301
yì	亦	055	yǒu	有	769	yuè	嶽	945
yì	異	261	yǒu	酉	455	yuè	鉞	277
yì	邑	615	yòu	右	182	yún	雲	891
yì	役	292	yòu	囿	965	yùn	孕	086
yì	易	500	yú	余	578	yùn	暈	864
yì	益	495	yú	臾	193			
yì	隹	744	yú	魚	725			

Z

zá	雜	555
zāi	災	971
zǎi	仔	026
zān	簪	521
zāng	臧	135
zàng	葬	043
záo	鑿	519
zǎo	棗	804
zào	梟	757
zé	則	474
zè	仄	027
zè	昃	865
zēng	曾	479
zhà	乍	548
zhà	柵	800
zhān	占	445
zhàn	戰	269
zhǎng	長	099
zhàng	丈	376
zhāo	釗	308
zhāo	招	204
zhāo	朝	867
zhǎo	爪	177
zhé	折	283
zhēng	爭	188
zhèng	正	231
zhī	之	229
zhī	支	786

zhī	隻	759
zhí	執	328
zhí	直	118
zhí	縶	530
zhǐ	止	223
zhǐ	只	154
zhǐ	旨	507
zhǐ	黹	544
zhì	至	310
zhì	豸	687
zhì	炙	770
zhì	陟	236
zhì	摯	213
zhì	鷙	677
zhì	雉	742
zhì	鷹	645
zhōng	中	377
zhōng	盅	501
zhōng	衷	557
zhòng	眾	008
zhòng	重	012
zhōu	舟	392
zhōu	州	906
zhōu	周	958
zhōu	粥	858
zhǒu	帚	363
zhòu	胄	525
zhū	朱	787
zhū	蛛	717

zhú	竹	778
zhú	逐	678
zhǔ	主	976
zhù	柱	797
zhù	祝	450
zhù	鑄	512
zhuā	抓	206
zhuān	專	368
zhuàn	轉	390
zhuàn	囀	150
zhuī	隹	734
zhuó	茁	831
zhuó	卓	337
zhuó	斫	952
zhuó	酌	457
zī	甾	360
zǐ	子	088
zì	自	146
zì	字	090
zōng	宗	603
zǒu	走	225
zú	足	220
zú	卒	554
zú	族	383
zǔ	俎	508
zūn	尊	454
zuǒ	左	181
zuò	坐	010
zuò	座	422

趣味漢字圖解

謝光輝 著

責任編輯　俞　笛
裝幀設計　陳嬋君
排　　版　黎　浪
印　　務　劉漢舉

出版　中華書局（香港）有限公司
　　　　香港北角英皇道 499 號北角工業大廈一樓 B
　　　　電話：（852）2137 2338　傳真：（852）2713 8202
　　　　電子郵件：info@chunghwabook.com.hk
　　　　網址：http://www.chunghwabook.com.hk

發行　香港聯合書刊物流有限公司
　　　　香港新界荃灣德士古道 220-248 號荃灣工業中心 16 樓
　　　　電話：（852）2150 2100　傳真：（852）2407 3062
　　　　電子郵件：info@suplogistics.com.hk

印刷　美雅印刷製本有限公司
　　　　香港觀塘榮業街 6 號海濱工業大廈 4 樓 A 室

版次　2024 年 5 月初版
　　　　© 2024 中華書局（香港）有限公司

規格　32 開（179mm×111mm）

ISBN　978-988-8861-78-1